没有指针的钟

CLOCK WITHOUT HANDS

Carson McCullers

〔美〕卡森·麦卡勒斯—著

〔美〕枫雨—译

中国出版集团
现代出版社

1

死总是千篇一律，只是每个人的死法都千差万别。对马龙而言，它开始得太不起眼了，以至于让他一度把生命的结束和一个季节的开始混同起来。

在马龙四十岁的那个冬天，美国南部的这个城市异常寒冷——白天冰天雪地，泛着白光，到了晚上那冰反射的光芒更是耀眼。三月中，春天带着狂躁的脾气来了，整天刮着大风，这是 1953 年。春寒料峭，有些花儿早早地开了，天空被风刮得瓦蓝。马龙在早春的天气里有些懒散，时常感到疲倦。他是个药剂师，自我诊断是患了“春倦症”，于是给自己开了些补肝和补铁的药。虽然他很容易累，但还是照常工作：每天他步行去药店，他的店总是主街上第一家开门的铺子，药店晚上六点关门。中午他在镇上一家餐馆随便吃点什么，晚上则回去和家人一起共进晚餐。但是他最近胃口很挑剔，而且体重在下降。马龙个头不矮，可是当他把冬天的衣服换成春装时，裤子显得有些肥大，瘦瘦的双腿似乎撑不起裤子。他的太阳穴有些凹陷，在他咀嚼或吞咽时，喉结在细长的脖子上很突出，可以看到他额角的青筋。但这些并没有引起马龙太多注意。也许他的“春倦症”有些厉害，他又给自己加了一些药——一些传统的硫黄和糖浆之类——还是老办法管用。这种想法给了他安慰，他真的觉得自己好些了，于是又开始了一年一度的自家菜园的修整工作。结果有一天，在他配药的时候，身体晃了晃就晕倒了。他去看医生，在市医院做了化验。马龙仍然没有觉得有什么严重，不就是个“春倦症”嘛，有些虚弱，然后在一个暖和的天气里晕倒了——仅此而已，很正常。马龙从没想过死，除了在几个黄昏，有些对未来不确定的日子里，或者在考虑买人寿保险的时候才会想到这个问题。他只是一个普通人，过着再简单不过的生活，死亡对他而言是件很稀奇遥远的事。

海登医生是马龙的好客户，也是好朋友。医生的诊所就在马龙药店楼上。化验报告出来那天，两点钟，马龙就上楼去找海登看结果。当他和海登医生单独在一起的时候，他感到一阵难以言状的威胁。海登没有直视马龙，这让海登那张白皙、熟悉的脸庞有些陌生。他跟马龙打招呼的语气有些过分地正式，这让马龙觉得有些奇怪。海登医生默默地坐在桌子后面，手里拿着一把裁纸刀，他盯着裁纸刀，把刀从一只手换到另一只手。这种奇怪的沉默气氛让马龙无法忍受，他脱口而出："化验报告出来了？我一切没问题吧？"

海登避开马龙的蓝眼睛，他看到那眼睛里焦虑的目光。海登把自己不太自然的眼神转向开着的窗户，盯着那里。"我们仔细化验了，在血液里好像有些不正常的东西。"医生终于轻轻开口说话，虽然有些不情愿。

一只苍蝇在沉闷的屋子里飞来飞去，屋子里弥漫着乙醚的气味。马龙意识到事情严重，他无法忍受海登医生不自然的语气，于是开始唠叨起来，怀疑化验的结果也许有错。"我一直觉得你们会查出我有些贫血。你知道我也曾是医学院的学生，我一直怀疑自己血细胞偏低。"

海登医生看着那把他放在桌子上的裁纸刀，他的右眼皮跳了一下。"既然这样，那我们可以从医学角度来谈了。"他的声音更低了，很快地说出下面的话，"你的红细胞只有二百一十五万，所以我们认为有并发性贫血。但是这不是主要原因。你的白细胞非常不正常，非常多——有二十万八千。"海登停顿了一下，摸了一下眼皮，"你大概明白这个是什么意思吧？"

马龙不明白。他因吃惊而感到有些迷惑，屋子似乎突然变得很冷。他只感到在这间寒冷的屋子里有些奇怪和可怕的事情发生在自己身上，他觉得屋子在晃。海登医生还用短粗的手指转着裁纸刀，这也让马龙头晕。一个心底的遥远的记忆被唤醒，这记忆虽然年代久远，情节模糊，但记忆犹新。此时马龙感到双重的压迫——一方面是海登医生的话带来的紧张，另一方面是那个遥远的令他羞辱的回忆。海登医生白皙的双手上长着很多汗毛，不停摆弄裁纸刀的样子让马龙终于忍无可忍，可是他却无法强迫自己不看医生手上的动作。

“我已经记不大清楚了，”马龙无助地说，“那是很久以前的事了，我并没从医学院毕业。”

海登医生终于放下裁纸刀，递给马龙一个体温表。“请你把它放在舌下——”海登瞟了一眼手表，走到窗口，双手交叉到背后，双脚分开站在那里看着窗外。

“这张片子显示病理学意义上的白细胞剧增，以及并发性贫血症状。不成熟的白细胞占据了主导地位。简单说就是——”医生停顿了一下，重新握着手，踮着脚尖站了一会儿，“总之就是，我们的诊断是白血病。”海登忽然转身，抽出马龙嘴里的体温表，迅速看着上面的温度。

马龙紧张地坐在那里等着，一条腿盘住另外一条，喉结上下颤动。他说：“我感觉有些低烧。但我一直以为是春倦症。”

“我希望给你做进一步检查。你可以把衣服脱掉，躺在床上——”

马龙躺下了，脱掉衣服的他显得苍白憔悴，这让他有些不好意思。

“你的脾脏增大了不少。你有没有感觉什么肿块之类？”

“没有，”马龙说，“我在努力想我对白血病的认识。我记得在报纸上看到过一个消息，一个小女孩得了这病，她的父母在九月份给她过圣诞节，因为医生说她很快会死。”马龙绝望地看着天花板上的一个裂缝。隔壁诊所传来一个孩子的哭声，这声音中夹杂着恐惧和自我保护，让马龙听起来就像是从自己身体里发出来的。他问：“我会因为这，呃，白血病，死吗？”

医生没说话，这在马龙看来已经说明了一切。隔壁房间孩子的哭声变得很长，足足持续了一分钟。检查完身体，马龙坐在病床边缘，浑身颤抖，他对自己的懦弱感到厌恶。他细长的双脚侧面长着老茧，这尤其让他讨厌，于是他先把灰袜子穿上了。医生正在角落里的洗涤池中洗手，不知为什么，这也让马龙感到讨厌。他穿好衣服回到桌子旁边的椅子上重新坐下，梳理自己稀疏枯燥的头发，他长长的上嘴唇微微颤动，眼中充满恐惧，一脸脆弱的表情，看上去俨然是一个不治之症的患者了。

海登医生又开始玩裁纸刀，而马龙越看越迷惑，这让他不舒服。这场景带来的记忆让他有一种模糊的羞耻感。他吞了口唾沫，稳定了一下情绪说：“那么，我还有多长时间呢，医生？”

海登第一次把目光停留在马龙身上，注视了一会儿，然后他把目光移开，停留在桌子上摆着的老婆和两个男孩子的照片上，“我们都是有家庭的人。如果我是您，我也想知道真相，好安排一些事情。”

马龙几乎说不出话来，但是他的声音从自己嘴里蹦出来，很大很刺耳："多长时间？"

那只屋子里的苍蝇又飞回来，和街头的嘈杂声一起让这间屋子里的气氛显得更加安静，也更加紧张。"我想我们可以说是一年或者十五个月——当然不能准确估计出来。"医生白皙的手上长着一缕缕黑色的长毛，不停地摆弄着裁纸刀象牙色的刀柄，这情景让马龙害怕，却无法把目光移开。他开始快速地说起来：

"真不可思议，在今年冬天以前，我一直买的是最普通的固定保险。但这个冬天我却转成另外一种了——一种可以给我退休后回馈的保险。——从杂志上看到的广告。说65岁后就可以每月拿到两百美元，一直拿到死。现在想想真是好笑。"他突然大笑起来，笑完了他又说，"保险公司得帮我又转回原来的保险去——最普通的那种。大都会保险公司是个很不错的公司，我在他们那都买了二十年了。大萧条的时候跌了些，但我一有本钱就都赚回来了。广告上总是一对中年夫妇，背景在一个阳光明媚的天气里——也许是佛罗里达或者加州。但我和我老婆意见不同。我们计划搬到一个小地方去，比如佛蒙特州或者缅因州。住在现在这种偏远的南部小镇，会让我一辈子对阳光厌倦的。"

突然间马龙停止了喋喋不休，他的最后一道防线崩溃了，想到自己无法预测的未来，马龙开始哭泣。他用一双大手捂着脸，竭力抑制着，那双手因为长期接触酸性物质而显得粗糙。

医生看着桌上他妻子和孩子们的照片，仿佛要从中得到指点似的，他轻轻地拍拍马龙的膝盖：“在现在这个时代，什么事都不是没有希望。科学每个月都有新发现，发现战胜疾病的新武器。也许很快他们就会发现控制疾病细胞的方法了。所以这个时候，我们会想尽办法延长你的生命并让你尽量舒服。这个病还有一个好处——如果在这种情况下还可以说‘好处’的话——那就是不会有太多疼痛。我们会尝试一些可行的办法。我希望你能尽快住进市医院去做全面检查，我们给你输血并照X光片。也许这可以让你感觉好受很多。”

马龙努力控制着自己，用手绢拍拍脸，又往眼镜上哈了口气，擦着镜片，然后重新戴上。“对不起，我想我太脆弱了，心里有点儿乱。你说让我什么时候去医院？我想我随时都可以。”

第二天一早马龙就去了医院，并且在那里住了三天。第一个晚上医生给他注射了镇静剂，他梦见海登医生的手，还有桌子上的裁纸刀。醒来时他记起前天在医生诊所里让他产生耻辱感的困扰，那种困扰冬眠在他心头，现在他知道那是从哪里来的了。并且头一次弄明白原来海登医生是名犹太人。他记起一件事，这个记忆如此痛苦，他真该把它忘掉。那是他在医学院的第二年，他考试没通过，不得不退学。那是北方的一所医学院，班上有很多犹太学生。他们都很刻苦，成绩都在平均分以上，没有留给像马龙这样的“平庸”学生一点儿机会。犹太学生把马龙“挤”出了医学院，毁了他当医生的前程，他只好改行学了药理。

大学时在马龙座位斜对面有一名犹太学生叫列维，他有一把很锋利的小刀，上课时他老是玩这把小刀，影响马龙集中注意力听讲。这个学生成绩都是 A+，他在图书馆每晚学到很晚，有时直到关门。马龙觉得列维的眼皮也偶尔会跳一下。当马龙发现海登医生是犹太人后，马龙才意识到这个问题有多重要，他真纳闷自己怎么会忽视了这么多年。海登是个好客户，也是个好朋友——他们在同一栋楼里工作，这么多年，几乎天天见面。怎么自己会没注意到呢？也许是海登的名字不是很“犹太”——他叫肯尼 · 黑尔。马龙觉得自己并没有偏见，但是当犹太人用一个好的像盎格鲁 – 萨克孙这样的名字时，他就感觉有些不妥。马龙记起海登的孩子们有鹰钩鼻，也记起有一次看到他们全家星期六去犹太教堂。

马龙看到海登医生正向他的病房走来，他看着医生感觉有些恐惧——尽管他们是多年的朋友也是他的老客户了，他还是不舒服：不仅是因为海登是名犹太人，还因为他活得好好的，他和像他那样的人都活得好好的，只有马龙自己得了不治之症，一年或者十五个月就得死。马龙一个人的时候，他会偷偷地哭。在医院里他整天睡觉，要不就看推理小说，看了许多。当他出院的时候，他的脾的确小下去不少，但白细胞没什么变化，马龙无法设想几个月以后自己会是什么情况，他无法想象死亡的样子。

不久，马龙又被无边的孤独包围，尽管他的日常生活并没有什么太大的变化。他没有告诉妻子自己得病的事，因为他害怕因这个不幸而找回他们以往的亲密关系。那种结婚后对激情的渴望，在为人父母之后就随风而逝了。女儿艾琳上高一那年，儿子汤米八岁。妻子玛莎是一个精力旺盛的女人，她的头发现在已经灰白了，她是一位好母亲，对家庭的经济收入也有贡献。在大萧条时期，玛莎做糕点卖，马龙觉得非常合适。在马龙的药铺摆脱债务困境后，她继续做糕点生意，甚至给附近几家杂货店供货，她的三明治包装精美，包装带上印着她的名字。由此她赚了不少钱，给孩子提供了优越的生活条件——她甚至买了可口可乐的一些股票。马龙觉得这有些过分，他害怕人们会说他没有给家庭提供足够的经济保障，这触犯了他的自尊。所以有一件事他是绝不答应的：那就是他不会去给商家送货，也不允许他的妻子和孩子们去送货。他让妻子开车去客户那里，然后让用人从车上搬运糕点和三明治。马龙家的用人都是那些年纪轻轻或者很老的人，他们的工资相对别人就低一些。马龙一直无法理解妻子身上发生的变化。当初和他结婚的女孩子，她是一个穿着薄纱裙子的纤弱女孩，有一次一只老鼠从她鞋子上爬过去，她当场吓昏了。现在，怎么她就变成一个灰白头发的家庭主妇？还有自己的生意，还买了可口可乐的股票？这让马龙觉得不可思议。现在他的家庭生活是被一种奇特的真空环境所包围——一天到晚谈论的都是高中舞会，汤米的小提琴音乐会，还有七层的结婚蛋糕——天天围绕着他的日常活动也像落叶一样在旋涡里转个不停，而他自己好像局外人一样对这些都麻木了。

尽管疾病让他虚弱，马龙还是没有休息。现在他常常毫无目的地走到大街上去，穿过棉纺厂周围那些摇摇欲坠、拥挤不堪的贫民区，或者穿过黑人区，或是中产阶级的街区和住房，那里的草坪都仔细修剪过。这样闲逛时，他一脸茫然，就像一个心不在焉的人，仿佛在寻找什么，但已经忘记到底丢了什么。常常没有任何原因的，他会突然改变行走的路线去摸摸电线杆，或者把手放在砖墙上，然后一动不动地待在那里发愣。有时候他会对着一棵挂满绿叶子的榆树盯半天，神情古怪，就像他捡起的一块黑乎乎的树皮。他死了以后，电线杆、墙和树仍然存在，这个想法让马龙很不平衡并且有些生气。还有一个让他困惑的事情——他无法接受自己正在走向死亡的现实，这个困惑让他感到一种虚幻，这种虚幻无所不在。有时候，马龙隐隐感到自己处在一个不协调的世界，而这个世界把他绊倒，这里没有秩序，也没有可以想象得出来的设计安排。

马龙去教堂寻找安慰。当他被虚幻的死亡和生命两方面折磨的时候，幸好他感到第一浸信会教堂是很真实的存在。那是城里最大的一所教堂，占了半条街。它靠近主街道，这片建筑房产粗略估计价值也有两百万。像这样大的教堂一定是真实的。这所教堂的援建者是这里的重要市民，他们实力雄厚。比如汉德森先生，是房地产商，也是这里最有眼光的贸易商，他是教堂的执事，一年中从没缺席过一次服侍。汉德森先生当然不会浪费时间和精力在一切不真实的琐碎小事上的，所以他是真实的。其他执事也都和汉德森先生不相上下，比如尼龙纺织厂的总裁，铁道公司的董事，还有百货公司的老板——他们都是有责任心并且很精明的生意人，都有可靠的判断力。他们都相信教会也相信死后的事情。甚至T.C. 韦德威尔先生，他是可口可乐创始人之一，千万富翁，他给教会捐了五十万美元，为修建教堂右厢房之用。韦德威尔先生以不寻常的目光相信可口可乐公司的前途，他也相信教会和死后的真实性，因此留下五十万美元遗产给教会。他从没在投资上出过错，他也给永生投资。最后，福克斯·克莱恩先生也是教会成员之一。这位老法官，也是前国会议员——他是南方政府的骄傲——他只要在城里，就一定经常来教会。当他听到喜爱的圣诗时，就会使劲擤鼻子。克莱恩是一位虔诚的教徒，马龙希望可以跟随老法官，在信仰和政治主张上都跟随他。于是马龙也坚定地，诚心诚意地去做礼拜。

四月初的一个礼拜天，沃尔森博士的布道信息给马龙印象很深。沃尔森是位为人谦虚的传教士，他总喜欢把商业和体育界的事情来做比较。他这个星期的讲道是关于针对死亡的救赎。他的声音在圆顶的教堂上空回响，教堂里的彩绘窗户给听众投下充足的光芒。马龙身子坐得笔直，仔细聆听，希望能听到更具体到个人的拯救信息。但是尽管讲道很长，死亡仍然是个谜，在开头的期待过去之后，离开教堂时马龙觉得有些被哄骗的感觉。怎么才能瞄准死亡？这就像瞄准茫茫天空，马龙仰头注视着天空直到他脖子发酸。然后他匆匆朝药铺走去。

那天马龙遇到一个人，让他感到心里乱糟糟的，也很奇怪。虽然表面看来这是一件很平常的事。他走过一片空旷的已经废弃的商业街区，但是他听到后面有脚步声。当他在转角拐弯时，脚步声还跟着他。马龙抄近路穿过一条没有铺砌的小路，脚步声不见了。但是他心里感到很别扭——被人跟踪的滋味不舒服。他瞟见墙那边有个人影。马龙突然转弯，和那个跟踪者撞了个满怀。那是一个黑人男孩，马龙平时走路时见过他，他似乎总是跑着穿过他面前。也许是马龙很容易注意这个黑人男孩，因为他长得很特别。男孩子中等个头，体格很健壮，表情总是郁郁寡欢，很沉静。除了他的眼睛，他和其他黑人孩子没什么不同。他长着一双灰蓝色的眼睛，在黑黝黝的脸上显得很冷酷，甚至有些凶巴巴的。一看到这双眼睛，他整个人就显得与众不同，身体比例都不对了似的。他手臂很长，胸膛很宽——表情介于情绪化的敏感和脆弱的冷漠之间。马龙对他的印象是，他不只是一个黑人男孩而已，不能说他对人没有危险，尽管马龙并不认识这个男孩子，通常在这种事情上他还是比较温和的，但此时他的脑子里却很自然地出现了一个刺耳的的词：可恶的黑鬼。当马龙转弯两人撞到一起时，黑鬼站稳了没有移动，马龙倒是向后退了一步。在狭窄的巷子里两人就这么盯着彼此，两人的眼睛都是灰蓝色的，好像在比谁能盯着对方更长时间。看着马龙的一双眼睛冷冰冰的，在黑色的脸上发出光亮，马龙觉得这目光扑朔迷离，然后定住了，显得很诡异，似乎很理解马龙现在的处境。马龙觉得这双奇怪的眼睛似乎知道他快要死了。这种情绪来得太快，吓了马龙自己一跳，他不由得一哆嗦，于是转过头去。他们互相盯了不到一分钟，也没有造成什么后果——但是马龙感觉有些什么重大和可怕的事情已经完成了。他摇摇晃晃地继续走在巷子里，看到巷子尽头的其他人——那些普通人的时候，他才感到心里踏实下来。走出巷子后，他松了一口气，回到自己熟悉的药店，他感到安全、踏实。

老法官经常在星期日光顾药店，午饭前在这里喝点儿什么。马龙回到药店的时候，看到法官已经在了，这让他很高兴。老法官正对着一群站在饮料售货机旁的老朋友们慷慨陈词，马龙和顾客们心不在焉地打了个招呼，没有停留，天花板上的电扇嗡嗡叫着，散发出一种混合的味道——饮料机里糖浆的味道，还有后面各种药的苦味，充满了房间。

“马上来找你，马龙。”老法官中断自己的高谈阔论，在马龙走过去的时候和他打了个招呼。法官身材高大，一张红扑扑的脸庞，头顶上一圈黄白相间的头发。他穿着皱巴巴的亚麻白色西服，一件淡紫色的衬衣，领带上佩着一枚嵌珍珠的领带夹，上面有点咖啡留下的痕迹。他的左手因为中风受损，所以他把左手小心地放在柜台边缘上。因为不常用，这只手很干净也有些浮肿。右手很白，说话时经常挥动，指甲有些暗，无名指上戴着一颗蓝宝石星星的钻戒。老法官拄着一根黑檀木制的拐杖，把儿是银色的钩子形状。此时老法官结束了反对联邦政府的长篇大论，和马龙一起来到后面的配药间。

这间屋子很小，用一排药瓶和前面的店铺隔开，只够放一把摇椅和一张桌子开处方用。马龙拿出一瓶波旁威士忌[1]和一个折叠椅子放在前面。法官挤进屋子，小心坐在摇椅上，他的大块头身子散发出汗味，和蓖麻油与消毒剂的味道混在一起。马龙往玻璃杯倒酒，威士忌冲到杯底发出快乐的响声。

“没有什么音乐可以和这种倒波旁酒的声音媲美！尤其是星期天的上午喝到喉咙的第一口。让巴赫和舒伯特，还有什么大师都见鬼去吧！我孙子就弹这些东西……”老法官唱起来：“哦，威士忌是男人的生命……哦，威士忌！哦，强尼！[2]”

老法官慢慢地喝着酒，每咽一口就停顿一下，舌头在嘴里咂摸着余香。马龙喝得很快，酒精进到他肚子里，好像马上能开出一朵玫瑰花似的。

“马龙，你有没有好好想过，咱们南方已经卷入一场革

〔1〕Bourbon，波旁，美国一种威士忌名称。
〔2〕这是一首盛行的水手号子。

命的旋涡，马上就要像内战一样可怕了？”马龙没想过，但是他把头转过来，严肃地点点头，法官继续说，“革命的风已经越来越大，要把南方的根基摧毁。人头税很快要废除，每个愚昧的黑人都会有选举权。下一步就是教育平等。想象一下，在不远的将来，为了让黑人学习读书写字，一个娇小的白人小女孩必须和一个像木炭一样黑的黑鬼同桌。法律会把工资提高很多，这简直就是给我们南部乡村敲响丧钟。想想要给那些在稻田里什么也不会干的帮工按小时配工资！还有联邦住房计划已经让房地产投资商走向毁灭。他们管这个叫清理贫民窟——可是是谁制造了贫民窟，我问你？住在里面的人自己造成的，因为他们目光短浅。记住我的话，那些联邦政府建的公寓建筑——很现代很北方化的风格——不超过十年，也会变成贫民窟。”

马龙很认真地聆听法官的话，带着虔诚的信任，就像他在教堂里听教义一样。他和法官之间的友谊是很令他自豪的。自从他搬到米兰这个城市，就认识法官了，在狩猎季节，他们经常一起去打猎，就在法官拥有的猎场。以前周六周日，马龙经常去那个猎场，后来法官的儿子死了，他就不再去。但是这种特殊的亲密关系一直保持，即使在法官得病以后。老法官克莱恩先生也是参议员，在他生病后似乎结束了自己的政治生涯，马龙就在星期日带一些新鲜的大头菜——那是他从自己的菜园里采摘的，或者带法官喜欢的水磨玉米粉。有时候两人一起玩牌——但是通常法官会滔滔不绝，而马龙总是倾听者。这时候马龙觉得自己和权力很近——几乎感觉自己也是个参议员。当法官起来能活动了，他经常在星期天来马龙的药店，两人就一起在配药间小酌一番。如果说有时马龙对法官的言谈稍微有一丝疑惑，他也会立刻挥散。他算什么？怎么会对一个议员吹毛求疵呢！再说如果克莱恩都不对，那还有谁对？现在老法官又在说起竞选议会的事情，准备东山再起，马龙觉得克莱恩的想法实在是理所当然，他感到很满意。

喝到第二杯的时候，老法官拿出雪茄盒子，马龙为自己和法官点上，因为克莱恩的左手不灵便。香烟升起笔直的线，冉冉升到靠近天花板的时候散开了。通向街道的大门开着，一道阳光射进来，让香烟发出乳白色的光芒。

“我有一件很重要的事情想请你帮忙，”马龙说，“就是要立一份遗嘱。”

“随时恭候。马龙，有什么特殊的要求吗？”

“哦，没什么，就是按部就班那种——但是我想尽快做好。”他尽量用平淡的语气说，“医生说我活不了多久了。”

老法官停止摇动摇椅，放下酒杯，“为什么？老天，怎么回事马龙？”

马龙第一次和别人谈自己的病，说出来后他似乎觉得好受多了，“好像是一种血液病。”

“血液病！不可能？这简直荒唐——你在咱们这个州，身体里流动的是最棒的血液。我还清楚地记得你父亲，他在马肯街第十二大道拐角处自己开着药铺，他是做批发的。你母亲我也记得，她是来自威尔莱特家族。你血管里有这个地区最好的血液，马龙，千万不要忘记！”

马龙感到有一阵快乐和自豪穿过全身，“可是医生说——”

“哦，医生们——虽然我对医学职业充满敬意，但很少相信他们的话。千万别让他们吓住你。几年前当我犯了那个小病的时候，我的医生——弗劳尔分院的塔顿医生——就开始和我说这些警告的话。不许喝酒不许抽烟，什么烟都不能抽。好像我只有去学个弹琴或者铲煤的活儿了。”法官的右手模仿弹竖琴的样子又做了个铲煤的动作，“但是我跟医生说，我要跟着自己的感觉走。直觉，那是一个人唯一该服从的。你看我现在这样多健壮，像我这把年纪这样该是不错吧！可是我那可怜的医生，真是讽刺——我是他葬礼上的护柩人。最讽刺的是塔顿医生是禁酒主义者，也从不吸烟——偶尔才嚼嚼烟草的。卓有成就，是医学界的骄傲，和他的同行一样，身体有一点小事就大惊小怪，别让他们把你吓住，马龙。”

马龙听了法官的一番话感到舒服多了，又喝了一杯，甚至开始怀疑海登医生和其他医生的会诊或许有误。“片子说是白血病。血细胞数量显示白细胞增多很厉害。”

“白细胞？”法官问，“那是什么？”

“就是白细胞。”

“从没听说过。”

“但是它们的确存在啊。”

法官用手抚摸着拐杖把手。“如果是你的心脏或者肝脏或是肾脏出了毛病，我倒是可以理解你的担心。但是这种没有意义的紊乱，什么白细胞超标增多，对我简直是有些不可思议。为什么我活了八十多岁，从没有人告诉我要小心注意我有没有白细胞这东西？”法官的手指做着敲击的反射动作，当他再次伸直手指头时，他抬头用蓝眼睛看着马龙。“你这些天看上去有些疲惫，仅此而已。肝脏是供血的器官，你应该吃点脆炸小牛肝和牛肉肝蘸洋葱酱。都是好吃的东西，纯天然而且治病。阳光也是血液的调节者。我敢打赌你什么毛病都没有，注意饮食起居，晒晒米兰的夏日阳光，你就什么事都没有了。”法官又举起酒杯，“而这个是最好的良药——刺激食欲放松神经。马龙，你就是太紧张太胆小了。”

“克莱恩法官。”

一个大男孩走进来站在一旁等待。他是法官家黑人女佣维利丽的外甥。这个孩子又高又胖，十六岁，没有健全的智力。他穿着一件淡蓝色衣服，衣服太小了把他身子箍得紧紧的，脚上是双尖头鞋，由于太小让他走路有点瘸。他患着感冒，虽然兜里有条手绢，他还是用手背把鼻涕擦掉。

“今天是星期天。”他说。

老法官把手伸进兜里掏出一枚硬币给他。

大男孩一瘸一拐地急切地向冷饮机走去，回头用甜甜的声音对法官说：“多谢您，克莱恩法官。”

法官用悲哀的神情很快扫了马龙一眼，但是当马龙转过身对着他时，克莱恩却避开了马龙的目光，又开始“克莱恩”式说教。

“每个小时——每个活着的灵魂都离死亡更近——但是我们不会常常想起死这个东西。比如我们坐在这儿喝威士忌，抽着雪茄，我们其实每一分钟也在走向生命终点。这个大男孩吃着他的冰激凌根本不会思考什么问题。我坐在这儿，死亡已经来挑战过我了，结果是各不相让。死亡是片战场，而我是迎上前战斗。十七年前，自从我儿子死了，我就等着。哦，死神，你的胜利在哪里？你就是在那个圣诞节的下午让我儿子结束了他自己的生命。”

“我常常想起他，”马龙说，“为你难过。”

“为什么——他为什么要这么做？一个这么优秀又有前途的儿子——还不到二十五岁，刚刚以优异的成绩从大学毕业。他已经拿到律师学位，一个很好的职业已经为他敞开了大门。还有一个年轻漂亮的妻子，还有一个即将出生的孩子。他有钱——甚至可以说是富有——那时我是在时运的最高峰。为了他的毕业，我给他的礼物是塞莱诺农场，我花了四万美元在头一年买下来的。差不多有一千英亩，最好的桃园地。他是一个富人的儿子，命运的宠儿，各方面都为他准备好了，一只脚已经踏进了伟大事业大门。他甚至可以成为一个总统——只要他愿意，他可以得到所有他想要的东西。为什么他要死？”

马龙小心翼翼地说："也许是抑郁症。"

"他出生的那天晚上，我看见一颗奇异的星星划下天空。那是一个星光明亮的夜晚，那颗星星划着一道弧线从一月的天空落下来。我太太蜜西为了生他已经挣扎了八个小时，我就趴在她床头，为她祷告，泪流满面。然后塔顿医生揪着我的领子把我拖出门去，说：'你这个吵吵闹闹的讨厌鬼，滚出去！——去厨房里把自己灌醉或者滚到院子里。'当我到院子里去的时候，我抬头看天空，就看到一道弧线，那颗星星就落下来，这时候强尼——我儿子就出生了。"

"难怪！这是有预言的。"马龙说。

"后来我冲进厨房——那时候是凌晨四点——我就去给医生做饭，炸了一对鹌鹑，还熬了玉米粥。我很会炸鹌鹑的。"老法官停了下来，然后有些胆怯地说，"马龙，你知道什么是离奇古怪的事情吗？"

马龙看着老法官脸上哀伤的表情，没有回答。

"那个出事的圣诞节我们晚餐也吃的鹌鹑，没吃传统的火鸡。我儿子强尼上一个周日去打猎了。唉，生命的模式——不管大的还是小的。"

为了安慰老法官，马龙说："也许是一场事故。也许强尼擦枪走火了。"

"不是他的枪，是我的手枪。"

"我也在圣诞节前一个周日去塞莱若打猎了。也许是一种短暂的抑郁情绪让强尼一时想不通。"

“有时候我觉得——”老法官停了一下，因为也许他要是再多说一个字，眼泪就会留下来。马龙拍拍克莱恩的胳膊。老法官平静了一下，才又接着说下去，“有时候我觉得这是故意令我伤心。”

“噢不！当然不会，先生。就是一种抑郁造成的，没有人可以预见，也没有人可以控制。”

“也许吧，”老法官说，“但是当天我们吵了一架。”

“这有什么？每个家庭都吵架。”

“我儿子想打破一个规律。”

“规律？什么规律？”

“其实是一件无关紧要的事情。是一宗黑人的案件，我是判刑法官。”

“你责备自己真是毫无必要。”马龙说。

“我们坐在桌旁，抽着雪茄，喝着法国干邑白兰地，桌上还放着咖啡。女人们都在客厅里。强尼越来越兴奋，最后他突然对我大嚷，然后冲上楼去。几分钟后我们就听到枪响。”

“他一向很容易冲动。”

“现在的年轻人再也不来询问长者的意见了。我儿子就是在一次舞会后就结婚了。那天早上他叫醒我和他妈妈，然后对我们说，‘我和米拉贝尔结婚了。’他们悄悄跑到治安法官那里登记的。对他母亲来说这打击很大——尽管后来我们强打精神为他们祝福。”

“你的孙子长得很像他父亲。”马龙说。

“简直就是一个模子刻出来的。你见过两个男孩都这么神采飞扬吗？”

“这肯定给你不少安慰。”

老法官用嘴叼住雪茄，然后才回答：“安慰——焦虑——这就是他给我的一切。”

“他也会去学法律然后从政吗？”

“不！”克莱恩说得斩钉截铁，“我不想让这孩子再学法律或者政治啦！”

“杰斯特是个好孩子，他做什么都会很优秀。”马龙说。

“死亡，”老法官转移话题，“是最大的叛徒。马龙，你相信医生告诉你得了不治之症。我可不这么想。虽然我很尊重医学教授们，但医生们也不知道死亡是什么——谁知道？连我的医生塔顿也不知道。我，一个老头子，已经等死十五年了。但是死亡太狡猾，当你看着它，最终面对它时，它却不来找你。他和你擦肩而过。他会去找那些没有等它的人，也会去找等它的人，一视同仁。唉，马龙，你说我那聪明的儿子到底是怎么回事啊！”

“克莱恩，”马龙回答，“你相信永生吗？”

“我尽量相信，用我所能所知去相信它。我知道我儿子会永远住在我心里，我的孙子也住在他心里。但是，什么又是永生呢？”

“在教会里，”马龙说，“沃尔森博士今天的布道信息说到对准死亡的救赎。”

“句法很漂亮——我希望是我自己说的。但是毫无意义。”他最后又补充道，“不，就宗教上的意义而言，我不相信永生。我更相信我知道的东西还有我的后代。我也相信我的前辈们。你管这个叫永生吗？”

“你见过一个蓝眼睛的黑鬼吗？”马龙突然冒出一句。

“你是说有一双蓝眼睛的？”

马龙说：“对，我的意思不是那种老黑人因为弱视呈现的蓝色，我的意思是一个年轻的男孩，他的眼睛是灰蓝色的。我在城里看见一个，就是今天，把我吓了一跳。”

老法官的眼睛像蓝色的泡泡闪了闪，他把杯中的酒一饮而尽，然后才说：“我认识你说的这个黑孩子。”

“他是谁啊？”

“就是城里一个黑鬼罢了。我对他没有一点儿兴趣。他给人做按摩——什么事都做。他还是个训练有素的歌者。”

马龙说：“今天我和他在一条巷子里撞见，就是我店铺后面那个巷子。我真的吓了一跳。”

老法官加重语气，似乎特意对马龙说的：“他叫舍尔曼·普。那是一个黑鬼的名字。我对他没兴趣。但是我倒是想让他给我当个门童，因为我缺帮手。”

“我从没见过这么奇怪的眼睛。”马龙说。

“野生小马，”老法官说，“床上出了事。他是被遗弃在圣子升天教堂的弃婴。”

马龙感到老法官有些话外之音，但是他知道对这么个大人物，他是不会向他刨根问底地打听这些八卦话题的。

“杰斯特——刚刚我们正说你，你就来了——”

约翰·杰斯特·克莱恩站在门口，街上的阳光照着他的后背，他是一个十七岁的少年，看上去有些柔弱，褐色头发，肤色白皙，让他鼻子上的雀斑像肉桂撒在奶油上似的。阳光让他头发显得红亮亮的，但脸上被照出阴影，他避开阳光，让他红褐色的眼睛躲开太阳直射。杰斯特穿一条蓝色牛仔裤和条纹上衣，袖子被他挽到纤细的胳膊上去。

“趴下，泰吉，”杰斯特说道，他身边的那只狗是一条有斑点的拳师狗，是这城里唯一的一条。它长得非常好斗也很冷酷，马龙每次在街上看到它都有些害怕。

“今天我独奏了，爷爷。”杰斯特的语气里明显因兴奋而提高了调门。然后他看到马龙，于是礼貌地加了一句：“你好，马龙先生！”

回忆和骄傲的泪水，加上酒精的作用一起涌上老法官的双眼，“你独奏啦，宝贝？感觉怎么样？”

杰斯特想了一下：“和我期望的不太一样。我本期望有种孤独和骄傲的感觉，但我想我就是看着我的乐器。我想我只是感到——一种责任。”

“想象一下，马龙，”老法官说，“几个月前这个臭小子刚刚告诉我说他在机场上飞行课。他自己存了钱而且已经安排好了课程。根本没和我商量，就通知我说‘爷爷，我开始上飞行课了。’”法官杵杵杰斯特的大腿，“是不是这样，小宝贝儿？”

杰斯特提起一条长腿靠着另一条腿说：“这没什么大不了的，每个人都该学飞行。”

“现在这些年轻人真是啊！谁给你的权力做出这么闻所未闻的决定？我年轻的时候可绝对不敢这么做的，你的时代也不会，对吧马龙？现在你知道我为什么这么害怕了吧？”

老法官语气里有些悲哀，杰斯特敏捷地把爷爷眼前的酒杯移开藏到角落的架子上。这一举动让马龙看到了，他为老法官感到不平。

“该吃饭啦爷爷，车停在街边。”

老法官拄着拐杖缓缓站起身，那条狗也站起和他一起朝门口走去。“好吧，准备走了，小宝贝儿。”到了门口法官转过身对着马龙说，“别让医生把你吓着，马龙。死亡是个很会耍把戏的家伙，他满袖子筒里都是花招，是个大赌徒。你和我也许一起死呢，也许还有个十二岁的女孩子。”他把自己的脸颊贴在马龙的脸上亲了一下作为告别，然后跨出门去来到街口。

马龙走到店铺前面看着大门，他听到法官和孙子的谈话。“爷爷，以后在外人面前别叫我宝贝儿或者小宝贝之类的，我不喜欢。”

听了这话，马龙开始讨厌杰斯特。他被“外人”这个词刺伤，法官刚刚给他燃起的光芒曾让他温暖，现在却又黯淡下去。以前好客是一种对人真实的，让每个人都觉得是家里人的感觉，即使他只是在烧烤活动中一个普通的成员，也让他感觉是其中一分子。但是现在这种真诚的好客已经不存在了，只有一种隔阂。其实杰斯特才是“外人”——他从来不像一个真正的米兰镇孩子。他高傲，同时过分礼貌。在他的柔弱背后隐藏着什么东西，他的聪明似乎暗示着一种危险——似乎他让人联想起一把丝绸包裹的刀。

老法官似乎没有听到杰斯特的话。“可怜的马龙，”车门打开时他自言自语，“这消息一定让他受了不小的惊吓。”

马龙赶忙关上前门，回到后面的配药间去了。

现在就他一个人，他坐在摇椅里，手里拿着捣药的碾槌。那个碾槌是灰色的，因为用了很久表面很光滑。这个碾槌是他二十年前自己的药店刚开张时，和其他制药工具一起买回来的。以前这碾槌是属于一个叫格林拉夫先生的——上一次想起他是什么时候了？——是他死的时候，这些东西都被拍卖。这个碾槌也不知道格林拉夫先生用了多长时间？谁又是在他之前拥有这个东西的……碾槌已经很旧了，虽旧但却很结实，马龙甚至想也许这是个从古代遗留下来的古董。这东西肯定是古老的东西，它还能用多久？马龙觉得这石头碾槌在嘲笑自己。

马龙不由得哆嗦了一下。好像一阵风吹过来让他浑身发冷，其实没风，他的雪茄冒出的烟都没有动一下。老法官刚才的话，犹如一曲挽歌，让他的害怕得到了缓解。他想起在塞莱若和法官儿子强尼在一起的日子，他不是外人——很多时候他是那里的客人，尤其是打猎季节——有一个晚上他甚至在那里过夜。他和强尼一起睡在一张很大的床上，有四根柱子，早上五点他们两人来到厨房，他还记得打猎前他们吃的早餐的味道：新鲜鱼子酱，热乎乎的烤饼，还有湿漉漉的狗身上散发出来的味道。是啊，他和强尼一起打猎好多次，也被邀请到塞莱若好多次，甚至在强尼死的那个圣诞节前一个周日，他也是在那里度过的。老法官的太太蜜西有时候也去那儿，虽然那里多数时候是为了打猎的男人和男孩子们准备的。老法官自己呢，他枪法很糟，几乎每次都一无所获，但是他都把这归咎于天空太大鸟太少。即使是那个时候，塞莱若就有一种神秘的氛围——也许是一个出身贫贱的男孩到了奢华的地方的一种感觉吧！马龙回忆着昔日时光，又想想现在的老法官——他一直是智慧的，有名望的，还有无法治愈的悲伤——他的心和爱一起沉到坟墓里去了，他的忧郁就像教堂里的管风琴奏出来的歌曲。

马龙盯着手中的碾锤，他的眼睛发着光，里面有狂热和恐惧，好像定住了一动不动，没有听见从地下室传来的敲门的声音。在今年春天之前，马龙对于生和死之间的关系节奏是很平淡正常的——就像《圣经》里说的，他经历三十再加十的四十年岁月。但是现在他陷入一种不可名状的死亡状态。他想到小孩子，那么脆弱娇嫩就像珠宝一样，却也会被钉到盖着白绸子的小棺材里去。他想起一位美丽的教唱歌的音乐老师，因为吃炸鱼的时候被一根鱼刺卡住，结果不到一小时就死了。还有强尼，还有米兰城里在“一战”和“二战”中死去的男孩子们。还有谁？他们怎么死的？马龙终于听到了来自地下室的敲门声，原来是只老鼠，上个星期，一只老鼠翻倒了一瓶阿魏镇静剂，结果味道太冲了，清洁工拒绝到地下室去清扫。死亡没有什么节奏可言——只有老鼠啃蚀有节奏，还有腐烂的臭味。而那位美丽的歌唱老师，还有棕色头发年轻的强尼，还有珠宝一样金贵的孩子们，都躺在棺材里变成腐烂的尸体——马龙又看了一眼碾槌，感到一阵恶心和惊讶——因为只有这块石头可以留下来到永远。

门口传来脚步声，把马龙的思绪打断，他突然惊慌失措，连手里的碾槌都掉地上了。那个蓝眼睛的男孩子站在他面前，手里拿着什么东西在太阳下闪光。马龙又一次注视这双令人眩晕的眼睛，他觉得那眼神似乎非常理解他，感觉到他已经处在死亡边缘。

“我在门口捡到的。”黑孩子说。

马龙的目光由于吃惊又有些模糊，他以为男孩手里拿着海登医生的裁纸刀——过了一会儿他才看清那是一串钥匙，套在银钥匙环上。

“这不是我的。”马龙说。

“我看到老法官和他孙子刚才在这里。也许是他们的。”男孩把钥匙放在桌子上，顺便也把马龙掉在地上的碾槌捡起来递给他。

“谢谢！”马龙说，“我会问问他们是不是丢了钥匙。”

男孩走了，马龙看着他大摇大摆地穿过马路，心里因为厌恶而浑身发冷。

他又坐下来，手里拿着碾槌，他不由得纳闷自己刚才怎么如此激动，他本来是很温和的性格。他心里的爱和恨交织在一起——但是他到底爱什么又恨什么，他自己也不是很清楚。他第一次感到死亡离自己很近。但是那种从心底出来的恐惧又不完全是由自己快死了的消息带来的。这种恐惧和现在正在进行的一种什么的事件有关——到底是什么事情他也不知道。这种恐惧会影响他这几个月里将会发生的事情——会持续多久？——还有那个他要盯住的，自己所剩无几的日子。他现在是看着一只钟表，而这只钟表却没有指针。

只有老鼠有节奏。“爸爸，爸爸，救救我！”马龙大声叫起来。但是他的父亲死了好多年了。电话响了，是妻子打过来的。马龙第一次告诉老婆他病了，让她开车过来接他回家。然后他坐在那里等着，抚摸着碾槌，他好像得到一种安慰。

2

老法官按照老传统，把星期天午餐的时间规定在下午两点钟。就在正餐的时钟敲响之前，厨娘维利丽打开餐厅的百叶窗，这个窗户一上午都是关着的，防止太阳照射。仲夏的炎热和光芒一起涌进窗户，窗外下面是被烈日灼烫的草地和炙热的花坛。草坪边上有几棵榆树在午后耀眼的阳光下被照得发黑，因为没有风，纹丝不动。杰斯特的狗是第一个响应吃饭号召的——它慢慢走到桌子底下，让长长的淡红色绸子桌布蹭着它的脊背。然后杰斯特来了，站在他爷爷的椅子后面等着。当老法官走进来的时候，杰斯特帮助爷爷小心地坐下去，然后才坐在桌旁自己的椅子上。按照习惯，先端上来的总是蔬菜汤，还有两种面包——手工做的烤饼和烤玉米。老法官吃得很投入，吃面包的间歇还要吸几口牛奶。杰斯特只喝了几勺热汤，然后就去喝冰茶，还时常把冰凉的茶杯放在脸颊和额头上。按照房间里的习惯，喝汤的时候是不许说话的，但星期日老法官会发表些意见："维利丽，维利丽，我这么跟你说，你该永远住在耶和华的殿中。[1]"然后他还要加上他主日的笑话，"如果你煮饭煮得好的话。"

维利丽什么也没说——只是噘起她紫色有皱纹的嘴唇。

"马龙总是我最忠实的选民和最好的支持者。"当鸡端上来的时候老法官说道，杰斯特站起来切鸡。[2]"把鸡肝留给你吃，孩子。你至少一周该吃一次肝的。"

"好的爷爷。"

到这时候为止这顿饭都是按照传统进行，吃得很和谐。但是接下来发生的事打破了这种和谐。好像原来的气氛被震动了一下，交流似乎有意起冲突，偏离了原来的方向。老法官和杰斯特当时都没有意识到发生了什么，但是当这顿又长又热的正餐接近尾声时，两个人都意识到有什么事情让他们俩的关系发生了改变，再无法回到从前了。

"今天《亚特兰大宪报》说我是个反动主义者。"法官说。

杰斯特轻声说："很遗憾。"

"很遗憾，"法官说道，"没什么可遗憾的，我倒很高兴呢！"

杰斯特的棕色眼睛里显出一道长长的询问目光。

---

〔1〕这是《圣经·诗篇》23篇6节里大卫的诗篇。

〔2〕这句借用莎士比亚《李尔王》里国王诅咒女儿的一句台词。（第一幕，第四场）。

“如今你必须把‘反动主义者’这个词从字面上来理解。所谓‘反动分子’是指当南方悠久的道德标准遭到威胁的时候出来有‘反应’的公民。当州的权利被联邦政府践踏，那么南方的爱国者们就有责任站出来反对。否则我们南方高尚的道德标准就被出卖了。”

“什么是高尚的道德标准？”杰斯特问。

“怎么？孩子，动动你的脑子。我们生活中高尚的道德标准，就是我们南方传统的制度。”

杰斯特没搭腔，但是他的眼睛流露出怀疑的眼神，老法官对孙子的反应一向很敏感，他察觉了。

“联邦政府试图质疑民主党初选的合法性，这样南方整个文明的和平就岌岌可危了。”

杰斯特不解地问：“怎么会呢？”

“怎么会？小子，我指的是种族隔离制度本身。”

“为什么总是没完没了地谈论种族隔离制度呢？”

“怎么啦？杰斯特，你开玩笑吗？”

杰斯特突然变得很严肃：“不，我没开玩笑。”

老法官不知道说什么好。“这些事可能会发生在你们这一代身上——我希望我看不到——当教育制度改成混合制——没有了肤色的限制。你会喜欢这样吗？”

杰斯特没言语。

“如果一个笨重的黑人男孩和一个娇小瘦弱的白人女孩同桌，你会喜欢吗？”

老法官无法想象这一幕，他想用这个画面震动杰斯特，让他意识到事态的严重性。他的眼睛挑战性地看着孙子的反应，这是对一个南方绅士的精神考验。

“那如果是一个笨重的白人女孩和一个娇小瘦弱的黑人男孩同桌呢？”

“什么？”

杰斯特没有重复自己的话，老法官也不想再听一遍，这话太让他震惊了。就好像他的孙子精神错乱做了傻事，而承认自己深爱着的人有这种疯狂是很可怕的。老法官甚至宁愿自己听错了刚才从杰斯特嘴里说出的话，这实在是太可怕了。可是杰斯特的声音仍然在他耳边回响，他竭力想按照自己的推理改变杰斯特原话的本意。

“你是对的，小子，每次当我看到那些什么共产主义思想的东西，我就知道这些是多么不可理喻。有些事情是太荒谬了，无法用正常思维去思考。”

杰斯特缓缓地说：“我不是这个意思。”他习惯地看了看维利丽是否在屋里，“我是不理解为什么黑人就不可以和白人平起平坐？”

“噢，小子！”这声音是如此绝望，充满惋惜和惊恐的语气。几年前当杰斯特还是个小孩子，他有时候会在餐桌上突然呕吐。然后温柔的慈爱取代了厌恶，老法官感到自己因为同情而有些恶心。现在他用相同的情感对待这件事。他用他那只好手摸摸耳朵，就好像他耳朵疼。他放下叉子，不再吃饭。

杰斯特注意到老法官的难过，这让他因同情而战栗。“爷爷，我们都有自己的信念。”

“有些信念是站不住脚的。说到底，什么是信念？那只是你的想法而已。你还是太年轻了，孩子，你正在学习思维的方式。你用愚蠢的话折磨你的爷爷。”

杰斯特的同情心消失了。他看着壁炉上的油画发呆。那是一幅南方风景画：一片桃园，还有一个黑奴的小屋，天空上有很多云。

“爷爷，你觉得那幅画怎么样？”

法官很高兴气氛有所缓和，他松了口气，甚至轻声笑了一下。“上帝知道那让我想起我干过的那些荒唐事。我失去了不小的一笔财富，就为了种植那片美丽的桃林。你的姑婆萨拉去世的那年画了这幅画。不久以后桃子的市场就突然暴跌。”

“我是问您在这幅画上都看到了什么？”

“没什么啊，不就是一个果园，一个黑人小屋，还有天上翻滚的云吗？”

“你有没有看到在小屋和树林之间有一头粉色的骡子？”

“粉色的骡子？”法官蓝色的眼睛瞪大了，警觉起来，“当然没有看到啦！”

“就是那云，”杰斯特说，“我看它们就是一头粉色的骡子，套着灰色的笼头。我这么看着这幅画的时候，就没法再用正常的眼光看它了。”

“我看不到。”

“你该可以看出来啊。它们都在向上飞奔——整个的天空都是粉色的骡子。”

维利丽走了进来，手里端着玉米布丁：“怎么回事，行行好，你们两个怎么回事，你们几乎都没吃什么啊。”

“我一直照着姑婆萨拉的想法看这幅画。可现在，这个夏天我却无法再用以前的眼光看了。我竭力想恢复以前的看法，可是不成。我还是看到一头粉色的骡子。”

“你是不是有些头晕，孩子？”

“没有。我只是想告诉您这幅画好像是——是一个象征——我想可以这么说。我一直按照您和这个家族的意愿去看待周围的一切。但这个夏天我不再这么看世界了——我有了不同的感受，不同的想法。”

“这很自然，孩子。”老法官的声音放松下来，但是眼睛里还是充满关切和焦虑。

“一种象征。”杰斯特说，他重复着这个词，因为这是头一次他在谈话中谈到，这个词其实在学校写作文时是他最爱用到的词语之一。“一个今年夏天的象征。以前我总和别人的想法一样，现在我有了自己的主意了。”

“举个例子？”

杰斯特没有立即回答。而当他又说话时，声音就像青春期变音，带着一种紧张，“有一件事，我对白人至上有异议。”

这句挑战的话说出来，就像往桌子上扔了一把子弹上膛的手枪，再明显不过。但是法官无法接受，他感到嗓子又干又疼，他无力地咽口唾沫。

“我知道您会很震惊，爷爷。但是我还是想告诉您，否则您还会想当然地以为我还是和过去一样。”

“是‘想当然’，”法官纠正他，“不是‘当前’，你到底和什么样的愚蠢激进分子交往？”

“没谁。这个暑假我只是非常——”杰斯特本想说“非常孤独”，但是他无法让自己接受这个感觉并大声说出来。

“嗯，我只是想说，这些关于种族共处和画上粉骡子的话题简直是——不正常。”

“不正常”这个词让杰斯特感觉好像被人在肚子上打了一拳，他的脸涨得通红。这种痛让他反驳：“我一直都很爱您——我甚至崇拜您，爷爷。我认为您曾是世界上最智慧最善良的人。我听您说的话就像听福音真理。我把您的文章都保存起来。我一开始学习读书写字就在本子上记录并剪贴关于您的故事。我总觉得您该——当总统。”

法官忽略了“曾经”的语气，感到自豪的温暖涌进他的血管。他其实也是这么看待自己孙子的——这孩子是他儿子的翻版，英俊又坦诚。毫无察觉地，他心底的爱和记忆重新打开了。

“那次，那个从古巴来的黑人在众议院发表讲话的时候，我真的非常为你骄傲。当有个议员站起来时，您坐在后面的座位上，跷起两只脚，点燃一根烟，我觉得您简直太酷了。真的感到自豪。但是现在不同了，我觉得那是很粗鲁没礼貌的表现，每当我想起这个就为您脸红。当我想到以前我是多么崇拜您……”

杰斯特说不下去了，因为老法官的苦恼样子一眼就看得出来。他残疾的那只胳膊绷得很紧，弯曲得很厉害，胳膊肘痉挛得无法控制。杰斯特的话太让他吃惊了，加上身体本来的残疾，让他身心都感到异常痛苦，不禁老泪纵横。他擤擤鼻子，沉默了半天才说：“从一个忘恩负义的孩子嘴里说出的话，远比一条毒蛇的牙齿更伤人。”

但是对爷爷如此的脆弱，杰斯特感到恼怒。“但是爷爷，你总是说你想说的观点。我一直听也一直相信您说的一切。但是现在我有了一点儿自己的想法，你却无法接受还引用《圣经》来批评我。这不公平。因为你强行把对方放在错误的一边。”

“不是《圣经》，这是莎士比亚的话。”

“不管哪里的，我不是孩子了。我是您的孙子，也是我父亲的儿子。”

电扇虽然在转着，可在这个令人喘不过气来的炎热夏日午后，太阳照在餐桌上，盘子里切开的鸡和黄油都给晒化了。杰斯特拿起冰茶的杯子放在脸上，然后才说：

“有时候我觉得我开始怀疑我父亲——他为什么——做

了那件事？”

这所华丽的维多利亚风格的房子里摆设着笨重的家具，已故亲人的气息仍留在房子里。法官妻子的梳妆间仍是她生前的样子，银器摆在柜子上和梳妆台上，壁橱里的衣服从没人动过，只是偶尔会去掸一下灰尘。杰斯特从小到大都是看着父亲的照片长大的，在书房有他父亲强尼的律师资格证书，放在一个相框里。虽然房子的各个角落都有逝者的遗物，但是他们真实的死因却从没有被提过，甚至连暗示都没有。

“你想表达什么意思？”老法官担心地问。

“没什么，”杰斯特说，“只是此时此刻我自然会想到父亲的死因。”

老法官摇动用餐铃，这声音似乎充满紧张气氛，弥漫了整个房间。“维利丽，拿瓶果汁葡萄酒来，就是我生日的时候马龙先生送我的那瓶。”

“现在吗，先生？”维利丽问，因为葡萄酒通常是只有感恩节和圣诞节大餐时才会喝。她从橱柜里拿出酒杯用她的围裙擦了擦灰尘。看到盘子里没有动过的食物，她担心是不是自己的头发或者一只苍蝇掉到饭菜里去了，或者烧菜的时候什么东西掉到调味酱中了。“午饭有什么不对口味吗？”

“哦没有，很好吃。我只是消化不太好，我想。”

的确如此，当杰斯特开始谈论种族同处时老法官的胃就开始痉挛，失掉了吃饭的胃口。他打开酒瓶倒了一杯，虽然他并不习惯喝这个酒，还是慢慢喝着，表情严肃，好像在守夜时喝着酒的样子。现在互相理解和同情已经打破，这何尝不是一种死亡的形式！老法官很伤心难过，伤他心的是自己所爱的人，也只有这个他爱的人可以安抚他。

慢慢地，他把右手掌朝上放在桌子上，朝着孙子伸过去，过了一会儿，杰斯特把自己的手掌放在爷爷手上。但是老法官还不满意，因为是杰斯特的话语刺伤了他，他需要话语的安慰。法官绝望地抓住杰斯特的手：

“你不再爱你年迈的爷爷了吗？”

杰斯特抽回自己的手，也喝了几口酒，“当然爱您爷爷，只是——”

尽管老法官在等下面的话，杰斯特却不说了，空气紧张的餐厅里的激动情绪渐渐缓解了。法官的手依然伸着，手指微微有些颤抖。

“孩子，你是不是觉得我不再是那个富有的人了？我遭受很多亏损，我们的祖上也遭受过很多。杰斯特，我对你的教育和前途很是担心。”

“不必担心，我会规划好。”

“你听说过那句老话：生活中最好的东西都是免费的。这句话一半正确一半错误，和其他泛泛而论一样。但有一点是对的：那就是你可以得到在这个国家的最好教育，完全免费。西点军校可以为你免费，我可以让你入学并立足。”

“可我不想当军官。”

“那你想将来干什么？”

杰斯特有些犹豫，不确定地说：“我还没有完全想好。我喜欢音乐，也喜欢飞行。”

“那么去西点空军啊。你可以从联邦政府得到的东西都该好好利用。上帝知道政府已经对南方造成了多大的损害。”

“我明年才毕业，现在用不着那么早决定。”

“我想说的是，孩子，我的经济状况大不如前了。但是如果我的计划可以得以实现，那么有一天你会成为一个富有的人。”法官总是喜欢对未来的财富做一些模糊的暗示，杰斯特从来没有认真听，但是现在他问：

“爷爷，你的计划是什么呀？”

“孩子，我在想你是不是足够成熟可以听懂我的战略计划，”法官清清喉咙，“你还年轻，而这个梦想很大。”

“是什么梦想？”

“是一个计划。纠正以前南方的错误和遭受的损失并修复它们。”

“怎么做呢？”

“是政治家的梦想——不是一个廉价的政治阴谋。是一个宏大的修正历史公正的修正案。”

冰激凌上来了，杰斯特开始吃起来。但是法官没动，任凭冰激凌融化在盘子里。

“我还是没听懂。”

“想想，孩子。任何发生在文明国家之间的战争过后，赢得战争的国家内部货币会出现什么情况？想想一战和二战。德国马克在战后怎么样了？德国人把钞票烧了吗？还有日元？日本战败后把钞票烧了吗？没有，对不对？”

“是没有。”杰斯特说，被老人声音中的慷慨激昂闹迷惑了。

“对每一个文明国家而言，在战火平息后都发生了什么？战胜国允许战败国修整恢复国力，这是为了共同的经济利益。战败国的货币总是无一例外得到了兑换——虽然贬值了，但仍然可以兑换。看看现在的德国、日本，它们的货币都得到了兑换。联邦政府帮助它们恢复经济。从古至今，一个战败国的货币都是可以流通的。还有意大利的里拉——联邦政府没有没收里拉吧？里拉、日元和马克——都是可以流通兑换的。”

法官把身子向桌子前靠靠，他的领带蹭到盘子里化掉的冰激凌，他并没有注意。

“但是我们内战后出现了什么情况？不仅政府让黑奴获得了自由，这严重影响了我们的棉花经济，而且我们的民族资源也‘随风而逝’〔1〕了。那个小说《飘》再真实不过地反映了这个现状。还记得我们看小说改编的电影《乱世佳人》时都哭了吗？”

杰斯特说：“我没哭。”

“你当然哭了，”法官说，“我真希望那书是我写的。”

---

〔1〕“Gone with the Wind”就是美国女作家玛格丽特·米歇尔的小说《飘》的英文名。

杰斯特没有回答。[1]

“回到这个问题上来。现在国家经济不仅被严重动摇，而且联邦政府还把全部南方货币[2]作废。一分钱也无法兑换成南方政府的财富。我还听说南方货币被用来做生火的引火纸。”

“我们不是也有一大箱子南方联邦货币在阁楼上吗？现在在哪儿？”

“在我书房的保险箱里。”

“做什么用啊？那不是一文不值了吗？”

法官没有回答，而是从上衣口袋里掏出一张面值一千元的南方联邦钞票递给孙子。杰斯特用儿时的好奇欣赏着小时候在阁楼上的“玩具”。钞票是真的，颜色非常绿非常可信。但是这种好奇的火苗只燃烧了几秒钟就熄灭了。杰斯特把钞票还给爷爷。

“要是真的可是值好多钱呢！”

“有一天会像你说的变成真的。如果我的眼光没错，通过努力会让它变回真的。”

杰斯特用怀疑的目光望着爷爷，眼神清澈而冷峻。他说：“这钞票差不多有一百年了吧。”

“想想这些成千上万的钞票，一百年来都被联邦政

〔1〕小说《飘》改编的电影《乱世佳人》是1939年上映，那时候杰斯特应该还很小，还看不懂。

〔2〕美国南北战争时期南部联盟发行的一种货币。战后被废除。

府挥霍殆尽。想想战争带来的财政消耗和公共花费。想想兑换的外币流通。马克、里拉和日元——所有这些外币。还有南方的战争，同样的血肉之躯，本应是兄弟般的同胞。因此，这些货币应该兑换而不是被废除和贬值。你懂了吗，孩子？”

“可是毕竟没有兑换啊，现在也太晚了。”

两人之间的谈话让杰斯特感到不自在，他想离开餐桌了。但是爷爷用手势阻止了他。

“等一下。承认错误永远不嫌晚。我会敦促联邦政府承认并修正这一历史错误的。”老法官威严地说，语气好像大主教，“如果我赢得下届选举，会提交一份议案给众议院，会让他们兑换这些南方联邦货币，当然要根据当今生活花销的提升进行适当调整。这也是为了罗斯福总统在南方推行新政的目的。这样一来南方的经济会发生天翻地覆的变化。而你，杰斯特，就会成为一个富人。我的保险箱里有一千万这样的钞票。现在你感觉如何？”

“这么多钱是怎么积累起来的啊？”杰斯特惊讶地问。

“我们的家族有远见啊——记得这点，杰斯特。我的奶奶，你的曾曾祖母，是一位很有远见的伟大妇女。当战争一结束，她就开始做起交换南方联邦货币的生意，时不时地拿几个鸡蛋或其他农产品换钱——我记得有一次她告诉我她用一只母鸡下的蛋换了三百万美元。那时候每个人都饿肚子，都对未来失去了信心。只有你曾曾祖母没有。

她说：‘总有一天好日子会回来，一定会！’这句话我永远忘不了。”

“但是没有回来啊。”杰斯特说。

“直到现在——但是你要耐心。为了南方经济发展，这会是一条新政，也是为了全国全民族的利益。联邦政府也会获利。”

“怎么受益？”杰斯特问。

法官胸有成竹地说：“一方受益整体受益。很简单易懂的道理。如果我有几百万，我就会拿来投资，雇很多人来刺激本地区商业发展。而我只是一个获得补偿的受益人而已。”

“另外一件事，”杰斯特说，“这都差不多一百年了。怎么找到这些钱呢？”

法官的声音里带着胜利的口吻回答：“这个是最不用担心的。当财政部宣布南方联邦货币可以兑换以后，这些钱就会立刻被发现了。它们都会从南方家庭的阁楼或者仓库里冒出来。从全国甚至从加拿大冒出来。”

“从加拿大冒出来有什么好处呢？”

法官很威严地说：“这是演讲的一种比喻方式——修辞例子罢了。”法官充满希望地看着孙子，“但是你对立法整体有什么看法呢？”

杰斯特避开爷爷的目光没有回答。老法官内心非常希望得到孙子的赞同，于是他补充道：“怎么啦，孩子，这是一个伟大的政治家应有的眼光啊。”他又坚定地加了一句，“那些杂志不止一次说我是一个‘伟大的政治家’，《米兰信使报》总说我是米兰市的首席市民。有一次还说我是‘南方政治天空中最耀眼的一颗恒星’。你难道不认为我是一个很伟大的政治家吗？”

这个问题不仅是一个需要肯定回答的请求，而且从感情角度讲也是法官对孙子的一种希冀。但是杰斯特无法回答。生平第一次他开始对爷爷的推理能力产生了怀疑，怀疑是不是受了身体中风的影响。他的内心在同情和直觉意识间晃动，就像要把爷爷的有力声音和他虚弱的身体分开。

毕竟年纪大了，由于太过激动，老法官太阳穴的青筋都绷紧了，脸也涨得通红。在他的一生中，只有两次尝过被人拒绝的痛苦：一次是在众议院落选，当时他又给《星期六晚报》写了一封很长的信，但却被退回了，并附了一封很正式的信函。这让法官难以置信。他把自己写的信又读了一遍，感觉比那报上任何一篇文章都好。他怀疑他的文章编辑根本没认真审阅，于是他把几页纸订好又发给报社。结果再次被退回。从此以后，他就再也不读《星期六晚报》了，也再不投稿。现在他意识到自己和孙子之间的隔阂已经在所难免，这个现实也让他无法接受。

“你还记得你还是个小娃娃时，是怎么叫我的吗？”

杰斯特没有被爷爷的眼泪和回忆感动，倒反而被弄得很不自在。“我都记得。”他站起来，走到爷爷的椅子后面，但是老法官却不站起来，也不让杰斯特离开。他抓住杰斯特的手放在自己的脸颊上。杰斯特僵硬地站着，感到很尴尬，他的手对爷爷的爱抚也无动于衷。

“我从没想过我的孙子会像刚才那样和我说话。你说你不明白为什么黑人和我们不能共处。用逻辑思维想想结果。这会导致通婚。你会喜欢吗？如果你有个妹妹，你会让她嫁给一个黑人吗？”

“我没往这方面想过。我只是想到种族公平。”

“但是你说的所谓‘种族公平’就是会导致通婚——根据逻辑的法则就会如此——你会和黑人结婚吗？说实话。”

很自然地，杰斯特的脑子里出现了维利丽和其他几名黑人厨师，还有在家里的洗衣女工们，还有煎饼广告上的嘉美大婶[1]。想到这儿，杰斯特的脸涨得通红，鼻子上的雀斑颜色更深了。他无法马上回答爷爷的问题，这些画面让他着实吓了一跳。

“你看，”法官说，“你只是嘴上说说罢了——为那些北方佬说话。”

杰斯特说：“但我还是觉得，作为法官，你对同一犯罪案件的判定标准不一样——你是看他是白人还是黑人量刑。”

“当然啦，他们是完全不同的。白人就是白人，黑人就是黑人——如果我可以阻止，我决不让他们相遇。”

---

[1] 最早来自1875年写的一首歌《老嘉美大婶》。后成为芝加哥一家燕麦厂的注册商标。画的是一位黑人妇女的形象，后成为这个商品煎饼的标识。

法官大笑起来，杰斯特试图把自己的手抽出来，却被爷爷攥得更紧。

“我的一生都在关心公平的问题。但是你父亲死后我明白了其实公平本身只是一种传说，一种假象。公平不是一根扁尺，可以用同样的尺寸衡量所有同样的情况。你父亲死后我明白了有个比公平更重要的东西。”

每当提到父亲的死，杰斯特的注意力就会被吸引住。“那什么更重要，爷爷？”

“激情，”法官说，“激情比公平更重要。”

杰斯特因不自在而浑身僵硬。“激情？我父亲有激情吗？”

法官避而不答，而说：“你们这代年轻人没有激情——脱离了老一辈的理想，拒绝承传那些血液。有一次我在纽约，看到一个黑人男子和一个白人姑娘坐在桌旁，我身上的血液立刻就感到厌恶。这种愤怒和我说的公正没有特别的关系——但是当我看到他们两人坐在同一张桌子一起吃饭，有说有笑，我的血液就沸腾——当天我就离开了纽约，而且再也没有回去过，那个混乱的巴别塔〔1〕，我到死也不会再去了。”

---

〔1〕巴别塔（Babel）：《圣经》里记载人类自以为是，想造一座塔通到上帝居住的地方。于是上帝让他们嘴里说出不同的语言，谁也不懂谁的话，塔就没有建成。后来比喻人们混乱的思想或杂乱的居住地方。

“我倒觉得无所谓啊，”杰斯特说，“其实不久我就会去纽约呢。”

“我就是这个意思，你没有激情。”

这些话把杰斯特惹恼了，他浑身哆嗦脸色绯红：“我不觉得——”

“总有一天你会有激情的。当那种强烈的感情临到你，你那些所谓的公正和不成熟的想法就会一扫而空。你就会成为一个真正的男人，我的孙子——你会成为一个让我骄傲的男人。”

杰斯特扶着椅子，法官慢慢扶着拐杖站起来，他盯着壁炉上那幅画儿看了一会儿，“等一下，孩子”。他搜肠刮肚，想找些话语弥补一下刚才两个钟头里两个人之间的裂痕，最后他说：“你知道，杰斯特，我现在可以看到你刚说的那只粉骡子——就在果树和木屋后面的天空上面。”

承认这样的话并不能改变两人的关系，他们都意识到了。法官缓缓地起身，杰斯特站在他旁边，随时准备搀扶他。杰斯特心里的同情和自责混在一起，让他自己很别扭，因为他不喜欢这样。当爷爷终于坐在书房的沙发上，他说：“我很高兴你知道我的态度。我也很高兴告诉你。”可是爷爷眼睛里的泪水让他不自在，他硬着头皮加上一句，“我爱你，无论发生什么，我都爱你，爷爷。”而当爷爷拥抱他时，爷爷身上的汗味儿和伤感让他难受，当他松开拥抱时，有种自己好像被打败了的感觉。

他跑出房间飞快地上了楼。到了楼上，在走廊里有一扇窗户，上面有彩色花纹，阳光射进来照亮了杰斯特的褐色头发，在他脸上投下黄色光线。杰斯特屏住呼吸，关上自己的房门，一头扎在床上。

没错，他是没有激情。爷爷的话令他羞愧，这话在他脉搏里跳动，他觉得爷爷知道他还是一个处男。他用男孩子那双硬硬的手拉开裤链自慰。他认识的其他男孩都曾跟他吹嘘自己的恋爱史，他们甚至去了一个小屋，那是一个叫蕾芭的女人开的妓院。这地方让杰斯特着迷，房子外面很普通，门廊有格子棚，上面爬着土豆藤。就是这么一个普通的房子对杰斯特有很大的吸引力，他有时候绕着房子转，感到一种挑战和失败。有一天下午，接近傍晚的时候，他看到那个女人从房子里出来，他就看着她。那个女人很普通，穿着蓝色的衣裙，嘴唇涂着厚厚的口红。他可以被激起热情的。但是当那女人无意间转过身看到他，心底失败感带来的羞怯让他一动不动，仿佛被钉在了地上。直到那女人转过身走远。杰斯特一口气飞跑了六个街区，到了自己家门前才停下来，到了家就一头扑在床上，就像刚才一样。

不，他没有激情，但是他曾有过爱的滋味。有时候一天，或者一个星期，一个月，有一次是一整年。那持续一年的爱是对一个叫泰德·霍普金的男生。他是学校所有运动员中最棒的一个。杰斯特会在学校走廊里寻找泰德的眼睛，见了面，尽管他的心怦怦直跳，一年里他们也只是说过一两句话。

有一次，遇到下雨，两人同时走进学校门厅，泰德说：“这天糟透了。”

杰斯特含含糊糊地接话说：“是很糟糕。”

两个人另一次对话稍微长点儿，也稍微正式点儿，但却让杰斯特饱受屈辱。因为杰斯特爱着泰德，他非常想给泰德一件礼物让他对自己印象深刻。在橄榄球开始的赛季，杰斯特在一家珠宝店看到一个小的金制橄榄球。他买了下来，但花了几天工夫才找到机会给泰德。因为必须是两人单独在一起的时候，所以他跟踪了泰德几天，终于有一天在泰德的更衣室遇到了。杰斯特拿出金橄榄球，哆嗦着递给泰德。泰德问：“这是什么？”杰斯特一说话，就知道自己犯了个大错误，他匆忙地解释：“我捡到的。”

“为什么给我？”

杰斯特窘得有些发晕：“只是这东西对我没啥用，所以我想也许给你——”

泰德的蓝眼睛看着杰斯特，里面有讥讽和怀疑。杰斯特脸上一阵红一阵白，心里一种热辣辣的痛，他的雀斑颜色更深了。

“那谢谢啦！”泰德说着把小金球放进裤子口袋。

泰德是一个军官的儿子，父亲的军队驻扎在米兰城市外十五英里的地方。部队随时可能开拔，杰斯特一想到这些，这种爱就被蒙上一层阴影。因为可能随时分离，距离和冒险的预兆让他的这种秘密情感愈发强烈。

送给泰德小金球之后，杰斯特避免和他再见面，以后每次想到这一幕，还有那次“糟糕”的天气，杰斯特就感到一种卑躬屈膝的耻辱。

杰斯特也爱帕伏特小姐。她是他的英语老师，留着刘海儿，但从不涂口红。杰斯特对口红很反感，他不明白男人怎么去和一个涂着厚厚的、黏黏糊糊口红的女人接吻。但是几乎所有女孩和妇女都抹口红，杰斯特爱的人也就很有限了。

炎热沉闷的午后，让杰斯特感到无聊。星期天的下午又是最漫长的，杰斯特去了机场，直到晚饭时间才回来。晚饭后他仍然感到空虚和情绪低落。他又回到自己的房间，像午后那样倒在床上。

就在他浑身冒汗也无法安慰自己的时候，突然他浑身一震。他听到远处传来钢琴声，还有一个低沉的声音在唱歌。杰斯特不知道这声音从哪里传来的，也不知道是首什么歌儿，但是他被深深地吸引了。他从床上翻个身，用胳膊支着头，仔细聆听，望着窗外的夜色。那是一首布鲁斯曲子，抒情中带着些悲伤。声音是从家后面黑人住的那个巷子传来的。杰斯特听着，感觉那种爵士乐特有的悲伤慢慢扩散，越来越强烈。

杰斯特起身下楼。爷爷还在书房，他轻轻溜出去没被发现。音乐是从第三间屋子传来的，他敲敲门，敲了好几次，歌声停止了，有人打开门。

杰斯特没想自己该说什么话，于是站在门口什么也没说，只觉得将会遇到什么令他无法抗拒的事情。第一次他和一个蓝眼睛的黑人相视，看着他，杰斯特不由得发抖。刚才的歌声还在他脑子里回响，但看到这个蓝眼睛的黑人，杰斯特有些畏惧。那双眼睛很冷峻，在那张严肃的黑色面庞上炯炯发光，让杰斯特战栗并突然感到羞愧。他无言地在心里问自己这种汹涌而来的情感是什么。是害怕？是爱情？或者是——对了，是不是激情？爵士乐的悲伤破碎了。

虽然不知道到底是什么驱使，杰斯特还是走进房间，并关上了门。

3

与往年一样的仲夏傍晚，金银花的香味儿在空中飘着，马龙不请自来地敲响老法官的家门。法官一向早睡早起，晚上九点他已经套上了睡衣哗啦啦洗了澡，早上四点也会如此。并不是他喜欢这样。他也希望和其他人一样，投入梦神的怀抱，一觉睡到早上六七点钟。但是早醒的习惯已经养成多年，改也改不了了。法官肥胖的身躯爱出汗，所以一天他得洗两次澡，他周围的人也都习惯了他这么做。所以到了清晨和黄昏，老法官就会哗哗地一边洗澡，一边用鼻子哼着歌曲……他最喜欢唱的淋浴歌是“在孤独松柏树的小路上”，还有“我是来自佐治亚理工大学的闲散碎片”。那天晚上他不像平时那样唱得津津有味。因为下午和孙子的谈话让他困扰，平时洗完澡他会在耳朵后面抹点花露水，今天晚上也忘了。洗澡前他去过杰斯特的房间，但孩子不在那儿，也不在院子里。

当门铃响起时，法官正穿着一件白色条纹睡衣，手里抓着一件外套。他以为是孙子回来了，他赤着脚就下了楼，穿过走廊，外套就随便搭在胳膊上。见到马龙，两个人都有些诧异，马龙尽量避免看到法官的脚。因为身体肥胖，法官的那双脚显得很小。法官也试图把脚藏到睡衣里去。

“你怎么来了？”法官问，语气里仿佛已经过了午夜。

马龙说：“我在外面散步，就想也许可以来拜访你一下。”马龙看起来受了惊吓而且很绝望，法官看出来他在有意找借口。

“你看见了，我刚洗完澡。进来，我们正好可以喝一杯。八点以后我在自己的房间里总是很舒服的。我会把床垫得舒舒服服，你可以躺在我的法国躺椅上，或者你躺床上我躺沙发上，都可以。是什么让你烦恼？你看起来就像被鬼追着。”

“我也这么感觉。”马龙说。他无法自己承受生病的事实，那天晚上他告诉了妻子玛莎自己得了白血病。然后他就从家跑了出来，就像受了惊吓，想从别的任何地方得到些安慰。他已经预想到了妻子知道真相后，会让他俩从前的那种亲密关系重新回来。自从结婚以来，这种关系已经久违了。但当他在这个温柔的夏夜把真相告诉妻子后，结果比他想象得还要可怕。玛莎哭了，坚持用古龙香水给他洗脸，还谈到孩子们的未来。事实上，玛莎根本就没问他医生的报告，就当那是完全正确的，她丝毫不怀疑：她相信自己的丈夫得了不治之症，正在慢慢地死去。这种悲伤和笃信让马龙气恼，也很害怕。随着时间一点点过去，情况变得越来越糟。玛莎谈到他们在北卡罗来纳吹石岩的蜜月，谈到孩子们的出生，谈到他们曾经一起的旅行，还有生活中一些意想不到的变化。她甚至谈到孩子们的教育，还有她的可口可乐股票。妻子是一个现代典型的，维多利亚时代的淑女——有时候马龙觉得对她简直性冷淡。对性毫无兴趣常常让马龙觉得自己粗俗、不文雅，甚至没教养。今晚当玛莎出乎意料地暗示要和自己过性生活的时候，马龙吓坏了。

马龙感到自己身心俱疲，玛莎拥抱他，哭着说："我能为你做些什么呢？"这句话是他们夫妻间性事前的暗语，但是已经多少年没有说过了。本来这句话是他们的大女儿艾琳还是小娃娃的时候，有一年夏天看着大孩子们在马龙家的草坪上翻跟头。小艾琳在爸爸下班回家的时候就大声叫："爸爸，我能为你做点儿什么呢？你想让我给你翻个跟头，对吧？"而在那些夏日的晚上，湿漉漉的草地和童年里孩子们说的那句话，就成了他们年轻时做爱的暗语。现在他们已经结婚二十年了，玛莎又一次用这句话暗示，说的时候她把假牙托小心地放在有水的玻璃杯里。马龙非常害怕地想到，不仅仅是自己快要死了，而且其实身上某些东西已经死去，从前他没有意识到。于是他一句话没说，匆匆忙忙地就跑进夜色里。

老法官在前头领路，他光着的脚踩在深蓝色的地毯上显得粉扑扑的，马龙跟在后面。他们都觉得很高兴能以彼此为友。"我告诉了我妻子，"马龙说，"我得了那个……

白血病。”

他们走进法官的卧室，那里有一张大床，床角有四根柱子，床上有顶棚还有羽毛枕头。打褶的垂帘很厚重，散发着一股霉味儿，靠窗有一把躺椅，法官指着椅子让马龙坐，自己则去倒了两杯威士忌。“马龙，你有没有注意到，如果一个人有一个缺点，那第一件事他就会把这个缺点转移到别人身上去。人们都是很贪心的……贪心让他指责别人，或者变得小气……这就是一个小气的人可以看出来的唯一毛病。”被自己的话激动着，法官几乎喊起来，“结果让一个小偷去抓另一个小偷……”

“我明白，”马龙回答，他有点儿不知道如何接法官的话，“可是我不理解……”

“我就要说你的事，”法官用绝对权威的语气说，“几个月前你告诉我海登医生还有你血液里的那些奇怪的特殊东西。”

“是啊。”马龙困惑地回答。

“是这样，就在今天早上我和杰斯特从药铺回家的时候，我正巧看见海登医生，他让我大吃一惊。”

“怎么了？”

法官说：“他病得很厉害。我从没见过谁像他那样身体垮得这么快。”

马龙竭力去领会法官这句话的意思，“你是说……”

法官的话非常坚定：“我的意思是说，如果海登医生自己得了一种奇怪的血液病，他就更容易诊断说你得了病，而不说是他自己。这很有可能啊。”马龙仔细思考着法官这个荒诞的推理，想着是否真的有一线希望。“毕竟，马龙，我有很丰富的医学经验，我在约翰·霍普金医院待了三个月。”

马龙想起海登医生的手和胳膊。“海登医生的胳膊的确很细而且有很多毛。”

法官听了这话几乎嗤之以鼻：“别傻了，马龙。毛多不多和生病没什么关系。”马龙有些不好意思，更想听法官解释他的推理。于是法官继续说：“医生没告诉你真相，因为恶意或者居心不良。很简单的逻辑，人都是想把自身不好的事情甩出去，这想法是有传染性的。我今天一看见他，就知道发生了什么。我知道一个病入膏肓的人脸色是什么样的……他们是斜眼看人，他的眼神避开我就好像有什么羞耻的事情。在约翰·霍普金医院里我可是见过很多这样的面孔。我在那里时身体完全没问题，认识那些从救护车上被抬下来的每一个病人。”法官很坦诚地说，“虽然你很瘦，你的眼神非常正直，所以你没事。你该多吃动物肝脏。‘肝盐’。”他几乎喊起来：“是不是有种治血液病的药叫作‘肝盐’？”

马龙看着法官，眼神里带着几分迷离几分希望。“我不知道你在约翰·霍普金医院住过，”他轻柔地说，“可能是由于你政治职业的缘故没有声张吧。”

“十年前我体重三百一十磅。”

“你的体重一直保持得很好啊，我可从没觉得你胖。”

“胖子？当然不是啦。我只是有些很壮罢了……但有一件事，我总是会头晕。这让我太太蜜西担心，”说着法官瞟了一眼墙上妻子的照片，那照片正在他对面墙上挂着。“她甚至说该去看医生……实际上她总是唠叨这件事。我长大后就从没看过医生，直觉告诉我医生的办法要么是吓唬你一通，要么就让你节食，反正都没好事。我和塔顿医生是好朋友，我们曾一起钓鱼和打猎，但是他和别人不一样……否则我不会去找医生，也不希望他们来找我。除了头晕以外我的身体非常棒。当塔顿医生去世的时候，我的牙痛得厉害……我猜那是身心失衡，于是我去找了塔顿医生的哥哥，他是咱们这里最好的骡子医……我喝多了。”

“骡子医生！”马龙对法官的信赖一下子变得支离破碎，甚至有些错愕。老法官没注意到马龙的变化。

“当然啦，那是给医生办葬礼的那个星期，又是守夜又是出殡的，我的牙疼得要命……于是普克，就是塔顿医生的哥哥，就帮我把牙拔了……他就用了平时给骡子用的抗生素和麻醉剂，骡子的牙齿可是很结实，它们又很倔，可不喜欢人随便碰它们的嘴巴，它们很敏感的。”

马龙点点头，心里对法官的做法很失望也很惊讶。于是他突然改变话题：“这幅蜜西的画像真是栩栩如生。”

“有时候我也这么认为。”法官很得意地说，他总是认为自己的东西都比别人的好——即使一样的东西，也是他的好。他一边沉思一边接着说：“有时当我不高兴或者悲观的时候，我觉得萨拉把蜜西的左脚画坏了……当我情绪非常糟的时候，我觉得那脚画得像条奇怪的尾巴。”

“我可没这么觉得，先生，”马龙安慰他说，“再说脸才是重点，脸上的表情最重要。”

“都一样，”法官热切地说，“我真希望我妻子的画像是雷纳德[1]先生或者哪位大师的杰作。”

“嗯，那就另当别论。”马龙说，他望着法官的姐姐画的肖像，的确不怎么样。

“我现在学会了，对廉价的自家创作的作品不该留下来……特别是提到艺术的高度。但那个时候我哪里知道蜜西会离我而去呢？”

泪水让法官本来一双混浊的老眼亮了起来，他沉默了。总爱喋喋不休的法官一说到已故的妻子就会无语。马龙也沉默了，回想着往事。法官的妻子死于癌症，在她长期卧病期间，是马龙每次给他按医生处方抓药，他经常去看她——有时候马龙还会从自己家的花园里摘些鲜花给她带去，或者带一瓶古龙香水，为了缓解他带去吗啡的事实。那时候法官经常一个人在屋外独自溜达，他一直尽量陪着妻子，马龙常想，法官这样做会不会对他的政治生涯不利。蜜西得的是乳腺癌，切除了乳房。法官非常悲伤，他在市医院大厅里徘徊，甚至骚扰那些不是负责他妻子病情的医生，他就那么哭啊，问个

〔1〕Joshua Reynold（1723—1792）：英国著名画家。

不停。他还组织第一浸信会教会的人一起为他妻子祷告，每个星期天他都以妻子的名义捐给教会一百美元，放在写着妻子名字的信封里。当他妻子回家后，很明显是在恢复中，他欢欣鼓舞，他买了一辆劳斯莱斯，雇用了一个“安全的黑人驾驶员”开车每天让妻子去兜兜风。当他的妻子知道自己的病复发之后，她瞒着丈夫，所以有段时期他还是整天高高兴兴无忧无虑地过日子。当再也无法隐瞒，法官看出了妻子的病加重，他不想知道真相，竭力自欺也隐瞒妻子。为了避开医生，也不再咨询，他只接受让一名训练有素的护士住在家里。他教妻子打扑克，当她感觉好些时，他们两人就经常打牌。当他的妻子明显受到疾病的煎熬时，法官就踮着脚尖轻轻走到冰箱那里去吃些自己都不知道是什么味道的食物，想着像妻子刚刚动过一个大手术，病得很重，正在恢复中。他从每天的悲伤中坚持这么安慰自己，不想理解到底是怎么回事。

妻子死的那天是十二月，有霜。湛蓝的天空没有一丝云彩，寒冷的空气里传来圣诞节的歌曲。法官精神恍惚，疲惫得无法放声哭，只是不停地打嗝，感谢上帝，在葬礼期间才有所缓解。那个冬日的傍晚，葬礼结束后，来宾们也都离开了，法官独自一人坐着那辆劳斯莱斯又去了墓地（一星期后他把这辆车卖掉了）。在墓地，当第一颗星星带着寒霜升起来，他用拐杖触碰着新立起来的墓碑周围的水泥，看看工人们做的是否结实，然后他让那名“安全的黑人驾驶员”开车带他回家，筋疲力尽地睡着了。

法官最后看了一眼那幅肖像，就移开了充满泪水的双眼。他相信像妻子这么完美的女人再也没有了。

在适当的哀痛日子过去之后，马龙和城里其他人都觉得法官会再婚的。甚至法官自己，在空荡荡的房间里感受着孤独和难过，感到心里充满一种难言的空虚和期待。星期天的时候他会穿戴整齐去教会，神情严肃地坐在第二排的长椅上，眼睛盯着唱诗班。他的妻子曾经是唱诗班的一员，他喜欢看那些妇女唱歌时喉咙的颤动和胸部的起伏。在第一浸信会唱诗班有些很可爱的妇女，特别是一个女高音，法官经常看她唱歌。然而城里还有其他教会的唱诗班。虽然心里有些负疚感，法官还是去过长老会，因为那里有一个金色头发的歌者……他的妻子就是金色头发的女人……这位歌者唱歌时喉咙的震颤和胸部的起伏让法官着迷，但除了这些，法官觉得她并不符合他的口味。于是，法官每次都穿得西装革履，去拜访很多不同的教会，每次都坐在第一排，用裁判的眼光审视着唱诗班，其实他根本不懂什么音乐，唱歌很大声却总是走调。对于他频繁更换教会，没有人非议，但是他自己有些负罪感，会大声为自己辩白："我是为了看看不同教会门派在信仰和教义上有什么不同。我妻子和我思想都是很开放的。"

其实法官从没有想过再婚，他经常提到妻子，就好像她还活着。只是他心里仍然感到空空的，渴望什么来填补，比如食物和酒精，或者看看唱诗班的妇女。潜意识里他开始暗中寻找和已故妻子相似的女人。蜜西小姐是完美的女人，于是他自然就认为完美是标准。比如一个唱诗班的歌者，也只有唱诗班可以吸引他。这个要求并不难达到。但是蜜西还是很棒的扑克玩家，一个未婚的、唱诗班女子，还是玩扑克的高手，这就难找了。蜜西死后两年的一个晚上，法官邀请了凯特·斯宾娜小姐来吃周六的晚餐。同时他还邀请了凯特上了年纪的姑姑作陪，然后他精心安排晚饭，就像给妻子做的一样。晚餐的第一道菜是牡蛎。然后是鸡肉和咖喱土豆，黑醋栗和杏仁拌在一起的菜，这是蜜西活着时最喜欢的一套菜谱。每道菜都有葡萄酒和白兰地，还有冰激凌作为甜点。为了这次晚宴，法官忙活好几天，并且确保用的是最好的盘子和餐具。结果这次晚宴却是个完全的错误。晚宴刚开始就发现凯特小姐从来不吃牡蛎，法官想劝说她吃，可是她非常害怕这东西。然后因为不习惯喝酒，凯特小姐喝了一点儿后就开始不住地傻笑，这种傻笑在法官看来似乎在故意挑逗他，这让法官有些莫名地恼怒。凯特小姐的姑姑是位老姑娘，她说凯特这辈子从来滴酒不沾，惊讶侄女会喝了这么多。在这顿无聊的晚宴结束时，法官的希望已经动摇了，只是还没有完全放弃。他拿出一副扑克牌，准备和两位女士玩一玩。他还记起妻子纤纤细手，手指上带着钻戒，那是他给妻子买的。遗憾的是，凯特小姐居然从没摸过纸牌，她的老姑姑还说，对她而言，玩牌就是站在了通往魔鬼游乐场的入口。晚宴提早结束了，法官自己在睡觉前喝光了白兰地。他埋怨自己忘了凯特小姐一家是路德派，和第一浸信会不是一个级别的基督徒。于是法官安慰自己，不久他天生的乐观又恢复了。

但是他对教派和教义还没有开放到都能接受的地步。蜜西出生在圣公会教派家庭，他们结婚后就和他一起成了第一浸信会的成员。海蒂 · 皮瓦小姐是圣公会唱诗班的，唱歌的时候她的喉咙震颤得很有节奏。圣诞节的时候在唱到哈里路亚这一段时全体都会起立，年复一年他都会被这段感动，一直呆坐着像个傻子，过半天才发现大家都站起来了，于是为了弥补他就使劲大声唱，教堂里就数他嗓门嘹亮。但是今年圣诞节唱到哈里路亚时他竟然没有注意，因为他的注意力都被海蒂小姐吸引过去，他伸长脖子看着海蒂小姐唱歌。做完礼拜他凑过去邀请海蒂小姐和她上了年纪的母亲下周六来家里吃晚餐。他又一次费心准备了很多。海蒂小姐有点矮胖，来自一个良好的家庭，她年龄不小了，法官心里很清楚，但是他自己也不年轻，年近七十的人了。海蒂寡居，所以不是他考虑的结婚人选（法官下意识地在四处寻找爱情的时候，他已经排除了寡居的女人，当然啦，这包括离婚的，因为他的原则就是离过婚的女人不应该再婚）。

这次的晚餐和上一次路德教派的完全不同了。法官发现海蒂小姐非常喜欢牡蛎，她还试图把一个整的牡蛎一口吃下肚。她的老母亲还讲了个故事，说海蒂有一次做过一顿牡蛎全席……有生牡蛎，扇贝加牡蛎还有很多，老太太都一一道来，用来招待生意伙伴佩赛，也就是“我亲爱的老伴”，结果发现佩赛根本不能吃牡蛎。老太太喝了点酒，说的故事越来越长，越来越无聊，女儿几次想转移话题都没成功。晚饭后当法官拿出纸牌，老太太说她老眼昏花认不出牌，她更愿意坐在壁炉旁喝她的酒。法官教海蒂玩二十一点，发现她还蛮机灵，学得很快。但是这让法官更想念蜜西了，想念蜜西纤细带着钻戒的手。另外就是，海蒂胸部过于丰满，显得肥硕臃肿，他不由得和妻子的比较，蜜西的胸脯非常娇小柔嫩，事实上，法官更忘不了蜜西的一侧乳房被切除。

情人节那天，法官被一种空虚吞噬得难过，于是他从马龙的店里买了五磅一盒的心形巧克力，让马龙小赚了一笔。然而在去海蒂家的路上，他左思右想觉得不妥，结果还是慢慢走回家去。他自己把所有的巧克力都吃了，足足花了两个月。但是由于后来还发生过一些类似的无功而返的故事，法官最终放弃，而把所有的心思都花在孙子身上，全身心地爱着杰斯特。

法官对孙子杰斯特的溺爱已经没有底线了。城里流行着一段笑谈，说有一次在教会野餐时，法官很仔细地从孙子的饭食中挑出辣椒，因为这孩子不喜欢吃辣椒。孩子四岁的时候，他可以背主祷文和诗篇二十三章了，这都是爷爷耐心教导的结果。当城里人们聚集的时候，法官就让杰斯特在大家面前背诵，看大家惊叹杰斯特神童般的表演，让法官无比自豪和喜悦。因为对杰斯特投入了他的全部精力，他心中的悲伤渐渐消减，对唱诗班女人的迷恋也消退了。尽管不承认年龄越来越大，他每天早上很早去法院的办公室——早上走着去，中午由司机接回来，吃一顿长长的午餐，下午司机开车再带他回到办公室去工作几个小时。他在法院和马龙的药店都会措辞激烈，周六晚上他会在“纽约咖啡馆”后面的一个屋子玩纸牌游戏。

这些年来他一直有一个信条：“健康的心灵来自健康的身体。”他的中风也没能改变他的座右铭。身体恢复过来之后，他又回到原先的生活规律中。现在他虽然只是早上去办公室做一点儿工作，不过是拆开那些越来越少的信件，看看《米兰信使报》《花枝邮报》，星期天读《亚特兰大宪法报》，但后者上面的文章经常把他惹恼。法官有一次摔倒在厕所，杰斯特因为年轻睡得太熟，过了好几个小时才听到爷爷的叫喊声。这种“小中风”来得太突然，开始法官还希望恢复起来会很快。他不承认这是真正的中风——只认为这是“骨髓灰质炎”的轻微反应，或者是“小中风”之类。当他能下床走动后，他开始宣布用拐杖，因为他喜欢拿拐杖的样子，他甚至认为这个小病让他的头脑更敏锐，因为他在生病中思考了很多“新的研究”。

老人焦灼不安地等着门闩响。“杰斯特这么晚了还不回来。”他声音里带着抱怨，“他平常总是为别人考虑的，会告诉我晚上他去哪儿。在我洗澡前，我听到不远处传来的音乐声，我就猜他会不会到院子里去听。但是音乐声停了，我到院子里叫他没人答应。已经过了他睡觉时间了，他还没回来呢。”

马龙把自己过长的上嘴唇抿了抿,虽然他不喜欢杰斯特,还是很温和地说:“唉,男孩子嘛,都是这个样子的。”

“我经常担心他,成长在一个充满悲伤的家庭中,的确是名副其实的悲伤之家。有时我想也许就是这让他喜欢伤感音乐,他的母亲在音乐上很有天赋的。”法官说这话的时候忘了他隔开了一代人,“我的意思当然是指他的祖母”。他纠正道,“杰斯特的母亲只是在那些激进、悲哀和混乱的时候和我们住在一起……所以几乎大家都对她印象不深刻,现在我都快记不清她长什么样了。浅色头发,棕色眼睛,说话声音很好听……她的父亲是一位很有名的酒贩子。虽然我们对她有些成见,她还是给我们家带来了运气,如果算是的话。”

“问题是,她夹在强尼的死亡和杰斯特的出生之间,还有蜜西的第二次病倒。这就需要非常强大的内心来支撑,而米拉贝尔显然没有这么坚强的个性。”的确,对法官而言,最清晰的记忆是有一个周日吃正餐的时候,儿媳妇用很温柔的声音说:“我爱烘烤的冰激凌蛋糕。”法官当时自以为是地纠正她:“米拉贝尔,”他语气严厉地说:“你爱我,爱记忆中你丈夫的样子。你爱蜜西。但不是你爱烘烤的冰激凌蛋糕,明白吗?”他带着愉快的目光看着眼前自己正在切开的蛋糕,指出米拉贝尔用词不当,“你喜欢烘烤的冰激凌蛋糕,明白这两个词的区别了吧,孩子?”她明白了,但是她倒了胃口,“明白了,先生。”她说着放下了叉子。法官觉得有些过意不去，生气地说：“吃啊，孩子。你现在的身体需要多吃。”但是他这么一说反而让米拉贝尔哭了，离开了餐桌。蜜西责备地瞟了一眼丈夫，也离开了桌子，把法官一个人留在那里生气。为了对他们的离去有所告诫和惩罚，那天下午他故意和她们保持距离，自己一个人锁在书房玩牌，当他听到有人转动门把手，而他故意不去理会的时候，他感到一种很大的满足。他甚至在每逢星期天去强尼墓地的时候，独自一个人去而没有和妻子和儿媳妇一起去。在公墓转悠了一圈让他心情又好起来。四月的黄昏他去散步，在整天都开着的超市买了一口袋糖果，橘子甚至还有个椰子，这些都是晚餐桌子上大家欢迎的食物。

“米拉贝尔。”法官对马龙说，“如果当时送她去约翰·霍普金医院生孩子就好了。但是我们家女人都是在家里生孩子的。谁知道会出这个状况。再说，人都是事后明白，当时糊涂。”他结束了这段话，不再提他那因生孩子死去的儿媳妇。

“米拉贝尔死得很可惜，”马龙只是想说些什么，“现在女人已经很少会因为生孩子死去，所以真遇上了就格外令人伤心。她每天下午都到我的店里来买卷筒冰激凌。”

“她喜欢吃甜食。”法官说话时露出非常得意的神色，因为他也因此受益，他经常会说：“米拉贝尔喜欢吃草莓酥饼”或者类似的这些精美小吃，把他自己的馋嘴说成是怀孕的儿媳妇想吃。妻子蜜西活着的时候很有办法，也很有坚定的策略，一直把法官的体重控制在三百磅内，她也从不提什么卡路里、节食之类的字眼，她只是偷偷读食品上写的卡路里表格，然后仔细调配食物，法官对此一无所知。

“最后城里每个小儿科大夫都咨询过了。”法官几乎是辩解地说，好像他因为没有好好照顾亲人受到了责备，“但是这是很罕见的一种毛病，没有人能预知。到了我该死的日子，我会后悔没有一开始就送她去约翰·霍普金医院。他们擅长处理疑难杂症和罕见病的。如果不是他们，我今天也早就死了。”

马龙从这些对其他人疾病和死亡的谈话中得到一些慰藉，他轻声地问：“你的病是属于复杂还是罕见？”

“也不是那么复杂和罕见，只是有些怪，”法官扬扬自得地说，“当我最亲爱的妻子死后，我感觉太糟糕了于是开始自掘坟墓。”

马龙吓得一哆嗦，眼前浮现出一幅生动的画面：他的老朋友在坟地里用牙咬着泥土，痛苦地哭号。由于自己的病，他对这种突然出现的画面毫无防御能力，不管怎么抵抗都没有。对疾病的主观认识是如此强烈，马龙对即使是最温暖和客观的感念都会产生强烈的反应。比如，只是提到一个很普通的可口可乐名称，就会让他感觉羞愧和耻辱，认定这个公司不是一个好的供货商，这只是因为他妻子买了他们的股票，她是用她自己的钱买的，并把它们放在米兰信托银行一个保险柜里。这些反应来自内心深处，是一种本能，马龙自己都没意识到它们有着扩散出来的力量和下意识里不好的影响。

“后来有一次我在你的店里称体重，结果有三百一十磅。但其实这也没什么可担心的。我只是担心那时常出现的头晕。我是想也许有什么稀奇的事情发生我才会注意到。结果稀奇的事就真的发生了。”

“怎么啦？”马龙问。

“那是杰斯特七岁的时候，”法官岔开话头开始抱怨那些日子，“哦，一个男人带一个没有母亲的小孩，多么艰难！不仅要抚养他，还要教育他。哦，买那些婴儿食品，半夜突然孩子耳朵疼，我就把止痛剂蘸了糖喂他，还有把香油滴到耳朵里。当然大部分事情是他的保姆克里奥佩特拉做的，但是我自己的孙子，我义不容辞，这是毫无疑问的。”他叹口气然后接着说，“不管怎么说，当杰斯特还是个小不点儿的时候，我就决定教他打高尔夫。周六天气好的下午，我们就去米兰市的高尔夫俱乐部场地打球。我就是自己打，让杰斯特看着不同的拿杆方式和姿势。我们来到……来到一个小池塘，就在树林边上……你知道那地方，马龙。”

马龙从没打过高尔夫，也不是俱乐部成员，但是他还是点点头，带着几分自豪。

“总之是我那么一挥杆，就突然晕倒了。我感到自己扑通一下掉进池塘里去了。我掉进去差点儿淹死，周围一个成年人也没有，只有一个七岁的小孩和一个黑人球童。是他们俩救我上来的。他们怎么把我拉出来的我都不清楚，我只顾使劲瞎扑腾，浑身湿透。我一个三百多磅的大人，他们俩拉我肯定很费劲儿。但是那个黑人球童很聪明有灵气，最后他们终于把我拉出池塘。这个头晕的毛病终于引起我的警惕，我认真地决定该去看医生了。因为我从来不喜欢也不相信米兰的医生们，我灵机一动就去了约翰·霍普金医院。我知道他们专治怪病和罕见病症，像我这种。我给那个救我的球童一块金表，上面刻着拉丁文呢。”

“拉丁文？”

“Mens Sana in corpora sano. 就是健康的心灵来自健康的身体的意思。”法官平静地说，这是他懂的唯一一句拉丁文。

“非常贴切。”马龙说，他一句拉丁文也不懂。

“我自己也不知道为什么，我和这个黑人男孩有种特殊的联结，你可以说是一种悲剧色彩的联结。”法官慢慢地说，闭上眼睛，好像眼前有个帘子遮住了这个话题。马龙很好奇，却无法得到满足。“不过，”法官继续说道，“我雇他当了我的贴身仆人了。”“贴身仆人”这个过时的说法给马龙触动很大。

“我掉进池塘给我敲响了警钟，我去了约翰·霍普金医院做全面检查，因为我知道他们擅长处理怪病的。我带着小杰斯特一起去的，为了让他扩大知识面，也是奖励他和那个黑人孩子成功救了我。”法官其实是害怕自己一个人单独面对医院的环境，但他不愿意承认，“于是我就在医院见到修姆大夫。”

马龙想象着医院里医生的诊室，乙醚的味道，还有孩子们的哭声，潜意识里海登医生手里拿着的裁纸刀和他的诊断书也出现在脑海里，想到这儿，他脸都白了。

“修姆医生问我是不是吃得太多，我向他保证我只是很正常的饭量。接着他的问题越来越细。他问我，比如，一顿饭吃几块饼干？我说：‘就是通常的数量啊。’像那些医生一样，他刨根问底地问我‘通常的量’是多少？我告诉他说是‘就一打子或再多两块’。这么一说之后，我知道我遭遇了滑铁卢了——彻底失败。”

马龙眼前瞬间闪过水浸泡的饼干、丢脸的丑态，还有拿破仑。

“医生说我只有两个选择——要么继续现在的生活，这样的日子不会过多久；要么开始节食。我承认我被他的话惊呆了。我告诉他这个问题太严重我得好好想想。我得想十二个小时之后才能告诉他我的决定。‘我们会发现节食并不是那么可怕的，法官大人。’你是不是也很讨厌，他们这些医生一说话就喜欢用‘我们’二字，其实只是对我而言。他可以回家吃上五十块饼干十个冰激凌蛋糕都没关系——而我，就得节食挨饿，我是非常生气地开始想这个问题。”

“我也讨厌医生用‘我们’二字。”马龙非常赞同，想起在海登医生诊所他对自己说“我们可能是遇到白血病了”的时候，他的情绪波动很大。医生的话给了他沉重打击，到现在他还没缓过劲儿来。

“再说，”法官接着说下去，“我讨厌这个，非常讨厌，医生一本正经地好像在告诉我病情的真相。我非常生气地想着那个什么节食问题，说不定我马上就会真的中风晕倒。”法官又立刻纠正自己，“是完全可能心脏病发作或者来个‘小中风’之类的。”

“他们这么做很不对，”马龙非常赞同法官的意见。他曾经问过医生自己的病情真相，但是他问也是为了有个安慰的话语，他怎么知道一个普通的春倦症可以变成一个不治之症？他希望从医生那里得到同情和安慰，结果却得到一张死亡通知书。“这些医生们都干了什么呀？上帝，他们只知道洗手，看着窗外，编织各种可怕的事情，而你仰面躺在病床上，或者半裸着坐在椅子上等着他们的最后通牒。”马龙的声音带着愤怒和疲惫，结束了他的申诉，“我真高兴当初医学院没有读完，我的灵魂和良心里都没有当医生这种执念。”

“我可是认认真真地想了足足十二个小时，像我说的那样。一个我说去节食，而另一个我却说，见你的鬼！我就这么活谁也管不着！人不就活一辈子嘛！我想起莎士比亚的话‘是生存？还是死亡？’痛苦地思索，无法决定。傍晚的时候一名护士走来，端着一个托盘，上面放着的牛排比我的手掌还厚，还有绿大头菜和西红柿沙拉。我看着护士，她胸脯小但很美丽，脖子很可爱——对一个护士来说，她真是长得不错。我告诉她我的问题，问她节食到底会怎么样。结果她说：‘这就是您的节食食谱啊，法官大人。’她的话让我难以置信，当我确认她的确不是在哄骗我后，我告诉修姆医生我决定听他的话节食，然后我就大吃起来。我没有告诉他我还喝点儿酒之类，我自己想办法弄到啦。”

“怎么弄到的？”马龙问，他知道法官的小弱点。

“上帝有他奇妙的方法做工。我当时不是把杰斯特从学校带出来跟我去了医院吗，当时大家都说我这么做非常奇怪。有时候我也这么想，可是心里面其实我是害怕我会在北方这个医院死去。开始我并没有计划，但是现在有了。一个七岁的男孩正好可以帮助他生病的爷爷去附近的酒店买瓶酒来。”

“生活中的窍门就是把不愉快的经历变成愉快的。我的肚子一缩小，我在医院的日子就好过了，三个月内我掉了四十磅。”

法官看到马龙眼里充满渴望的神色，突然感到有些内疚，因为他自己说得太多了，都是关于自己的健康问题。“你也许觉得我的生活到处是玫瑰和美酒，其实马龙，不是这样，我现在就告诉你一个秘密，这个秘密我从没向任何人说过，一个很严重、可怕的秘密。”

“怎么回事？到底是……”

“我节食体重下降了，我很高兴，但是节食给我身体系统带来不良后果。我节食一年后，去约翰·霍普金医院做例行检查，结果发现我血液里糖分过高，也就是得了糖尿病。”马龙多年来一直卖给法官胰岛素，听到这个消息并不奇怪，但是他什么也没说。“这不是致命的病，这是节食造成的后果。我大骂修姆医生，并威胁他要去告他，但是他给我讲了一通道理，作为一个资深法官，我也知道这种事告也没用。于是就造成了现在这种样子：你知道，马龙，虽然不是致命的病，但你每天得打针。这虽然也没什么，但是我还是觉得如果让公众知道我有这么多健康问题，会给我造成一些麻烦。不管大家承认不承认，我现在仍在我政治生涯的顶峰。”

马龙说：“我不会告诉任何人的，当然这其实也没什么丢脸的。”

“肥胖，小中风，现在又来个糖尿病——这对一个政治家来说影响太大啦。虽然我们白宫里也住着一个瘸子，住了十三年。[1]”

“我对你在政治上的敏锐有百分之百的信心，法官。”马龙虽然这么说，但是那天晚上他却莫名其妙地开始对老法官丧失信心——为什么会这样他不知道——至少在医疗上的信赖是没有了。

“多年来我一直是用医院派来的护士给我打针，但是现在我有机会改变这一情况。我找到一个男孩子，他可以帮助我给我打针。他就是你问过我的那个黑孩子。”

马龙突然想起来了，说：“不会是那个蓝眼睛的黑人吧？”

“就是他。”法官说。

“您对他都了解多少？”马龙问。

---

〔1〕指美国第32任总统罗斯福。

法官陷入沉思，想起他生活中的悲剧是如何围绕这个男孩子发生的。但是他只是简单地对马龙说：“他正是那个我掉进池塘后救我上来的黑孩子。”

然后两个朋友就会心地大笑起来，笑他们生活中都遇上的巨大不幸。两人想着一个三百磅重的大胖子老头儿被人从高尔夫池塘里拽上来的样子，越发笑得歇斯底里，笑声在灰暗的暮色中回响。这种对巨大不幸爆发出的笑声半天都停不下来，于是他们就尽情地笑了好一阵子，为自己的不幸狠狠地大笑一场。最后法官先止住了笑，“说实话，我是想找个我能信赖的人，所以除了这个救了我命的小男生，我还能相信谁呢？胰岛素剂得非常小心使用，这玩意儿有些神秘，必须得让非常聪明又有责任心的人来管理，比如煮针头，还有其他事情。”

马龙想，那个黑人孩子也许很聪明，可是一个黑人，再聪明又能聪明到哪儿去？他替法官害怕，因为他看到那双冷酷、炯炯有神的眼睛，还有他自己的碾槌、屋里的老鼠和死亡。“我不会雇那个黑孩子的，不过也许你比我更了解他。法官大人。”

法官又想起自己担心的事情来：“杰斯特又不跳舞也不喝酒。就我所知他甚至不约女孩子们。他到底去哪儿了？很晚了，马龙，你觉得我是不是该报警呢？”

报警的想法和兴师动众的场面让马龙感觉紧张，“怎么啦？还没有那么晚，没什么可担心的。但是我想我倒是该回家了。”

“马龙，你打个出租车吧，费用我来付。明天我们接着讨论约翰·霍普金医院的事情。因为，说正经的，我觉得你应该去那里瞧瞧。”

马龙说：“谢谢您，先生。我不需要叫出租车——清新的空气对我有好处。不用担心杰斯特，他肯定一会儿就回来了。”

虽然马龙说走回去对自己有好处，夜晚也很温暖，但是在回家的路上他却感到寒冷和虚弱。

回到家，他悄悄爬上床，没有惊动妻子。但是当她温暖的屁股碰到他时，他想起过去富有激情的生活来，这让他感到一阵沮丧——他赶忙挪开身子。唉，死亡已然在逼近，活着的人今后的日子怎么过呢？

4

在这个仲夏之夜，杰斯特和舍尔曼初次见面时还不到九点，现在也就过了两个小时。但是在青春时光里，两个小时可以是一段很关键的时刻，它可以照亮整个人生。那个晚上对杰斯特来讲，就是这么一个时刻。当音乐带来的情感和初见的情绪稳定之后，杰斯特开始注意房间里的陈设。房角里放着绿色的盆栽，他稳定了自己之后发现这个陌生者打断了他的观察。一双蓝眼睛挑战似的在等着他说话，但是杰斯特仍然保持沉默。他的脸红了，鼻子上的雀斑颜色变深，“对不起，”他用颤抖的声音说道，“你是谁？你刚才唱的是什么歌？”

另外一个年轻人，和杰斯特同岁，说话声音听起来有些阴森森的：“如果你想清楚地知道冷冰冰的真相，那我只能说，我不知道我是谁，也不知道谁是我的祖先。”

“你的意思是你是个孤儿？”杰斯特说，“真巧，我也是的。”他激动地说，“你不觉得这是一个征兆吗？”

“不觉得。你知道你是谁。是不是你爷爷派你来的？”

杰斯特摇摇头。

当杰斯特刚进来的时候，舍尔曼以为是老法官让他来送信儿的，看杰斯特没有传话的意思，他就猜测也许是安排的什么套儿。“那你为什么闯进我的屋子？”舍尔曼问。

“我不是闯进来，我敲门了也说了‘打扰你’的话，然后我们开始谈话的。”

舍尔曼仍然怀疑杰斯特的来意，猜测其中是不是有诈，他很警惕地说：“我们可没开始谈话。”

“你是说你不知道你的父母是谁？怎么会呢？我的父母都死了，你的呢？”

蓝眼睛的黑孩子说：“冷酷的现实是，我对我的父母一无所知。我是被遗弃在教堂座位上，于是他们就叫我用普[1]做姓，根据尼日利亚民族的做法和规矩吧。我的名字是舍尔曼。”

就是比杰斯特不敏感的人也会意识到，另外一个年轻人正在故意对他无理取闹。杰斯特知道自己该回家去，但是他好像被舍尔曼黑黝黝的脸上一双蓝眼睛给催眠了，无法移步。一句话没说，舍尔曼又开始弹琴唱歌。就是这首歌，杰斯特

〔1〕Pew：教堂里的座位。舍尔曼被人冠之用 Pew（普）做了姓。

在自己的房间里听到，他觉得从来没这么被一首歌给打动过。舍尔曼的手指很有力，在象牙色的琴键上显得非常黑，唱歌的时候，他的脖子向后仰。第一段唱完，他甩了一下头和脖子，似乎示意杰斯特坐到沙发上去，杰斯特走过去坐下，继续聆听。

整首歌唱完的时候，舍尔曼轻快地来了个轮指滑奏，然后走到隔壁厨房拿来两杯倒好的酒。他把一杯递给杰斯特，杰斯特一边问杯子里装的是什么，一边接过去。

“卡尔费特威士忌，百分之九十八度。[1]”

舍尔曼没有说，他买这个酒是因为受到广告的影响——“成为与众不同的人”。他也竭力打扮成广告里那个人不修边幅的模样。但他看上去只是很邋遢，是城里穿着最刺眼的人。他穿着两件哈撒韦名牌衬衣，眼睛上带着一个黑色眼罩，但这只是让他看起来更悲催，而不是与众不同，并且他还经常撞到东西。“这可是最棒最特殊的威士忌，”舍尔曼说，“我可不会给我的客人喝假酒。”但其实刚才在厨房，他小心地将酒倒出，生怕遇到个酒鬼把他的酒喝光。而且他也绝不会给人尽皆知的酒鬼倒卡尔费特。他知道今天晚上这个客人绝对不会是个酒鬼，事实上，杰斯特从来就没尝过威士忌的味道。舍尔曼现在放心了，觉得老法官没有给自己下什么套儿。

---

〔1〕Lord Calvert：卡尔费特威士忌，加拿大产。正确说法应该是98度。一百度为烈性酒。这里舍尔曼为了表明自己很在行，其实他并没有多少经验。

杰斯特拿出一包烟，客气地递上：“我抽烟就像烟筒，”他夸张地说，“而且天天喝酒。”

“我只喝卡尔费特。”舍尔曼坚定地说。

“我刚进来时你为什么那么凶巴巴的？”杰斯特问。

“当下你必须得小心那些分裂症。”

“什么？”杰斯特问，他没听懂。

“就是有精神分裂症的人。”

“可那是医学术语吧？一种身体疾病啊。”

“不是，是脑子出了问题，”舍尔曼很权威地说，“分裂症就是指疯子。我就知道一个人是这样。”

“谁啊？”

“你不会认识。他是金色尼日利亚。”

“金色什么？”

“那是一个俱乐部的名字，我是成员。开始是为了反对种族歧视的示威组织，他们有崇高的目标。”

“什么崇高目标？”杰斯特问。

“首先我们注册登记，用团体的名义参与选举投票。如果你认为在我们这里不需要勇气就能干这件事，你就太天真了。我们每一个成员都有一个小的硬纸板做的小棺材，上面印着我们的名字和标识‘选举提醒’。真是这么做的。”舍尔曼强调地说。

后来杰斯特才领悟到这句话的意义，但是那要等到他更深入地了解舍尔曼的生活之后。“我真希望你们团体登记的时候我也在那。”杰斯特充满渴望地说。“团体”这个词特别吸引他，一种英雄气概充满了全身，他忽然热泪盈眶。

舍尔曼的声音仍然生硬冷酷：“不，你不会希望在场的。你会第一个被吓坏。再说，你还没到选举年龄……你会被吓住的。”

“我不喜欢你这么说，”杰斯特说，“你怎么知道我会是逃兵？”

“小波皮告诉我的。[1]”

虽然杰斯特很生气，但是他喜欢舍尔曼的这个回答，心想将来自己也可以这么说。“俱乐部里有很多胆小鬼吗？”

“这个嘛，”舍尔曼说得很犹豫，“在某些情况下，把纸板做的小棺材塞进门下面去是需要勇气的……我们继续研究选举，认识所有总统的名字和任职日期，背诵宪法，等等，但我们的目的还是投票，不是要做圣女贞德，所以在这种情况下……”他的声音渐渐弱下去。他没有告诉杰斯特由于选举的日期临近，你来我往的争斗会愈演愈烈，也没告诉他自己其实未成年也没有选举权。而在那个秋天，舍尔曼的确想象着自己按照烦琐的程序去参加投票了，他还想象着投票的时候唱着“约翰·布朗的遗体[2]”被处以绞刑。这首歌总

---

〔1〕“Little Bo Peep”（小波皮）是一首很流行的英文哄孩子睡觉的歌曲。

〔2〕约翰·布朗（John Brown）是美国废除奴隶制的领袖，后被捕处以绞刑。这首歌曲在南北战争时期广为流传。

是让他流泪，而那天他更是会放声大哭，成为为种族而战的殉道者。没有一个“金色尼日利亚”俱乐部的成员参加了选举，所以关于选举的话题也就搁浅了。

“我们当时有会议的程序，大家在圣诞节俱乐部里很活跃，俱乐部为穷苦孩子募捐。就在那里我知道黑德森先生是个分裂症。”

“他是谁呀？”杰斯特问道。

“他是圣诞募捐的负责人，非常活跃的俱乐部成员。可是在圣诞前夜他抢劫了一个老太太。其实他是个精神分裂症患者，根本不知道自己干了什么。”

“我也一直好奇疯子们都知不知道自己是疯子？”杰斯特轻声说。

“黑德森现在不知道。其他‘金色尼日利亚’俱乐部的成员也不知道。否则我们就不会在俱乐部里给他投票了。去抢劫一个老太太是他疯病发作了。”

“我非常同情那些疯子们。”杰斯特说。

“最深切地同情，”舍尔曼纠正道，“那时我们对着花——我是指花圈上的花——说话，当他在亚特兰大被处以电刑时，我们给他家人送了花圈。”

“他被处以电刑？”杰斯特惊呆了。

“是，圣诞前夜抢劫一个白人老太太，还有什么话讲？后来才知道黑德森其实在精神病院住了大半辈子。他没有作案动机。事实上他在抢劫了老太太后并没有动她的钱包。他就是突然疯病发作了……律师提出辩护，指出他在精神病院以及贫穷和压力等问题——律师是州政府雇员帮他找的，我的意思是——尽管如此，黑德森还是被炸糊了。”

“炸糊了！”杰斯特恐惧地惊叫。

“在亚特兰大电刑处死，一九五一年六月六日。”

“我觉得你这么说你的朋友，一个俱乐部的成员被炸糊了，很可怕。”

“可事实就是如此啊，”舍尔曼平淡地说，“让我们谈点儿开心的事吧。你想不想让我带你看看奇波·姆林斯的房间？”

舍尔曼得意地指着房间里每一个角落和家具介绍给杰斯特。房间很拥挤、很花哨也很枯燥。“这块地毯是纯威尔顿地毯，这张沙发床花了一百八十块，二手货。如果需要可以睡四个人。”杰斯特看了一眼只有一般沙发四分之三大小的沙发床，纳闷如何睡得下四个人。舍尔曼用手抚摸着一个铁做的鳄鱼，那家伙嘴里有个电灯泡。“这是奇波姨妈给他的乔迁新房礼物。不是很新式也不怎么好看，但这是一份心意。”

“没错，”杰斯特点头同意，很高兴新朋友说些人性的闪光点。

“茶几是真正的古董，你看得出来吧！那盆花是给奇波的生日礼物。”舍尔曼没有介绍那个红色的台灯，边缘已经破损的灯罩，还有两把显然已经很破的椅子，还有其他看上去很破的家具。“我不会让这间房出什么状况的（他说的房而不是房间，这样显得很酷）。”“你还没看其他房……都很棒呢。”舍尔曼的语气里带着骄傲，“晚上当我一个人在这儿，我几乎都不开房门。”

“为什么？”

“害怕被打劫，或者打劫的人会闯进来抢东西。”他接着说，毫不掩饰自豪感，“你看，我是奇波的房客”。六个月前他还说是和奇波搭伙的，后来他听到“房客”这个词，他喜欢，于是就常用。“让我们去看看其他地方。”舍尔曼用主人的口吻说，“来看看厨房吧，”他得意扬扬地说着，“看看多么现代又方便。”他虔诚地打开冰箱给杰斯特看，“最底下一格是放新鲜的东西——新鲜芹菜、胡萝卜，还有生菜什么的。”舍尔曼打开冰箱最底下一层，但那里只有一个干枯的生菜头了。“我们把鱼子酱放在这里。”他毫无表情地说。舍尔曼指着这个神奇箱子的其他部分让杰斯特看。杰斯特只看到一盘冷的豇豆，渗出的油成了胶冻，但是舍尔曼说：“上个圣诞节我们把香槟冷藏在这里。”杰斯特很少打开自己塞得满满的冰箱，所以他被舍尔曼唬住了。

“你在你爷爷家肯定吃过好多鱼子酱喝过很多香槟吧！”舍尔曼说。

“没有，我从没吃过鱼子酱，也没喝过香槟酒。”

“从没喝过卡尔费特威士忌，也没喝过香槟，没吃过鱼子酱……我对这些可是豪饮痛吃呢！”舍尔曼说，他其实只尝过一次鱼子酱，纳闷这东西有什么好吃的，还是高档食品。“你看，”他充满激情地说，“这是一个真正的电动搅拌器——插销在这儿。”舍尔曼说着就插上电源，搅拌器疯狂地转起来，“这是奇波的圣诞礼物，我送给他的。我是分期付款买的。我在本市信用记录最棒，可以随便买任何东西。”

杰斯特站在狭小昏暗的厨房中有些厌倦了，舍尔曼很快意识到这点，但是他被自尊驱动着，他带杰斯特走进卧室。舍尔曼指着靠墙的一个箱子说：“这个箱子，”他多余地解释道，“是我们放贵重东西的。”然后他又加上一句，“我不该告诉你。”

杰斯特被他最后一句惹恼了，但他并没有说什么。

房间里放着两张床，每个上面都铺着玫瑰色的床单。舍尔曼带着欣赏的目光拉了拉床单说：“纯人造丝的。”在床上方墙上挂着两幅肖像，一个画的是个黑人妇女，另一张是一个黑人姑娘。“这是奇波的妈妈和妹妹。”舍尔曼还在用手抚摸着床单，这只黑手在玫瑰色床单映衬下让杰斯特感到一种无法言状的紧张和害怕。他不敢碰丝绸，他觉得如果亲手去摸了就会像被电击一样，因此他小心翼翼地把两只手放在床头板上。

“奇波的妹妹很漂亮。”杰斯特说，他觉得舍尔曼一定希望他对自己的亲戚说些恭维的话。

“杰斯特·克莱恩，”舍尔曼语气很硬，这让杰斯特感到毛骨悚然。“如果你胆敢，”这次舍尔曼的声音里带着刺耳，“如果你胆敢对少女辛迪瑞拉有半点下流念头的话，我就把你绑起来烧你的脸，站在这儿看你被烤成肉饼！”

这突如其来的愤怒袭击让杰斯特抓紧了床头，“我只是想说……”

“闭嘴，闭嘴！”舍尔曼怒斥道。然后低声狠狠地说：“你刚才看画的样子，我不喜欢你脸上的表情。”

“什么表情？”杰斯特问，满脸困惑，“你让我看的，我就看了。那我该怎么看？哭着看吗？”

“你再胡说八道我就把你捆起来，把你放火上慢慢烤，就像烤肉排一样。让火慢慢上来，烤好久好久。”

“我不懂你为什么说话这么难听。特别是对你刚认识的人。”

“但凡说到辛迪瑞拉的贞操，我就这样，高兴怎么说就怎么说。”

“我看你是爱上辛迪瑞拉了，疯狂地爱上了吧？”

“你再问这些私人问题，我就把你送亚特兰大烤了去！”

“别傻了，”杰斯特说，“你怎么能有这权力？那是法律的事情。”

两个男孩都被杰斯特最后一句话镇住了，但舍尔曼还嘟哝着说：“我亲自抹上酱汁，慢慢烤。”

“我觉得所有关于这些什么电刑、烤人肉之类的话题都太幼稚。”杰斯特停了一下，然后狠狠地刺激了舍尔曼一句，“实际上，我想是因为你的词汇量太有限。”

舍尔曼被刺激到了："词汇量有限？"他大叫起来，气急败坏。停了好长时间，他才用挑衅的语气问："你知道'冥河'是什么意思？"

杰斯特想了想，不得不承认："我不知道。"

"……那你知道什么是'epizootical'和'pathologinical'？"舍尔曼接着说，绞尽脑汁编了几个词儿。

"pathologinical 是不是说一种病……"

"不是，"舍尔曼说，"我刚编的。"

"编的？"杰斯特吃了一惊，"这可绝对不公平。你考别人的词汇量却用自己编的词儿。"

"反正不管，"舍尔曼下着结论，"你的词汇量也很有限，很烂。"

杰斯特的处境尴尬，他不得不证明自己不是像舍尔曼说的那样，他努力想编一个长的词，但没成功。他想不出一个花里胡哨又有意义的词来。

"得了，"舍尔曼说，"咱们换个话题吧。你想让你的酒变甜点儿吗？"

"变甜？"

"是啊，傻瓜。"

杰斯特喝了一小口威士忌，呛得他咳起来，"这东西又苦又辣……"

"我说变甜点儿，你这笨家伙是不是以为我会往威士忌里加糖？我越来越觉得你是火星上来的了。"

这种新颖的表达方式，又是一句杰斯特想今后自己可以拿来用的话。

“多么富有夜色的夜晚啊！[1]”杰斯特这么说，特意证明自己的词汇量很大。“你真是太幸运了。”

“你说的是奇波的窝吗？”

“不是，我是想——你可以理解为是思考——你是多么幸运，能知道你要在人生中到底做什么。如果我有你的嗓子，就再不会担心那些令人头疼的事了。也许你自己都没意识到，你有一副金嗓子。我是没什么天赋——不能唱歌也不会跳舞，我能画的唯一的东西就是圣诞树。”

“还有别的你一定可以。”舍尔曼的语气里有种高高在上的腔调，感到杰斯特的表扬很受用。

“……我也不擅长数学，所以也无法研究原子物理。”

“我想你可以做建筑工作。”

“也许吧，”杰斯特苦恼地说。然后他突然高兴起来，“不过，这个暑假我在上飞行课。但这只是自我安慰吧。我想谁都应该学飞行的。”

“我完全不同意你的观点。”舍尔曼说，他有恐高症。

“想一想如果你的宝宝要死了，就像你在报纸上看到的那些皮肤青紫的婴儿，你必须飞过去才能见到他最后一面。或者比如你腿脚不灵便的母亲病得很重，想在临死之前见你

---

〔1〕为了证明自己词汇量大，舍尔曼故意用了两个描写夜的词。

一面，你怎么办？再说，飞行很有趣，我把它看成道德上的义务，每个人都该学开飞机。”

“我完全不同意你的观点。”舍尔曼又说了一句，说这些他做不到的事情让他感到不舒服。

“反正，”杰斯特继续说，“你刚才弹的是什么歌儿？”

“今天晚上我只是唱最普通的爵士乐，但是今天下午我练习纯正的德国 Lieder。”

“什么意思？”

“我就知道你会问我。”又回到舍尔曼擅长的话题，这让他感觉良好。“就是德国民谣啊，傻瓜。德语歌曲。就像英文歌唱的是英语，德国民谣唱的是德语呗。”说着，他开始轻轻地自弹自唱起来，这首新歌击中了杰斯特全身，他不禁颤抖起来。

“用德语唱歌，”舍尔曼自夸道，“他们说我德语说的一点儿口音都没有。”他撒了个谎。

“英文是什么意思呢？”

“是首爱情歌曲。小伙子唱给他女朋友的——差不多意思就是：‘我亲爱的，你那双蓝色眼睛，我从未见过如此美丽。’”

“你的眼睛也是蓝的。这好像是你唱给自己的爱情歌曲。事实上当我知道了这个歌词，我就感到有些阴森森的。”

“德国歌谣就是这么阴森森的。所以我特别擅长这种歌。”

“你还喜欢什么音乐？我本人非常爱音乐，是疯狂地热爱那种。去年冬天我学会弹《寒风凛冽》练习曲。[1]”

“我才不信，”舍尔曼说，不想和别人分享他在音乐上的优势。

“你觉得我会坐在这儿骗你吗？”杰斯特可从来没撒过谎。

“我怎么知道？”舍尔曼可是天底下最能说谎的骗子之一。

“我只是好久没练了。”

杰斯特向钢琴走过去，舍尔曼睁大眼睛看着他，希望他不会弹这曲子。

《寒风凛冽》曲调高昂热烈，音乐回荡在小屋中。杰斯特飞快地弹了几个小节后，手指有些停顿，他停下来。“这首歌只要弹错一点儿就很难再找回感觉。”

舍尔曼本来听着满心嫉妒，现在放松了。杰斯特很生气，又重新开始弹。

“别弹了。”舍尔曼大叫，但是杰斯特不听，舍尔曼的叫声严重打乱了音乐。

曲子在激烈散乱中停下来。“嗯，很一般，”舍尔曼说，“你弹的都没有调。”

“我告诉你我会弹。”

---

〔1〕这是肖邦第二十五号第11首钢琴练习曲。

“音乐有各种弹法，我本人可不喜欢你这种。”

“我知道这是自我安慰，不过我喜欢。”

“那是你的权利。”

“我喜欢你弹爵士乐的样子，比你谈德国民谣好听。”杰斯特说。

“我年轻的时候，”舍尔曼说，“我曾在乐队演出过一段时间。我们非常火。乐队队长是拜德贝克，他小号吹得棒极啦。”

“什么？拜德贝克吗？你怎么可能和他同台？〔1〕”

舍尔曼试图用拙劣的手段掩饰谎言：“不是，我是说海德贝克。反正当时我们在大都会歌剧院，我真的特别想唱特里斯坦〔2〕，但是这个角色不适合我。事实上在大都会表演我的肤色受到很大限制没什么角色可以演。事实上，让我能想到我唯一能演的就是奥赛罗了，他是一个黑人摩尔人。我也喜欢那里的音乐，但另一方面来说，我无法挖掘人物内心。有几个人可以像他那样为了一个白人少女有那么强烈的嫉妒心？我无法理解。我会想戴丝德梦娜吗？〔3〕——我——戴丝德梦娜——我？不，我无法了解那种感情。”他开始唱起来：“哦，现在，和平静的心情永远告别吧”。

---

〔1〕Bix Beiderbecke，是美国爵士乐短号、钢琴演奏家和作曲家。舍尔曼和杰斯特同龄，他们出生时拜德贝克已去世。

〔2〕德国作曲家瓦格纳创作的歌剧《特里斯坦和伊瑟》里的男主角。

〔3〕是莎翁悲剧《奥赛罗》里的女主角。被因爱生恨的奥赛罗杀死。

“你一定感觉很别扭吧，不知道你母亲是谁？”

“不，没有啊。”舍尔曼说，其实童年时代他一直在努力寻找母亲。对每一个说话轻柔，性格温和的女人他都会想：这位是不是我妈妈？但是他无言的期望总是在悲伤中结束。“一旦你习惯了就无所谓了。”他虽这么说，其实是因为他从没习惯过，“我非常喜欢斯蒂文太太，但是她直截了当地告诉我她不是我妈妈。”

“谁是斯蒂文太太？”

“我住在他们家五年。是斯蒂文先生恶心了我。”

“什么意思？”

“性骚扰，傻瓜。我十一岁时被他性骚扰了。”

杰斯特目瞪口呆，半天才说：“我从没听说过有人性骚扰男孩子。”

“啊，当然有了，我就是受害者。”

杰斯特一直有受到刺激呕吐的毛病，此时听了舍尔曼的话，他突然就呕吐起来。

舍尔曼惨叫一声：“哦，奇波的威尔登地毯！”他赶紧脱下衬衣擦着地毯，“去厨房拿毛巾来，”他对还在呕吐的杰斯特说，“你赶紧走吧！”

杰斯特还在吐，他跌跌撞撞地冲出屋子，坐在门口，直到停止呕吐。然后他回来帮助舍尔曼清理脏东西。呕吐物的味道让他又想吐。“我想，”他说，“既然你不知道你母亲是谁，而你又有这么好听的嗓音，也许你妈妈是安德森小姐[1]。”

舍尔曼这次真被打动了，每次听到恭维话，他从来都是照单全收，因为很少有真正让他感动的话。但在他找寻母亲的所有努力中，他却从来没想到过安德森小姐。

“托斯卡尼尼[2]说她是百年不遇的好嗓子。”

舍尔曼觉得杰斯特的猜想简直太美妙了，他想自己一个人好好想想，好好独自享受一下这种感觉。舍尔曼立刻掉转话题：“我被斯蒂文先生性侵的时候——”杰斯特脸变白吞了口唾沫——“我无法跟任何人说，斯蒂文太太问我为什么总要打斯蒂文先生。我不能告诉她。这种事你怎么能告诉一个女人，所以那个时候我就开始说话结巴。”

杰斯特说：“我不懂你怎么还能把这件事说出来。”

“嘿，反正已经发生了，那时我可只有十一岁。”

“太不可思议了，这种事。”杰斯特说，他还在那里擦着那只铁鳄鱼。

“明天我去借个吸尘器把地毯吸一吸。”舍尔曼说，他还在担心家具。扔给杰斯特一条毛巾，“你要是再想吐，就用这个——因为我结巴又总打斯蒂文先生，有一天威尔士牧师就找我谈话。开始我不信任他，因为斯蒂文先生是教会的执事，我说了他们会以为我是瞎编的。”

---

〔1〕Marian Anderson（1897—1993）。美国著名黑人女低音歌唱家，热心维护黑人权利，被任命为美国驻联合国人权委员会代表。

〔2〕Arturo Toscanini (1867—1957)，意大利指挥家。

"你编过什么事情？"

"关于我母亲的事，我说过很多谎话。"安德森小姐也许会是自己母亲的想法又回到舍尔曼脑子里，他希望杰斯特赶紧回家，他就可以好好享受一下这个美好的设想了。"你什么时候回家？"他忍不住问。

杰斯特还在为舍尔曼感到难过，所以他故意不理会舍尔曼的暗示。"你有没有听说过安德森小姐唱过的歌，叫作'我主被钉十字架时你在吗？'"他问。

"圣歌吗，那是另一件让我恼火的事情。"

"据我看很多事都很容易让你恼火。"

"这跟你有什么关系？"

"我只是想说我很喜欢这首歌。她唱得非常美。每次听到我就会哭。"

"那就哭呗。那是你的特权。"

"……事实上是，很多圣歌都让我流泪。"

"对我来说，我可不想浪费我的时间自找麻烦。但安德森小姐唱过很多阴森森的德国歌谣。"

"她唱圣歌我才流泪。"

"那就哭呗。"

"我不懂你的意思？"

圣歌一直让舍尔曼恼火。首先，这些歌也会让他流泪，让他觉得自己像个傻瓜，这让他很生气；其次，他经常抨击圣歌，说这些是黑人音乐，但是如果安德森小姐真是他的母亲，他又该怎么评价这些歌呢？

“你怎么会想到安德森小姐的？”既然杰斯特假装不领会他的暗示，那就和他聊聊安德森小姐。

“根据你的嗓音啊。两个金嗓子，都出现在当下，这就不是一般的巧合了。”

“那她为什么抛弃我？我在哪儿读到过她非常爱自己的母亲的。”他带着挖苦的口吻，但又无法放弃这么个美梦。

“也许她陷入爱情了，非常投入，我是说，和一个白人王子。”杰斯特说，连他自己都被这种假设感动了。

“杰斯特·克莱恩，”舍尔曼的声音不大但很坚定，“不要用这种口气说‘白’这个词。”

“怎么啦？”

“就说高加索人吧，要不你就干脆说我是有色人种或者是个黑人，其实正确的说法是尼日利亚人或者阿尔西比亚人。”

杰斯特点点头，咽了口唾沫。

“……不然你就会伤了人们的感情。你又是这么一个脆弱的家伙，我知道你不会喜欢这样做的。”

“我讨厌你说我是脆弱的家伙。”杰斯特反驳。

“可是你就是如此。”

“你怎么知道？”

“小波比告诉我的。”杰斯特刚听舍尔曼用过一回这个表达方式，他还是很喜欢这说法。

“即使她迷上了这个高加索人，我还是不懂她为什么要把我遗弃在圣子升天大教堂的长椅上。为什么是佐治亚的米兰市？为什么不是其他地方？”

杰斯特没有办法体会舍尔曼那种从小寻找母亲的焦急心情，他开始担心自己一句随便的猜测竟会变成真的一样让舍尔曼耿耿于怀。他认真地说：“也许她真名不叫安德森，如果她真的把你抛弃了，也许是她把自己嫁给了歌唱事业。但这的确是一件很不光彩的事，我从没想过安德森小姐会做这种龌龊的事。事实上，我很仰慕她。我的意思是满怀激情地崇拜她。”

“为什么你总喜欢说‘满怀激情’？”

杰斯特今儿晚上一直醉醺醺的，而现在第一次真的满怀激情，可是却不知道怎么回答。对于青春期的第一次激情似乎毫不经心，但却非常强烈。它可以被一首夜晚听到的歌曲所激发，一个声音，或者见到一个陌生人。激情让人产生幻想，不能集中精力做数学题，而在你几乎渴望展现自己机智的时候，你却像个傻瓜。在青春期，一见钟情这种激情让你变得迟钝，你不知道是该躺下还是坐起来，你记不清刚才吃的什么才会还活着。杰斯特刚刚领会什么叫激情，心里非常害怕。他从没喝得醉醺醺的，也从来没想这样。在高中他是一个全 A 学生，除了偶尔几何和化学会有一两个 B。他躺在床上也允许自己做点儿白日梦，但在早晨闹钟响了之后，他就不这么做了，虽然有时候他也真想这样。这样的人当然害怕一见钟情式的爱情发生。杰斯特觉得如果自己碰到舍尔曼他就会犯滔天大罪，但那是什么样的罪孽他也不晓得。他只是小心避免碰到舍尔曼，用呆滞的，却充满激情的眼神看着舍尔曼的一举一动。

突然舍尔曼开始在键盘上敲中央C，一遍一遍不停地敲。

“你干什么啊？”杰斯特问，“总弹一个中央C？”

“你听到最高音有多少次振动？”

“你说的是哪种振动？”

“你敲中央C或者其他键时，能听到最弱的振动声音。”

“我不知道。”

“哈，那让我告诉你。”

舍尔曼又去弹中央C，开始用右手食指，然后月左手。“这个低音里你听到多少振动？”

“什么也没听到。”杰斯特说。

“高音有六十四次振动，低音也有六十四次。”舍尔曼说，一点儿也没意识到自己的无知。

“那说明什么？”

“我只是想告诉你，我可以听到整个键盘的每一次微小的振动，从这里，”他敲击最低的那个键，“到这里。”他又敲击最高的那个键。

“为什么要告诉我这些？你是钢琴调音师吗？”

“没错，我曾经就是一名调音师。你真聪明。但是我说的不是钢琴调音师。”

"那么你到底说的是什么？"

"我说的是我的种族，我在我自己的种族里发生的任何一种振动都记得清清楚楚。我把它叫作黑皮书。"

"黑皮书？——我明白了，你拿钢琴打比喻，象征性的。"杰斯特说，很高兴用了一个很有学问的词。

"象征性，"舍尔曼重复着，他见过这个词但是从来不知道怎么用，"嗯，对啊，就是这个意思——我十四岁时我们一伙人对珍妮大婶的广告形象很生气，于是我们突然觉得应当把它撕了。我们又是刮又是凿，把广告牌弄掉了。正弄着呢，警察来了把我们抓住。四个人都被关进监狱，按破坏公共设施罪被判了两年苦役。我没被抓住，因为当时我只是在放风，可这事发生后就印在我的黑皮书里了。其中一个人由于苦役过重死了，另外一个释放后回来就像一个活僵尸。你听说过亚特兰大的采石场和尼日利亚人吗？他们在那里用锤子砸断腿，因为那样他们就不用做苦工做到死。这么做的人中有一个就是当初毁珍妮大婶广告牌被抓的。"

"我在报上看过报道，那文章让我恶心，但那是真的吗，是你的金色尼日利亚俱乐部的朋友？"

"我没说他是金色尼日利亚俱乐部的。我只是说我认识他，那就是我所说的振动的意思。我对任何一件关于种族不公平的事情都会振动的。振动……振动……一直振动，你明白吗？”

“我也会这样，如果我属于你的种族。”

“不，你不会的——你是懦弱的家伙。”

“我讨厌你这么说我。”

“很讨厌……讨厌……讨厌。你什么时候回家啊？”

“你不想我在这里陪你？”

“不，最后一次告诉你，不需要，不！”他用恶狠狠的声音说，“你这个白痴，白皮肤红头发的孩子。肥猪。”舍尔曼搜肠刮肚地翻出很多词，这些曾是一个词汇量很大的男孩骂过他的。

杰斯特不由自主地用手摸摸自己的肋骨：“我一点儿也不胖。”

“我没说胖——我说肥猪，反正你词汇量烂透了，我告诉你那个词的意思就是愚蠢……愚蠢……愚蠢。”

杰斯特双手举着倒退到门口，好像要抵御对方的攻击，“哦，你这个浑蛋”。他大叫着跑走了。

他一口气跑到蕾芭的小屋，到了门口他气呼呼地使劲敲门。

屋子里不是他想象的那样。看上去就像一个普通的房子，一名妓女问他：“你几岁啊，孩子？”杰斯特从来没撒过谎，现在他却气急败坏地说：“二十一。”

“你想喝点什么？”

“非常感谢，但是我什么也不想喝。今晚我戒酒了。”这里气氛舒适，当那个妓女带他上楼时杰斯特没有发抖，在和一名橘黄色头发，有着金牙的女人躺在床上时他也没发抖。杰斯特闭上眼，脑子是一张黑色的脸和一双蓝色的眼睛在一闪一闪，他要成为一个真正的男人。

也就在这个时候，舍尔曼正在写一封信，他用冰冷严肃的黑墨水在信纸上写道：“亲爱的安德森夫人。”

5

虽然法官昨晚很晚才睡，过了平时睡觉的时间，而且躺在床上翻来覆去没睡好，可是早上四点钟的时候，他还是像平常一样醒了。浴缸里稀里哗啦的流水声吵醒了他的孙子，杰斯特也是一宿睡得不踏实。法官擦干身体，慢慢地穿上衣服，因为左手基本无法使用，他是主要靠右手帮忙——无法自己系鞋带——他就随它们松着。他给自己收拾完了，就蹑手蹑脚地走进厨房。看来今天天气不错，清晨灰色的天空正变成玫瑰红和黄色的太阳光。但厨房里还是有些暗，法官没有开灯，他喜欢在这个时候看外面天空的颜色。自己哼着一支走调的小曲儿，他开始煮咖啡并准备早餐。他从冰箱里挑了两个红皮鸡蛋，因为他听人家说红皮鸡蛋比白皮鸡蛋有营养，他也确信如此。经过几个月的练习，打碎了很多蛋，现在他已经学会如何用一只手将蛋敲开并小心放入煎蛋锅里。

在煎蛋过程中，他还可以给面包涂上薄薄一层黄油，然后放入烤箱，他不喜欢面包机烤出来的味道。最后他拿出一块黄色桌布放在餐桌上，再把放盐和胡椒的蓝瓶子拿过来。虽然只是自己一个人吃，法官不想让这顿饭吃得太闷。早餐做好后，他用好的那只手一样一样把食物搬到桌子上，这时候咖啡壶也开了，咕嘟嘟欢快地唱起歌来。最后他从冰箱里拿出蛋黄酱，小心淋在两个煎好的鸡蛋上。蛋黄酱是用矿物油做的，感谢上帝，卡路里很少。法官找到一本特别棒的书：《减肥不用慌》，这本书他经常拿出来读读。唯一要小心的就是矿物油里含有致泻物质，不能吃太多，以防在浴室滑倒的事故再次发生……这对一个法官来说可是不雅。尤其是如果在法院办公室上班的时候——已经发生过两次了。法官对自己的尊严看得非常重，虽然蛋黄酱美味，卡路里少，但他还是非常小心注意不要吃太多。

这块小巧的黄色桌布，还有几块同样大小的，都是他常用并喜爱的。平时都是小心用手洗。当法官太太还活着的时候，每天早上，这些桌布连同托盘，他都是用来给太太送早餐用的。那套蓝绿色的放盐和胡椒的瓶子也是他太太的，还有银质咖啡壶也是，现在法官用它给自己做早餐。以前当他慢慢变成一只起床越来越早的“鸟”时，他就自己做早餐，然后很高兴地给妻子准备托盘，经常还会去花园里采撷几朵花点缀托盘。接着他就会小心翼翼地端着托盘上楼，如果妻子还在睡觉，他就把她吻醒，因为他不想让自己去上班前的早上没有听到太太温柔的声音和鼓励的微笑（除了当她后来病得太重，他就不叫醒她，但必须见到她才能去上班，结果有的时候他到下午才去上班，因为一直在等妻子醒来）。

因为眼前都是妻子生前的物品，法官的悲伤很多年后才慢慢减弱，现在他很少有意识地想起蜜西，特别是在早餐的时候不会。他只是用她的物品，有时候盯着胡椒瓶子发呆，眼睛里充满忧伤。

焦虑往往会激发法官的胃口，今天早上他尤其感到饿。昨天晚上杰斯特差不多一点了才回来，回来后直接就去睡觉了，法官本来跟在他后面，但孩子冷冷地用一种生气的口气几乎吼叫地说："别来烦我，看在上帝的份儿上，别烦我。为什么我不能自己安静地待会儿？"这愤怒爆发出来如此地强烈突然，法官静静地，几乎低三下四地离开，还光着一双粉红的胖脚丫，穿着麻纱睡衣。他听见杰斯特在哭泣，但他不敢去问到底发生了什么事。

由于上面这些事情，让法官今天早上感到非常饿。他先吃了蛋白部分——那是最不好吃的——然后他仔细把撒了胡椒和蛋黄酱的蛋黄碾碎，把它们小心放在烤面包片上。他吃得有滋有味，他那只残疾的手小心弯曲着，罩在食物上面，好像在保护不被别人抢走。他吃完鸡蛋和面包，再拿起咖啡杯，他已经小心翼翼地把咖啡倒进他妻子生前那把银质咖啡杯里。他在咖啡里放了糖精，端起杯子吹着想让咖啡凉得快些。然后慢慢啜饮，他喝得非常慢。喝完一杯之后，他准备抽今天的第一支香烟。现在快七点了，天空已经发白，透出淡淡的蓝色，预示着是个好天气。法官一边喝咖啡一边抽烟，当他中风后塔顿医生不让他抽烟也不让他喝威士忌。刚开始的时候法官担心自己没有这些会马上死去。他偷偷跑到浴室里去抽，或者躲到餐具室里去喝酒。他还和医生争吵，结果塔顿医生倒比他先死了，这真是讽刺——塔顿医生从不抽烟，而且滴酒不沾，只是偶尔的时候才会嚼嚼烟草。虽然在给塔顿医生守灵的时候法官非常伤心，心里的难过无法抚慰，但当这次死亡的打击过去之后，法官却偷偷地感到一种解脱，他几乎没有意识到是什么，也不承认有这种感觉。只是塔顿医生死后不到一个月，他就在公众场合又开始大模大样地抽烟喝酒了，一如往常。只是他还是比较小心，每天最多抽七支烟，喝一杯波旁威士忌。

吃完早餐，法官还觉得没吃饱。他拿起厨房书架上《减肥不用慌》那本书，准备开始再认真读读。读到书中说大鳀鱼也就只有二十几个卡路里，一根芦笋只有五个卡路里，而一个中等大小的苹果是一百卡路里，看了这些他几乎得到了很大的安慰。但即便如此，他还不能满足，因为他想吃很多烤的食物，上面淋上黄油，再抹上家里自制黑莓果酱，那是维利丽做的，他的脑海里已经浮现出烤得金黄的面包，他感到自己的嘴巴里已经有了黑莓甜丝丝颗粒状的味道。虽然他不会真用牙齿去自掘坟墓，这种焦虑刺激了他的胃口，同时也减弱了他的欲望，他鬼鬼祟祟地，一瘸一拐地朝面包盒子走过去，但是就在这时他的肚子低声叫了一下，他停了下来，手还伸着去够面包，身体却转向了厕所方向。这个厕所是在他小中风后给他安装的。他绕了个弯拿起《节食不用慌》这本书，以防上厕所的时候需要的时间很长。

他迅速脱下裤子，用好的那只手保持平衡，小心坐在马桶上，感觉稳妥了之后，他的大屁股放松下来，稳稳地坐好。没等很长时间，他只读了一个菜谱，就是如何用柠檬做无皮馅儿饼（用上甜味剂也只有 96 卡路里）！他想可以让维利丽中午做这个，他感到很满意。他感觉大肠通畅，想起那句拉丁文“健康的心灵来自健康的身体”，他笑了。厕所里的臭味也不讨厌了，相反，他喜欢属于自己的一切，包括排泄物也不例外，这味道也让他满足。他坐在马桶上很惬意，同时还不忘胡思乱想，沾沾自喜。他听到厨房里有动静，才赶紧擦擦屁股站起来。

他以为是杰斯特，心情立刻变得很轻松愉悦，可当他一边系裤带一边来到厨房的时候，却没有看见人。他只听到维利丽在前面房间打扫的声音，这是每周一她的工作之一。法官觉得自己被骗了（否则可以在厕所待的时间更长点儿）。他抬头看看天，现在已经大亮，蓝天上没有一丝云彩，阳光灿烂。透过开着的窗户他闻到夏天花儿的清新幽香。法官有些遗憾自己每天例行的早餐和如厕就这么匆匆结束了，现在他无事可干，只等着送《米兰信使报》来。

老人和小孩一样，都很讨厌坐着干等，法官在厨房找到自己的眼镜（他有好几副眼镜，书房、卧室，法院也放着一副），开始看杂志《妇女之家月刊》。其实也不是读那些文章，只是看里面的插图。比如，这里有一张巧克力蛋糕的图片，非常棒，下面一页有一个椰子派的图片，是用炼乳做的，让人垂涎欲滴。一张一张的图片，法官贪婪地看着，感觉自己有些贪，他有些不好意思。提醒自己其实除了那些照片，这本杂志文章质量也是很不错的。（比《星期六晚报》好不知多少倍，那里的编辑们都一点儿不中用，根本没有看过他曾给他们的投稿。）《妇女之家月刊》里有些讲怀孕和生孩子的，都是很严肃的文章，他很喜欢读。还有些如何养育孩子的也很不错，法官知道文章不错，因为他有切身经验。还有些关于结婚离婚的文章，如果他不是全心全意地计划成为一个政治家的话，作为一个法官也是该对他有帮助的。最后一点，《妇女之家月刊》还有一些增设文章板块，会插入一些故事——比如讲讲艾默生啦，林语堂啦，还有世界上其他睿智之人的故事。几个月前他就在上面读到这样的话："如果一个故去的人还在我的心里行走，怎么能算真正死去呢？"这句话是来自古老印第安的一个传说，法官看到后就再也挥之不去。在他的脑海里，会浮现出一个赤着脚，古铜色皮肤的印第安人，静静地在森林里行走，可以听到一条独木舟在寂静中发出的声音。对于妻子的死，他从来没有大声哭出来，也不再为节食的事情哭喊。当他的神经系统和泪腺让他流泪时，他就想起他的哥哥波尤，波尤就像避雷针一样可以让他接到地面，让眼泪安全地流出来。波尤比法官大两岁，但是十八岁的时候就去世了。在法官还是个小男孩时，他很崇拜自己的哥哥。甚至他走过的地方都让他崇拜。波尤会表演，还会朗诵，是米兰戏剧社的社长。波尤做什么事都会成功，前途无量。结果有天晚上他回家的时候感觉嗓子疼，第二天早上就开始说胡话。那是一种喉咙发炎，他含含糊糊地说："我要死了，埃及，就要死了，鲜红的生命如潮水迅速退去。"然后他开始唱歌："我感觉，我感觉，我感觉就像晨星；我感觉，我感觉，我感觉就像晨星。呜，飞呀，别拦着我，呜，飞呀，别拦着我。"最后他开始大笑，其实根本不是笑声。弟弟吓得浑身剧烈发抖，妈妈只好把他送到后面的房间里去。那是一间很破旧冷清的房间，是给生病的小孩子玩的地方，比如孩子得了麻疹啦，腮腺炎还有其他孩子容易生的病。法官记得屋子里有一个很旧的木马，一个十六岁的男孩子抱着木马大哭——每当想起这些早年的悲伤故事，即使八十五岁法官觉得自己也会哭。印第安人在森林里安静走路的样子和寂静中的小独木舟就又会浮现出来。"如果一个故去的人还在我的心里行走，怎么能算真正死去呢？"

杰斯特咚咚走下楼来。他打开冰箱给自己倒了一杯橘子汁。这时候维利丽也走进厨房开始给杰斯特做早餐。

"我今天想吃三个鸡蛋。"杰斯特说，"早，爷爷。"

"今天怎么样，孩子？"

"没事。"

法官没提昨晚他哭的事情，杰斯特也没提。法官甚至竭力忍住不让自己问杰斯特昨晚到底发生了什么。但是当杰斯特开始吃早餐时，法官实在忍不住了。他伸手去拿了一片烤得金黄的面包，抹上黄油和黑莓果酱。这片额外的面包下肚后，法官的意志力也扛不住了，于是他问道："你昨天晚上去哪儿了？"话一出口，他就知道自己本不该这么问的。

"不管你是否意识到，总之我现在是一个成年男人了。"杰斯特说这话的时候嗓音有点儿劈，"而且我也懂了什么是'性'。"法官一向对这个话题很保守，这时候维利丽给他倒了一杯咖啡，他默默地喝着，不知道该做什么反应。

"爷爷，你读过《金式报告》这本书吗？[1]"

法官读过这本书，看的时候是有种淫乐的快感。开始他用《罗马帝国的堕落和消亡》这本书的封面做掩护，套在那本书上。"这本书很下流无聊。"

"这可是科学调查报告。"

"科学，胡扯。我研究人类犯罪和本性都快七十年了。我从来没看到他书里写的那样。"

"那也许你该戴上老花镜。"

---

〔1〕《KinseyReport》：美国学者金赛等人缩写关于人类性行为的两本书，分别是《男性性行为》（1948）和《女性性行为》（1953）。金赛是动物学家以及性学研究中心的创立者。

“你怎么敢这么和我说话？杰斯特·克莱恩？”

“我快九十岁了，”法官重复道，现在他对自己的年龄很看重，“我以一个法官和一个普通人的角度，带着人类特有的好奇心，研究人类的罪恶。”

“反正那是很大胆也很科学的研究报告。”杰斯特说，从看到的书评上找出这句话。

“色情淫荡。”

“一部研究男人性行为的科学报告。”

“是一个阳痿的糟老头子的书。”老法官说，他自己曾经看得津津有味，而那本用来伪装的书《罗马帝国的堕落和消亡》他却从来没有看过，这本书一直在他办公室的书架上当展览品。

“起码证明像我这么大的男孩子已经有了性事，还有比我小的都有了。我这个年龄是必不可少的——我是说，如果我们有性欲的话。”杰斯特是在图书馆看到这本书的，当时感到很震惊。他又读了一遍，开始非常焦虑。他害怕，非常害怕自己不正常，这种恐惧让他坐卧不安。他在蕾芭的小屋门前转悠了好几次，但是他没有那种正常的性欲，他感到害怕，虽然他非常希望自己和其他人一样。他听说过“一双钻石眼睛的妓女”这句话好多次了，这话触动了他的感官，但是他在那个春日的下午离开蕾芭小屋时，看到的那个女人的眼睛不是“钻石般”的，而是一双浮肿、呆滞的眼睛，带着对性的渴望和为了证明自己的正常，杰斯特只看到黏糊糊的红唇和空洞的微笑。而那个昨晚上和他睡觉的橘红色头发的女人也没有“钻石般”的眼睛，杰斯特暗忖性大概都是骗人的，可是今天早上，他已经成为一个真正的男人，他感到一种自由和自信。

“那很好啊，”法官说，“但是我年轻那会儿我们都去教会参加青年聚会，过得非常有意义。我们去郊游，去跳舞。信不信由你，孩子，那时候我可是花枝县里舞跳得最好的人之一呢。那时候很流行跳华尔兹。我们跳舞的音乐有《维也纳森林故事》《快乐的寡妇》《霍夫曼的传说》等等。”老法官挥起右手比画着华尔兹的旋律，唱起他自以为记起来的曲调——

“可爱的夜晚，啊，可爱的夜晚。”

“你一点儿都不内向。”杰斯特在爷爷用沙哑的嗓音唱完一曲，放下手臂的时候说。

法官感觉这是批评他的，就说：“孩子，每个人都有权唱歌。每个生命都可以唱歌的。可爱的夜晚，啊，可爱的夜晚。”

他就记得这么一句好听的歌词了，“我跳起舞来风度翩翩，唱起歌来像个天使呢！”

“也许吧。”

“不是也许。我年轻的时候身轻如燕，像你和你父亲一样的。后来我渐渐胖起来了，但那个时候我是又唱又跳，度过了很愉快的一段时光。我从来不无聊闲逛，也不偷偷读那些下流的书。”

“我就是这个意思。你天生不是内向的。”杰斯特接着说，“不过我可不是偷偷摸摸看《金式报告》的。”

“我禁止公立图书馆收藏这本书出借。”

“为什么？”

“因为我不仅是米兰市一个领头的市民，也是最负责任的一个。阻止那些无辜的眼睛看到这本书，确保他们的平静生活不受到打扰和触犯，这是我的义务。”

“我越听越觉得你是不是从火星上来的。”

“火星？”老法官有些尴尬，杰斯特也没有再继续说。

“如果你再内向点儿，你会更懂我的。”

“为什么这个词让你这么沮丧？”

杰斯特以前就在书上看到过这个词，但从没有自己说过。他非常后悔昨晚没有用到。

“可爱的夜晚，啊，可爱的夜晚。”

因为爷爷从来不是内向的人，他从来没有想过自己正常不正常。在他唱歌跳舞的头脑里从来没有想过自己是正常还是古怪。

如果像《金式报告》这本书所说，他是个同性恋的话，杰斯特发誓他会杀了自己。不，他的爷爷绝对不是内向的人，他真希望昨晚上他用了这个词。这个词的反义词是外向——而他自己是内向的。那舍尔曼呢？不管怎么说，这两个词对他都适用。

“我都可以写那本书。”

“你？”

“当然啦。事实上，杰斯特，如果我把心思花在这里，我可以成为一个伟大的作家。”

“你吗？”

“别坐在那里说‘你？你吗？’像个傻瓜。孩子，让你成为一个伟大作家的条件就是勤奋、想象力和在语言上的天赋。”

“你的想象力不错，爷爷。”

老法官心里想着的是那部小说《飘》〔1〕。他觉得自己可以很轻松地也写出这么一部来。他不会让媚兰死的，他也会写出不一样的白瑞德，他会写得更好。再说那本《永远的安波》〔2〕，他用左脚都能写出来——他可以写出一本更好的书来，更精致。他也可以写出本《名利场》，哼，那个主人公北基，他毫不费力就把他看穿了。他也可以写托尔斯泰的作品，虽然他其实并没有好好读过他的书，但看过电影。至于莎士比亚，在读法律的时候就读过，在亚特兰大他也看过《哈姆莱特》电影。一个英国演员，自然说出来是英国腔

〔1〕《Gone with the Wind》。1936年出版的美国小说（前面老法官已经提过一次）。作者玛格丽特·米歇尔，1937年获得普利兹奖。是美国历史上最畅销小说之一。媚兰是书中卫希理的妻子，因难产死去。白瑞德是书中男主人公。

〔2〕《Forever Amber》：是一部历史浪漫小说。作者Kathleen·Winsor（凯瑟琳温莎），后来被改编成电影。

的英语。那年他刚结婚，蜜西带着珍珠项链和第一次戴上的婚戒。在亚特兰大有个莎翁戏剧节，三场演出过后，蜜西非常喜欢这部戏，结果他们回到米兰家中，足足一个月蜜西说话的腔调都变成英国音了。但是他真的能写出“生存还是死亡”这样的台词吗？有时候当他自己也在思考这个问题时，法官觉得可以，但有时候又觉得写不出。当然啦，即使是个天才也不是全能的，莎士比亚就从没当过国会议员呀。

“关于莎士比亚作品是否都出自他的手，学术界是有争论的。有人说一个半文盲的，做巡回演出的演员怎么可能写出这样美丽的诗篇来。有些人说那些戏剧是本·强生写的，我很清楚我也可以写出‘假如你用你的双眸与我共杯，我就会举杯，用我的双眼回报’这种句子来的。我肯定能。[1]”

“哦，你可以创造奇迹也可以吃烂黄瓜。”杰斯特嘟囔着。

“你说什么？”

“没什么。”

“……假如本·强生写了这种‘用你的双眸与我共杯’的诗句又能写出莎士比亚的剧本，那么——”法官的想象力来了个大飞跃，他陷入了沉思。

“你的意思是你把自己和莎士比亚比喽？”

“呃，也许不是和诗人自己比，但是毕竟本·强生也是个凡人啊。”法官只对不朽的感兴趣。他无法相信自己会真

〔1〕Ben·Johns，莎士比亚同时期英国剧作家、诗人。代表剧作《炼金术士》。这句话出自本·强生诗集《森林》。

的死去。如果他控制饮食他该可以再活一百岁——他现在深深后悔刚才多吃了一片烤面包。他不想把自己的寿命只限制在一百岁，报纸上不是说有个南美的印第安人活到一百五十岁吗？——一百五十岁够不够？不，他要的是不朽。像莎士比亚一样。如果实在“迫不得已”，像本·强生也凑合。反正他不想要自己——大名鼎鼎的福克斯·克莱恩最后就是一撮骨灰了事。

“我一直知道你是天底下最自以为是的人，但是再怎么做白日梦也万万没想到你竟然把自己和莎士比亚或者本·强生相提并论。”

“我没把自己和本·强生相比呀，实际上我是非常谦虚的人。反正我也没真的去当作家，毕竟一个人不可能无所不能。”

杰斯特由于在昨晚受到了极大的刺激，现在对爷爷非常不留情面。他故意忽视他是个上了年纪的老人的事实，说：“是啊，我越听你说的话，越觉得你是来自火星了。”杰斯特站起，几乎没碰早餐。

法官跟着孙子离开餐桌，“火星，”他重复道，“你的意思是我该离开这里去另一个星球吗？”他的声音突然变得很高，几乎是尖叫，“好吧，让我来告诉你，杰斯特·克莱恩，我不会离开这里去另一个星球。我就在这里，在这个地球上，我属于这里，我就想待在这里。我扎根在世界中心。我也许还没有到达不朽，但是你等着瞧，我的名字会和乔治·华盛顿以及亚伯拉罕·林肯齐名——比林肯更亲切，因为我将是那个改写这个国家错误的人。”

“噢，没错，那些南方联邦的钞票——我现在要走了。”

“等一下孩子。今天有个黑孩子要来，我想你应该和我一起看一下这个人。”

“我知道这件事。”杰斯特说，他可不想在舍尔曼来的时候还在这里。

“他是个很负责的孩子。我知道他所有的事情，他会帮助我控制饮食，给我打针，帮我取信以及一些一般的抄写工作。他会给我很大慰藉。”

“如果那个舍尔曼对你是很大的慰藉，让我知道就是了。”

“他会给我读报——是个受过教育的孩子——读那些不朽的诗篇，”他的嗓音突然尖起来，“不是什么垃圾，像那本我在公立图书馆禁止出借的书一样。我禁止那本书，作为一个有责任心的公民，我认为在这个城市和州一切事情都该有规矩，这个国家也该有规矩，还有整个世界——如果我可以办到的话。”

杰斯特砰的一声摔门而去。

杰斯特没有给自己设起床闹钟，他可以醒来之后躺在床上好好地胡思乱想一番，但是那个早晨，生命的活力很强烈地搅扰着他，金色的夏天已经到来，他依然无拘无束。当他摔门而去的时候，杰斯特并没有跑，而是从容享受时间，毕竟现在还是暑假，他用不着火急火燎的。他可以停下来看看这个世界，可以尽情发挥想象，可以带着暑期的逍遥心情观察车道边缘的马鞭草。他真的停下脚步观察一朵生机勃勃的小花，他的心情顿时好起来。那天早上杰斯特穿着自己最好的衣服：白色的鸭式衣服，外面还套着一件外衣。他现在就希望他的胡子可以快快长出来，那样他就可以刮胡子了。但是如果他根本不长胡子咋办？人们会怎么看他啊？想到这儿，刚才暑假给他带来的喜悦变得暗淡，直到他想起其他事情来。

他之所以穿得这么显眼，是因为他知道今天舍尔曼会来他家。但是他摔门而去是因为他不想以这样的方式见到他。昨天他表现得一点儿不风趣，没有展现出自己的聪明，事实上是自己弄砸了，他要等自己变得风趣聪明了再见舍尔曼。今天早上具体怎么做才能显出自己的风趣智慧呢？他自己也不知道，但是他可以谈论内向和外向的问题——这种谈话会有什么结果他也不清楚。虽然舍尔曼对他关于每个人都该学习飞行的理论一点不买账，而且对他会飞行这件事也不以为然，但是他还是不知不觉地走到了马龙的药店旁，站在一个角落里等去机场的汽车。他变得高兴起来，又充满自信，感到自由和无拘无束，他张开两臂像翅膀那样拍打了几下。

马龙从药店窗口看到杰斯特的这个动作，心想这孩子是不是疯了。

杰斯特想竭力表现出幽默和睿智，他想一个人独自坐在飞机上飞行会对自己有帮助。这已经是第六次他独自驾驶飞机了。飞行时，他主要思想都集中在仪表盘上，在蓝天上，耳畔风呼呼作响，他就感觉自己精神上扬。但是对话中表现出风趣和睿智——他可还没把握。当然这主要取决于舍尔曼怎么看他，所以他就需要想象一下谈话中都会发生什么，那么他就可以掌控对话内容，他真的希望自己可以非常风趣和睿智！

杰斯特驾驶的是一架敞篷的摩斯飞机，强烈的风把他红色的头发从发根使劲向后吹。他故意不戴头盔，因为他喜欢风吹的感觉，很刺激。但是他回家的时候会戴着头盔去见舍尔曼，会装作很不在意并且很忙的样子，一个戴着飞行帽的飞行员的英姿。他飞了半个小时，迎着强劲的风，沐浴在蔚蓝的天空和阳光下。之后他准备着陆，他先小心地急速上升，飞了个圆圈，找好适当距离，现在他甚至没心思想舍尔曼了，因为他要对自己的小命和这架训练飞机负责。着陆时很颠簸，但是当他戴上头盔跳下飞机时，他注意保持优雅的姿态，真希望这时候有人可以看到他的样子。

从机场回到马龙药店的汽车总让杰斯特感觉很挤。老旧的汽车本身就很笨拙缓慢，和在天上的感觉比起来简直糟透了。他飞的次数越多，就越认为每个成年人都该去学开飞机，这该是种道德上的义务。不管舍尔曼怎么认为，这件事他是对的。

杰斯特在马龙药店拐角下了汽车，马龙的药店在市中心，他看着街道，下一个街区是维德威尔棉纺厂的所在地。从地下室开着的窗户里散发出热气，那是大染缸在酷暑中造成的一股热浪。为了放松一下双腿，他绕到商业区来。行人都靠近遮阳篷下面走，现在已近中午，在人行道上投下的人影都像侏儒显得又矮又傻。杰斯特本来就不习惯穿外套，现在走在街上让他感觉更热，他和认识的人打着招呼，在第一银行门口，汉密尔顿先生用帽子向他行礼打招呼，这让杰斯特感到很惊讶也很自豪，他的脸都红了。——很可能是因为他穿得这件外套引人注目。他又绕回马龙药店，想买一个带冰沫的樱桃味可乐。在靠近他等汽车的街角，有一个城里的怪胎，外号“马车”的人坐在遮阳篷的阴影里，帽子放在身边人行道上。“马车”是一个皮肤颜色很浅的黑人，他在一次锯木场的事故中失去双腿，现在每天由那个维利丽的外甥“大男孩”拉着，坐在四轮车上到有凉棚的商店门口乞讨。等商店都关门了，“大男孩”再把他用车推回家去。杰斯特在他的帽子里投进一枚五分的硬币，他注意到里面有不少硬币，还有一枚五毛钱的。那枚五毛钱硬币是个诱饵，“马车”故意放的，希望能引来更多施舍。

“今天怎么样呀，大叔？”

“还可以。”

“大男孩”一般在吃午饭的时候会过来站在一旁看着。“马车”今天有烤鸡，平时只有腊肉三明治。他吃鸡吃得很有风度，不慌不忙，和所有黑人吃鸡的样子一样。

“大男孩”问：“你怎么不给我吃点儿鸡？”其实他已经吃过午饭了。

“一边待着去，黑鬼。”

“要不你给我点儿饼干和蜜糖行吗？”

“我什么也不给你。”

“要不给我五分钱买个卷筒冰激凌？”

“走吧黑鬼。你像个飞虫在我眼前晃来晃去，烦人。”

杰斯特知道他俩还会这么对话下去。这个傻乎乎、呆头呆脑的黑孩子会一直向这个乞丐乞讨。接受施舍小钱的巴拿马草帽，在法院广场标出分别的白人黑人的饮水池，拴骡子用的柱子和饮水槽，穿着平纹细布和白色亚麻人，还有衣衫褴褛穿着工装裤的人们。这就是米兰。米兰，米兰。

杰斯特走进昏暗的药店，里面有电扇吹出来的味道，他和马龙打了个照面，马龙穿着衬衣，正站在冷饮机前。

“请给我来杯可乐，先生。”

这孩子总是花里胡哨，而且过分礼貌，马龙想。他想起刚才看到杰斯特在车站等车时，伸着胳膊做飞行动作的古怪样子。

马龙做可乐的时候，杰斯特慢悠悠地走到磅秤旁边踩了上去。

“那个秤坏了。”马龙说。

“哦，对不起。”杰斯特赶紧说。

马龙看着他想：他为什么这么说呢？这难道不是句疯话

吗？就为店里的磅秤坏了而道歉？真是神经病。

米兰，有些人在这里出生在这里死去，一生很满足。他们一辈子只去过附近花枝市、山羊岩或其他小镇。他们就这么活了一辈子，死后葬在米兰就知足了。杰斯特可不是这样的人。也许属于少数，但是绝对不想成为这样的人。杰斯特在旁边等着他的可乐，他已经不耐烦了，来回踱着步，马龙则在一边看着他。

可乐里放进打碎的冰碴，做好了，马龙说："你的可乐。"

"谢谢您先生。"马龙去配药房的时候，杰斯特吸着冰可乐，还在想着米兰这座城市。都是这闷热的天气，让人们都穿着衬衣，只有那些非常古板的人，还穿着外套，去"板球茶坊"或"纽约咖啡店"吃午饭。杰斯特手里还拿着可乐，无所事事地向敞开的大门走去。

接下来的几分钟将会一辈子在他脑子里留下烙印。它们像万花筒，又像一场噩梦，发生得太快太强烈，当时根本没有时间完全搞懂是怎么回事。后来杰斯特明白他要对这次死人负责，也承认这件事导致的其他恶果也是他的责任。这种时刻冲动和无辜都受到玷污，大势已定，无法挽回。而在几个月以后，这次事故让他避免了另外一桩凶杀案——更确切地说，是挽救了他的灵魂。

而在当时，杰斯特一手拿着可乐，一边看着像火烧的蓝天和午后的骄阳。维德威尔棉纺厂那里传来汽笛。棉纺厂的工人三五成群地出来吃午饭了。"大地的情感渣子。"他的爷爷这么叫他们，虽然他持有维德威尔棉纺厂很多股票，而且一直有相当令人满意地升值。工人们的工资也涨了，因此午饭不用带便当了，可以有钱去餐馆吃。杰斯特小时候曾害怕这些“工厂标签”，看到里面的肮脏和穷困他吓坏了。即使现在他也不喜欢这些穿蓝工装裤，嘴里嚼着烟草的苦力工人。

这时候“马车”只剩下两块炸鸡了——鸡脖子和鸡背。他先开始津津有味地吃鸡脖子，那上面的筋和细骨头就像班卓琴的琴弦一样美妙。

“就给我一点点吧。”“大男孩”乞求道。他垂涎欲滴地看着那块鸡背，他粗糙的黑手悄悄伸过去。“马车”很快吞了一口然后朝上面吐口唾沫确保属于自己。可是他朝炸得焦脆的鸡背上吐的这口水却激怒了“大男孩”。杰斯特看着他，发现他的黑眼睛里有一种贪婪，目不转睛地盯着盛钱的帽子。这突然的警觉让杰斯特脱口而出：“不许动，不许动！”但是他的声音被正响起的钟声淹没——街上的大钟正敲十二点。耀眼的太阳光，嗡嗡的钟声和正午的宁静交织在一起，共鸣出杂乱的感觉，然后事情就发生了。发生得那么迅速，那么猛烈，杰斯特根本没闹清到底是怎么回事——“大男孩”一把抓起帽子里的硬币，“嗖”一下子就跑掉了。

“抓住他，抓住他！”“马车”尖叫起来，他撑着自己被锯断的双腿——那双腿现在在“皮鞋”里保护着——两条腿交互跳着，无济于事地发着怒。此刻杰斯特已经跑出去追“大男孩”了。那些从棉纺厂出来的工人们，看见一个穿着白外套的白人在追一个黑人，都过来帮助追。正在第十二街和宽街执勤的警察看到了这一幕，也立刻冲了过来。杰斯特追上去抓住“大男孩”的领子，试图把钱从他攥着的拳头里夺回来。这时已经有六七个人围了过来帮忙，虽然他们都不知道到底发生了什么事。

“抓住这个黑鬼。抓住这个浑蛋。”

警察用警棍分开混乱的人群，“大男孩”惊恐地使劲挣扎，警棍落在他的头上最终把他制服。几乎没人听到棍子打头的声音，但是“大男孩”立刻瘫软倒在地上。围观的人闪开一条道，站在一边观看。在“大男孩”黑色的头皮上，有一股很细的血流下来，他死了。这个贪吃的，刚才还活蹦乱跳的低能男孩，从来没有在米兰街头有过自己的感悟……就这样永远无声无息了。

杰斯特扑向黑孩子：“大男孩！”他恳求地叫着。

“他死了。”人群里有人说。

“死了？”

“是的，”几分钟后警察说，“你们都让让。”他走到药店的电话亭去叫救护车，虽然他明知孩子死了，但这是他的职责所在。他又回到现场，人群已经退后到凉棚里去，只有杰斯特还在尸体边上。

“他真的死了吗？”杰斯特问，他碰碰大男孩的脸，还是温的。

“别碰他。”警察说。

警察拿出纸笔，询问杰斯特刚才都发生了什么。杰斯特开始晕乎乎地回答，他的脑袋现在感觉就像个充气球。

救护车在安静的午后尖叫着开过来。一名穿着白大褂的实习医生从车里跳出来，把听诊器放在男孩子胸前。

“死了吗？”警察问。

“没呼吸了。”实习大夫说。

“你肯定？”杰斯特问。

医生看看杰斯特，注意到他的那顶巴拿马草帽打飞在地上。“这是你的帽子？”杰斯特捡起帽子，上面沾满了土。

穿白大褂的医生把尸体运到救护车上去。一切都如此冷酷如此迅速，杰斯特觉得恍如梦境，他慢慢转身走进药店，双手捧着脑袋，警察跟着他也走进来。

“马车”还在吃他那个自己吐了唾沫的烤鸡背。他问：“咋回事？”

“不知道。”警察说。

杰斯特感觉头重脚轻。他是不是会晕倒？“我觉得不舒服。”

警察很高兴他能做点事了，他扶着杰斯特坐在一把椅子上，说：“坐在这儿，把头放在两腿间。”杰斯特照他的话做了，当血液又回到他的头部时，他坐起来，但脸色还是很苍白。

“都是我的错，我不该追他，要是我不追他，那些人也就不会扑过来了。”他转向警察，“你为什么那么用力打他？”

“如果你用警棍拨开人群，你不知道该用多大力气。我和你一样也不喜欢暴力。也许我就不该入伍。”

这时候马龙已经给老法官打了电话，让他来把孙子接回家去，杰斯特因为受到惊吓开始哭泣。

舍尔曼开着车来接杰斯特回家。这时候杰斯特再也顾不上要给舍尔曼留下什么好印象了，他跟着舍尔曼向汽车走过去，警察还在和舍尔曼解释刚刚发生的事情。听完之后舍尔曼只说了一句：“好吧，反正‘大男孩’也就是个蠢货，换成是我，如果我是个蠢货，这件事发生在我头上我高兴还来不及呢。我是站在他人的角度下想这个问题的。”

“你能不能闭嘴！”杰斯特说。

他们回到家，听到屋子里传来哭声，一切都乱了套。维利丽正为她可怜的外甥痛哭，法官试图安慰她，拍着她的肩膀，那动作看起来很尴尬。法官让人送她回家去，回到她自己亲人那边，为今天下午这场突然的死亡事故哀悼。

法官听到这个消息之前，正在愉快地享受一个硕果累累的上午。他工作得很愉快，那天一点儿没有虚度，否则无尽的空虚会让他这个年龄的人难以忍受的，就像孩提时代一样。舍尔曼非常令他满意，达到了他的最大期望值。不光是因为他是个很聪明的黑人，可以很快明白胰岛素和如何打针，法官一教他就学会了，他也保证会为法官保密；而且他还很有想象力，说起节食和可以替换那些高卡路里的食品也头头是道。当法官说起糖尿病没有传染性的时候，舍尔曼说："我对糖尿病非常熟悉。我哥哥就有。我们得用很小的天平每天测量他吃的食物，每一口都得量过。"

法官突然想起舍尔曼是个弃婴，心想他哪儿来的哥哥，可是这个想法就在他脑子里闪了一下，他没说什么。

"我也知道所有关于卡路里的事，先生。我是奇波的房客，他的妹妹就在节食。我用脱脂牛奶把土豆搅拌或土豆泥做成无糖果冻给她吃，没错，关于节食我真的什么都知道。"

"你觉得你可以给我当个称职的文书吗？"

"称职的什么，法官？"

"文书，就是像秘书一样的工作。"

"哦，是最好的秘书，"舍尔曼说，他的声音很柔和富有魅力，"我会非常愿意。"

"好极啦，"法官说，尽量不让舍尔曼看出自己的喜悦，"我有很多信函要处理，严肃的，深奥的信函。当然也有小部分琐碎的不太重要信件。"

"我很喜欢写信，我的书法也很好。"

"书法是很能体现一个人的深度的，"法官又加上一句，"我是指真正的书法。"

"这些信函在哪里？"

"在法院我的办公室铁文件柜里。"

“您需要我去取吗？”

“不，”法官急忙说，因为他自己对每封信都回复，的确，那是他每天上午去办公室的主要工作——取信和阅读《花枝纪事报》和《米兰信使报》。上个星期有一天他没有收到一封信——只有一封广告，是“无忧露营设备”公司寄来的，很可能是让杰斯特看的。一封信没有，那个时候他感到自己有被骗的滋味，法官就给这个广告公司回了封信，提了很多尖锐的问题，比如睡袋啦，还有煎锅的质量问题，等等。那种无聊的老年沉闷日子常常煎熬着他，但今天没有。这个上午他和舍尔曼一起很愉快，他就像骑在一匹高头大马上飘飘然，他的头脑中真的充满了好多新计划。

“昨晚我写了封信，花了很长时间呢。”舍尔曼说。

“情书吗？”

“不是，”舍尔曼想着今天来上班的路上他寄出的那封信。开始他想不好寄出地址该怎么写，于是他就写道：

“林肯纪念碑的台阶

玛丽安·安德森夫人收”

如果她不在那儿，他们也会转给她的。妈妈……妈妈……他想，您这么有名，绝对不会找不到！

“我亲爱的妻子总说我的情书是世界上写得最珍贵的书信。”

“我不浪费时间写情书。昨晚我写的那封长信是封查询的信件。”

“写信本身就是一种艺术。”

“今天您想让我帮您写什么信呢？”舍尔曼问，然后有些胆怯地加上一句，“我想不是情书吧？”

“当然不是啦，傻瓜。是关于我孙子的。一封请求的信，你可以这么认为。”

“请求？”

“我想请我一位老朋友，一位议会同僚帮我把杰斯特推荐到西点军校。”

“我懂了。”

“我先前仔细想了一个腹稿，都在我脑子里。这是一封需要好好斟酌的信——毕竟是请人帮忙。”法官闭上眼睛，把拇指和食指放在眼皮上，沉思起来。这个姿势几乎是一种痛苦的思考样子，但其实这个早上法官没有一点儿值得痛苦的事情，相反，经过这么些年没有尽头的无聊空虚时光，终于要写一封重要的信函了，还有一个真正的文书帮他处理事务，这感觉真是太美妙，几乎让他觉得自己又返老还童了。他坐在那里皱着眉头，一动不动好长时间，舍尔曼开始有些担忧了。

“您头疼吗？”

法官动了一下，挺直身子。“哦，没有。我正在组织信的结构和句子。想着收信人他变化的生活环境和他过去的生活。我只是正在想这个人呢。”

“他是谁啊？”

“乔治亚州的汤玛斯参议员。他的地址是：华盛顿特区。”

舍尔曼把笔在墨水瓶里蘸了三次，很小心地摊平信纸，想到给一位参议员写信，他心里无比激动。

“我亲爱的朋友和同事，提普·汤玛斯。”

舍尔曼又把笔蘸了回墨水，开始挥笔写起来。“接下来呢，先生？”

“安静，我正想呢……现在继续。”

舍尔曼正在写这几个字，但被法官阻止了。“你不该写这句话。重新开始。当我说‘继续’或者类似的话的时候，不是让你真的要写出来。”

“我只是您说什么就写什么罢了。”

“但是，上帝啊，你得用常识来想问题啊。”

“我是在用常识啊。但是当我听到了自然会记录下来啊。”

“让我们从头开始吧。称呼句子这样写：‘我亲爱的朋友和同事，提普·汤玛斯’，写下来了吗？”

“我不写‘写下来了吗’，对吧？”

“当然不！”

法官现在开始怀疑自己的文书是不是像他自己说得那么聪明了，而舍尔曼也开始偷偷怀疑法官是不是痴呆啊。于是两个人都觉得对方的脑子有问题，这工作一开始就进行得不太顺利。

“这个不在信里写。这是我私下和你说的。”

“好，私下说说。”

“一个真正的文书写信的窍门，就是在书信或者文件里一字不漏地写下每一句该写的话。但那不是记录私人反应或其他话，比如有些在我脑子里的和写信不相干的句子。我的问题是，小子，我的脑子转得太快，有很多随时冒出来的想法，和这封具体信的内容思路可能毫无关系。”

“我理解先生。”舍尔曼说，现在他觉得这个工作不是他想象的那样简单。

“理解我的人不多。”老法官直率地说。

“您的意思是你想让我可以猜出您的心思，知道什么该写什么不该写。”

“不是让你猜出我的心思，”法官生气地说，“但是要从我的语调中分辨出什么是个人心里面的思考，这些不用写出。”

“我猜别人心思很有一套。”

“你是说你很有直觉？哈，我也是。”

舍尔曼不懂直觉是什么意思，但是他想如果他跟法官待上一段时间，他的词汇量会扩大很多。

“回到这封信来，”法官严肃地说，“称呼之后写：‘最近一件事引起了我的注意……’”法官又断了，声音放低了继续说着，舍尔曼琢磨着法官的心思，没有写下这句话。“多远算‘最近’你觉得？一年，两年，还是三年？我想这是十年前的事情了。”

“那样的话不该算最近。”

“完全正确。”法官语气坚定地说，“那这封信就重新换一种完全不同的写法。”

书房里那只镀金的钟这时敲响了十二点。“中午了。”

“是啊。”舍尔曼说，手里还拿着笔等着。

“中午我会中止我的工作，喝上今天第一杯甜酒。这是一个老人的特权。”

“您想让我帮您调酒吗？”

“那就太好了，孩子。你要不要来点儿波旁威士忌加清水？”

“波旁威士忌加清水？”

“我不是一个喜欢单独喝酒的人。我不喜欢一个人喝闷酒。”的确如此，以前他总是在喝酒的时候叫上园丁，维利丽，或者任何人和他一起喝。可是维利丽不喝酒，园丁后来也死了，所以很多时候法官只好自己一个人喝酒，但是他并不喜欢这样。“来一小杯甜酒陪我一起喝吧。”

这部分活儿很带劲儿，舍尔曼没想到这份工作还有这种好事。他说：“我当然乐意啦，先生。您喜欢怎么调？”

“水酒各半。水别太多。”

舍尔曼赶忙跑到厨房去调酒。他现在已经在担心午餐的问题了。如果他们要一起喝酒并且以后成了朋友，他就会被打发到厨房去和那些厨子们一起吃饭。他知道一定会是这样，但他会很讨厌的。他不断练习着到时候自己要说的话，“我从不吃午餐的”或者“我早饭吃得太多，现在一点儿不饿”。他倒了一半酒掺了一半水进去，调了两杯，然后端回到书房。

法官呷了一口酒，咂了咂嘴，说：“这是前大教堂。”

“您说什么？”

“这是主教大人说的话，当他想直截了当地说话的时候他就这么开始。我的意思是现在我们喝酒时我跟你说的话都跟那封信无关。我的朋友提普·汤玛斯给自己找了一个好帮手，或者叫终身伴侣？我的意思是，他给自己又找了第二任老婆。我的原则是不赞成第二次婚姻的。但是当我想这件事的时候，我就想，‘我活我的，他活他的[1]’，你明白吗，小子？”

“不明白，先生。不太明白，先生。”

“我在想我是否该去管他的第二次婚姻，而只谈谈他的第一个妻子。赞扬他的前妻而不提他的第二任妻子。”

“为什么只提一个呢？”

法官把头向后仰，“写信的艺术就在于此，你先要客气地问候个人的健康、妻子状况等这些，然后这些写完后，你就奔向主题，那才是这封信的目的所在。”

法官正喝在兴头上，也就在此时此刻，杰斯特出事了。

电话铃响了，开始法官接到马龙的电话，一时闹不懂到底发生了什么事情。马龙说的似乎驴唇不对马嘴。“‘大男

---

〔1〕“Live and let live.”谚语，意思是对别人的行为宽容一些。

孩’在一场街头斗殴中死了……你是说杰斯特也打架了？”他重复着马龙的话，“我让人去到你店里接杰斯特。”他转向舍尔曼：“舍尔曼，你能去马龙的药店接一下我的孙子杰斯特吗？”舍尔曼这辈子从没开过车，却高兴地答应了。他看过别人开车，心想这没什么难的，他也可以，没问题。法官放下酒杯走去厨房：“维利丽，”他叫道，“我有个严重的事情要告诉你。”

维利丽看着法官的脸色，问“是谁死了吗？”法官没说话，于是她又问，“是布拉嬷嬷死了？”

法官告诉她是“大男孩”出了事，维利丽用围裙蒙住脸，大哭起来。“这么多年了他从来没有做过有头脑的事情。”她这么说似乎是为了说明这事让她伤心欲绝，可是这件事发生在“大男孩”身上是多么不合理，多么令人震惊。

法官想安慰她，轻轻拍着她，就像个大狗熊。然后他去了书房，喝完了杯子里的酒，也把舍尔曼杯子里剩下的一饮而尽。之后他就到门口等杰斯特他们回来。

他突然意识到今天早上发生的小小奇迹了。十五年来，每天早上他都百无聊赖地等待《米兰信使报》送过来，在厨房或者在书房里等报纸。当他听见报纸啪的一声响，他的心会跟着跳一下。但是今天早上，这么些年了第一次他忙得把报纸的事情忘得一干二净。他心里高兴不起来，蹒跚地走到台阶下把躺在那里的《米兰信使报》捡起来。

6

生命的气息是由日常生活中无数小奇迹构成的，很多被人忽略了，马龙在这个悲伤的季节，却注意到一个小小的奇迹，这让他感到无比惊奇。那个夏天的每个早晨，他醒来的时候都充满一种无形的恐惧感。什么可怕的事情将会在自己身上发生呢？到底会是什么？什么时候，在什么地方发生？当他最终集中意识思考时，他就感到难以忍受这种残酷的现实，他就无法再安静地躺在床上。他必须起来在厨房和大厅里走来走去，毫无目的地走来走去，就这么走着，等待着。但他又在等什么？在他和法官谈话之后，他就把自己家的冰箱冷冻室里装满了小牛牛肝和一般的牛肝。然后每天早上，天还黑乎乎的，需要开电灯才能看清楚的时候，他就起来炸一片恶心的牛肝。他一直都讨厌吃肝脏，甚至星期天孩子们争着吃的鸡肝他也不喜欢。牛肝做好的时候，整个屋子都有股臭味，像扔了颗臭弹。马龙吃着，每一口都让他恶心，但他硬逼着自己吃完。就是因为这东西令人讨厌，倒反而让他觉得有一点儿安慰。他甚至把牛筋也吞下去，而别人是把这东西吐出来放在盘子边上的。蓖麻油也有恶心的味道，但却疗效很好。海登医生从没提出过什么治疗方案，这造成了他和医生之间的矛盾，他甚至连任何对付这个白血病的方案都没有，哪怕一个糟糕的或者其他什么方案都没有。就是告诉你你得了不治之症，没有任何哪怕微弱的治疗办法——马龙整个被激怒了。他做药剂师快二十年了，听过无数病人的病情，也给人开过处方：什么便秘、肾病、眼睛里进灰尘等等。如果他真觉得自己无法诊断，他就会推荐病人去咨询医生，但一般他都能对付——马龙觉得自己不比米兰任何一个真正尽职的医生差，他给无数病人开过处方药。而他自己也是一个好病人，给自己开过难吃的肝病泻盐，用过“斯隆牌”跌打涂抹膏，他也吃下每一片难吃的牛肝。吃完了他就在渐渐亮起来的厨房里等。等什么呢？又要等到什么时候？

在夏天即将结束的一天早晨，马龙醒来，但又不想起来。他竭力想回到温柔的梦乡去，但是却怎么也睡不着了。鸟儿已经在唱歌，搅得他无法再安然入梦。那天早上他感觉很疲惫，可怕的意识涌过全身，让他身心俱疲。他想强制自己睡觉，一边数羊——黑羊，白羊，红羊，一头头活蹦乱跳，大尾巴羊……什么都不想，哦，回到温柔梦乡。他就是不起床，不开灯，也不在厨房瞎溜达，不再等待也不再吓唬自己了。

他不愿意再天不亮就起来炸恶心的牛肝吃了，那臭味像投了一枚臭炸弹在屋子里散发不去。不，再也不要这么做了。永远不！马龙打开台灯拉开床头柜。那里有他给自己开的催眠药。一共四十粒，他知道。他用颤抖的手指头拧开瓶子盖，看着红的绿的药片。没错，是四十粒。吃下去，他就不用在清晨起来在房间里害怕地瞎转悠了。也不用再去药店上班了，他以前总是天天去，因为那是他的生计，养家糊口的饭碗。可是马龙不是唯一支持家庭收入的，因为妻子用她自己的钱买的可口可乐的股票也给她赚了钱，她还从她母亲那里继承了三间房屋。——那是亲爱的格林拉夫太太，十五年前死了，——由于他妻子有这么多收入来源，马龙不是唯一家庭经济的顶梁柱。当然，药店仍是家庭主要经济来源，而且他做得很好，不管别人怎么看。每天他的药店都是米兰最早开门最晚关门的，开在当街，听客人们叙述病情，买处方药，做可乐和圣代冰激凌，还有配药，等等。不会再有了，不会了！为什么他干了这么长时间？就像一头老骡子一圈圈绕着磨盘磨高粱，直到累死。还有每天晚上回到家，和妻子睡在同一张床上，他早就不爱她了。为什么？难道他除了药店没有别的适合他去的地方，除了他妻子的床？白天在药店工作，晚上回去和妻子睡觉，不要这样的生活了！他摸着药品，它们好像钻石闪光，单调的生活在眼前浮现。

马龙拿起一片药片放进嘴里，喝了半杯水才咽下去。这要是吃完四十片，他得喝多少水啊？

他吃了第一片之后，又吃了第二片，第三片。然后他不得不停下来去倒水。当他再回到床上的时候，他想抽烟。他点燃一根香烟抽起来，香烟让他头晕。在他抽第二根的时候，烟从他指头缝里不知不觉地掉了，马龙终于又睡过去。

那天早上他一觉睡到七点，当他来到忙碌的厨房时发现家里的人都已起来。在他生活中只有几次他来不及洗澡和刮脸的时候，因为害怕药店开门太晚。

那个早上他亲眼看到了那个小小的奇迹，但当时他心情焦躁，脑子里太多乱七八糟的东西，没有注意发生的事情。他从后门出去，从后院抄近道去上班，奇迹就在那儿，他却没看见，径直朝后门走去。但当他到了药店才想自己为什么要这么着急，反正又没人等着开门。但是他已经到了，准备开始一天的单调生活。他用力拉下遮阳篷然后进门打开电扇。当第一位客人进来时，他已经一切准备就绪。

这第一位客人是赫尔曼·克伦先生，他在隔壁开着一家珠宝店。赫尔曼一天到晚总在马龙的铺子进进出出，喝他的可口可乐。他还在马龙的配药间存了一瓶酒，因为他妻子讨厌他喝酒，不允许家里有酒。因此赫尔曼先生就一天到晚待在店铺里修他的钟表，并时常来拜访马龙。赫尔曼先生中午饭也不回家吃，不像米兰大多数做生意的人中午都是回家吃饭的。他有一个小酒杯，中午就喝点小酒，吃一个从马龙太太那里买的包装很好的鸡肉三明治。招呼完赫尔曼先生，接着就乌泱泱进来了一群顾客。一个妈妈带着一个尿床的孩子过来，马龙卖给她一个“优罗通”，这是一个带铃铛的装置，床一湿就会响。这玩意儿他卖给过很多父母，但他暗地里纳闷为什么这东西会响，到底管不管用。他个人觉得如果这东西突然真的响了，会不会把睡得香甜的孩子吓出毛病来，再说即使全家的人都被这铃声闹醒了又有什么用呢？反正小强尼在睡梦中已经安安静静地尿了。他倒觉得不如让小强尼就这么不受干扰地自在地尿吧。马龙曾经自以为很智慧地建议过这些担心孩子尿床的母亲们：“我卖出过很多这个装置，但我觉得最主要的还是训练孩子上厕所，要让孩子配合。”马龙观察着和妈妈来的小女孩，看起来很倔，一点儿不像要配合的样子。他又帮一位患有静脉曲张的妇女穿上治疗的长筒袜。他听着病人述说头疼、背疼还有肚子不舒服等症状。他仔细观察每一位客人，仔细诊断下药。没有人得白血病，也没有人空手而归。

一点钟的时候，那个怕老婆，被老婆赶得提心吊胆的小个子赫尔曼先生又来了。他来取三明治，这时候马龙已经感到很累。可他还在沉思。他想这个世界上还有谁的状况比他自己更糟？他看着赫尔曼在柜台边大口吃着三明治，马龙讨厌他。讨厌他这么没骨气，讨厌他工作这么卖力，他也不像其他体面的生意人，他们如果不回家，就去“板球茶屋”或者“纽约咖啡馆”店吃午饭。马龙一点儿不同情赫尔曼，甚至看不起他。

马龙穿上外套准备回家吃午饭。又是闷热的天气，天空像白炽灯亮得晃眼。这次他走得很慢，感觉身上的白色亚麻外套，好像什么重物压在肩头。他以前总是不慌不忙，回去吃一顿家常便饭，他可不像那个老鼠一样的小个子赫尔曼先生。他还是从后院大门走，这回虽然他很累，他却注意到了那个奇迹：他的蔬菜园子，他曾很无心地撒过种子，但是后来自己都忘了，因为那时候他正被生病的事情烦扰着，而现在园子里的蔬菜已经长起来啦！有紫色的包心菜，小胡萝卜的嫩叶子还卷着边儿，还有绿油油的芜菁，西红柿也结了青果子了。他站在那看着菜园子，这时候一群小孩子也走进开着的大门。他们都是兰克家的孩子。兰克家很有意思。他们一个挨着一个地生个没完，双胞胎，三胞胎都有。他们租了马龙妻子继承的一座房子——那是一个脏乱拥挤的房子，住着一窝孩子，萨米·兰克是韦德威尔纺织厂的一个工头。他后来下岗了一段时间，马龙也没催他房租。马龙自己住的房屋是在一条很体面的街道把角，也是从妻子母亲那里继承过来的，上帝保佑她。还有三处房产都连着在街道拐角，但那里的街区现在已经不景气了。兰克家住的是那里的最后一栋房，也就是马龙太太继承的三座房产的最后一套。马龙经常看到兰克家的孩子们。他们脏兮兮的，不停地吸鼻子，因为在家无事可干，就出来瞎转悠。有一年冬天特别冷，兰克太太又生了双胞胎在家坐月子，马龙还给他们送去过一些煤，因为他喜欢孩子，知道他们会很冷。那些孩子们分别叫尼皮和塔克，西丽丽和西蒙。还有罗斯玛丽，罗斯蒙德和罗萨。

现在孩子们都长大了。最大的是三胞胎，已经结婚生子，他们的孩子和加拿大的迪昂五胞胎出生在同一晚，《米兰信使报》还刊登了一篇小文章报道了此事，文章题目叫“我们米兰的三胞胎”，这篇文章现在被兰克夫妇放在相框里挂在卧室的墙上。

马龙又看看自己的菜园子，“亲爱的！”他叫道。

“来了，亲爱的。”马龙太太答应着。

“你看到咱们这菜园子里长的蔬菜了吗？”马龙边问边走进屋子。

“你说什么菜园子啊？”马龙太太问。

“还有哪个？就是我们的菜地啊。”

“当然啦，我当然知道啦，亲爱的。我们一个夏天都在吃这里长出的菜啊。你怎么啦？”

马龙这几天都没胃口，根本记不得自己都吃了什么，他听了这话什么也没说，但这菜地的确是个奇迹。他无心种的，也从来没来伺候过它们，却长得这么旺盛。那甘蓝都长疯了。在园子里种这种甘蓝就是会长成这样，把别的植物都挤到一边去。就像牵牛花——甘蓝和牵牛花都是这样长的。

中午吃饭的时候一般都很少谈话，今天的午餐是肉馅糕和双层多味土豆。虽然肉煮得很烂，马龙还是没有尝。“这个夏天我一直在告诉你我们吃的蔬菜都是自家地里的。”马龙太太说。马龙似乎听见过，但他没注意，更别说回应了。因为多少年来，太太的声音对他来说就像锯子发出的，听是听见了，但他从不认真理会。

小艾琳和汤米三口两口就吃完了午饭，准备跑出去玩。

“你们该好好嚼嚼，宝贝儿。否则没人知道你们的肠子哪天会出什么问题。我小时候有种叫福来切的矫正办法，你必须每口咀嚼七次才能下咽。如果你们总是这么狼吞虎咽吃饭的话——”孩子们打断妈妈的话，说了句“对不起”就跑出了房间。

现在饭桌旁彻底安静了，夫妻俩谁也不想把自己的想法说出来。马龙太太想着“马龙太太三明治”的做法——用厚鸡肉，那种符合犹太人教规的鸡肉（那些鸡是不是犹太人养的倒无所谓），还有 A&P 的母鸡肉，这是她精心挑选的，加上小火鸡，还有二十磅的大火鸡。她管自己做的火鸡三明治叫作“马龙太太火鸡沙拉三明治”，尽管好多人吃不出火鸡沙拉和鸡肉沙拉的区别——这很令人不理解——但她还是要做得这么精细。而这时候马龙想到的是自己药店里的销售问题：他今天早上卖出那个“优罗通”设备对不对呢？他记起了几个月前有个妇女曾经回来投诉过这个设备。好像她家小尤斯丁不管铃铛怎么响还是照样呼呼大睡，但是家里其他人都被吵起来，一家人围着孩子，看着孩子静静地在睡梦里照尿不误，而这个“优罗通”在那里疯响了半天。最后好像是爸爸实在忍不住了，当着全家的面把孩子从湿漉漉的床上拎起来揍他屁股。这公平吗？马龙认真想了半天，认为这当然不公平。他从来没打过孩子，不管他们该不该打。马龙太太管教孩子们，马龙觉得这也该是太太的职责，她每次必须打孩子履行职责的时候自己都要大哭。只有一次马龙觉得他必须对此有所反应。那是艾琳四岁的时候，她偷偷在她奶奶的床底下放了把火。奶奶哭得很伤心，一来是自己吓得够呛，二来是为自己疼爱的外孙女挨打。但只有玩火的事情马龙才必须要管教，这太严重了，他不相信妈妈的管教，因为孩子妈妈心肠太软舍不得狠心惩罚孩子，每次都要自己哭半天。是的，禁止孩子们碰火柴和玩火，这是马龙唯一要亲自出马管教的事情。至于那个“优罗通”呢？虽然是一款推荐产品，他后悔早上卖出去给顾客。他痛苦地咽下最后一口食物，这让他的喉结在脆弱的喉头挣扎了一下，马龙说了声失陪就从桌边站起来。

“我要给哈里斯先生打电话，让他下午来照顾一下药店。”

马龙太太平静的脸上起了焦急的皱纹：“你感觉不舒服了吗亲爱的？”

听了这话马龙气得攥紧了拳头，关节都发白了。一个得了白血病的人还有什么感觉舒服不舒服的？这个女人到底以为他得了什么病……水痘还是春倦症？但是尽管他很生气，拳头的关节发白，他也只是简单地说了句：“我没什么感觉好不好的。”

“你工作太辛苦了，亲爱的。总之太累。你总是忙得像马一样。”

“是骡子。”马龙纠正她，“就像拉磨的骡子在磨甘蔗粉，一圈一圈地永远停不下来。”

“马龙，你想不想让我给你准备一浴缸热水，让你舒舒服服地泡一会儿？”

“我不需要。”

“别那么固执，亲爱的。我只是想让你感觉舒服一下。”

“在自己家里，我想固执就固执。”马龙不耐烦地说。

“我只是想让你舒服些，但我看得出来这没用。”

“一点儿用没有。”他恶狠狠地说了一句。

马龙洗了个热水澡，也洗了头发，刮了脸，拉上卧室的窗帘。屋子里暗下来。但他还是很生气没法休息。从厨房里传来太太打鸡蛋面粉的声音，她好像是要做一个结婚蛋糕或是什么东西。这让他更生气了，于是他走到屋外太阳下面去。

他错过了今年夏天美好的日子，蔬菜自己长起来他也没注意。夏日的强光晒得他精神萎靡。老法官曾坚持说他一点儿事没有，米兰的阳光可以治好所有的毛病。想起老法官，他走到后院门口，在那里找到一个纸袋子。虽然他下午无事可做，但在他内心却无法真正自由。他疲惫地开始摘一些青菜准备给法官送去，他挑了芜菁和甘蓝，又挑了个最大的西红柿，站在那里用手掂了掂分量。

“亲爱的，”马龙太太从厨房窗户叫他，“你在做什么啊？”

“什么？什么？”

“你站在那儿做什么？下午太阳多热啊！”

一个人要为自己为什么站在自家后院子里找个理由出来，这事情令人很尴尬。虽然他很生气，他也只是回答：“择菜呢。”

“要是在烈日底下时间太长，你该戴个帽子啊。否则你会中暑的，亲爱的。”

马龙脸都白了，他大声叫：“你管得太多了！”

“别骂人，马龙，看在上帝的份儿上。”

结果马龙反而在火辣辣的太阳下故意待更长时间，就因为太太问他一句，妨碍了他的自由。然后，他就是不戴帽子，抱着一大袋子蔬菜，迈着艰难的步子来到法官家门口。法官正在拉着窗帘的书房里，那个蓝眼睛的黑孩子和他在一起。

“你好啊，马龙，我的老伙计，我正想找你呢！”

“找我？”马龙很高兴听见法官这么说，但是这么热情的话他还是有些没想到。

“现在我们正在朗诵一首不朽的诗篇，我的文秘在为我朗诵。”

“你的什么？”马龙粗声问，就像听到人家跟他说“优罗通”和尿床。

“我的文秘，就是他，舍尔曼·普。他朗诵相当好，阅读时间是我一天里最愉快的时段。今天我们读的是诗人朗费罗。继续，麦克达夫[1]。”法官愉快地说。

“什么？”

“我刚套用莎士比亚的话啊。”

“莎士比亚？”舍尔曼感到自己格格不入，土里土气地被甩在一边。他讨厌马龙在他读诗时候闯进来，为什么这个药店老板，整天绷着脸的老家伙这时候跑到这里来？他这时候不该在他的药店里吗？

“再回到：

在基奇古米河岸边，

在闪光的大海边，

在他家小屋门前……”

法官闭着眼睛，头跟着节奏轻轻晃动。“继续，舍尔曼。”

“我不想读了。”舍尔曼阴着脸说，为什么他要在爱管闲事的马龙面前给人家当猴耍？他才不愿意呢。

法官感觉到什么好玩的事情要发生了，“好吧，那就朗诵‘我向空中射了一箭’吧。”

“我不想读了，先生。”

马龙看着此情此景，听着他们的谈话，装蔬菜的纸袋子还放在膝头。

法官这次真的觉得一定是什么好玩的事情要发生，但是他非常想把这首优美的诗读完，于是就自己朗诵道：

---

〔1〕这是莎士比亚《麦克白》中一个人物名字。

“月亮的女儿纳克密斯，

身后高耸着黑色的森林

还有黑黝黝的一片阴郁的松林

亮起来的是眼前拍打的海水

拍打着阳光下清澈的海水

拍打着银光闪闪的大海……”

“我的眼睛在这昏暗的屋子里都累了，你可以接着读吗，舍尔曼？”

“不，先生。”

“啊，伊娃，我的小猫头鹰

是谁照亮那间小屋

用他的大眼睛照亮了那间小屋……”

“啊，这么温婉，这诗歌的节奏和柔情。你感觉不到吗，舍尔曼？你总是可以把这些不朽的诗篇读得非常好。”

舍尔曼撅起屁股没有说话。

马龙带来的蔬菜纸袋还放在腿上，他感到屋子里有股紧张的气氛。很明显这种情形每天都有，他纳闷到底谁疯了。是老法官？是那个蓝眼睛黑鬼？是自己？还是朗费罗？他小心翼翼地说：“我从自家菜地摘了点蔬菜给你送来了，有绿芜菁，还有很多甘蓝。”

舍尔曼傲慢无礼地说：“他不能吃这些东西。”

法官的声音很惊愕：“为什么不能啊，舍尔曼，”他用恳求的声音说，“我喜欢吃绿芜菁和甘蓝呢。”

“节食菜谱上可没有。”舍尔曼坚持说，“他们得用肉一起烧，用排骨上的精瘦肉和肥肉一起做。这可不适合节食。”

“那如果就从排骨上片下一小点儿肉来一起做呢？一点点瘦的肥的部分？”

舍尔曼还在为读书时间马龙的闯入感到生气，因为这是他最爱的时光，结果都被这个药店的老东西搅和了，这家伙成天一点儿笑容没有，他看着两人的样子，就好像他们都是神经病。他破坏了他们朗读不朽诗篇的美好时刻。不过还好，他没有去读《华尔沙之歌》。他没把自己变成他的笑柄，他让法官自己去读了，反正法官似乎不在乎人们是不是以为他好像是刚从米里奇威[1]逃跑出来的。

马龙安慰法官说：“北方佬吃的时候放黄油或者醋。”

“噢，我又不是北方佬。不过我可以放醋试试看。我们在新奥尔良度蜜月的时候我吃过蜗牛呢。就一只蜗牛。”法官加了一句。

从客厅传来钢琴声，杰斯特正在弹奏舒伯特的“菩提树”曲子。舍尔曼更生气了，因为他不会弹这么好。

“我一直吃蜗牛，我在法国的时候养成的习惯。”舍尔曼吹嘘说。

“我不知道你还去过法国。”马龙说。

“当然啦。我在那里服过短暂的兵役。”奇波曾去过法

---

〔1〕Milledgeville：南北战争期间是南方佐治亚州的首府，当时很著名的城市。

国，那才是事实，他告诉舍尔曼很多故事，很多事情舍尔曼都怀疑真假。

“马龙，在太阳下走了这么久的路，我想你一定需要喝点儿什么。杜松子酒加奎宁水怎么样？”

“那太好了，先生。”

“舍尔曼，你给马龙先生和我调两杯杜松子酒加奎宁水吧。”

“奎宁水吗，法官？”舍尔曼的声音里带着怀疑的口气，因为即使马龙这老头儿是个开药店的，在不上班的时候也不会喜欢奎宁水的苦味。

法官带着好像吩咐用人的口气说：“在冰箱里。瓶子上写着‘开胃水’。”

舍尔曼不明白为什么开始的时候法官不这么说。开胃水和奎宁不是一样的。他之所以知道是因为自从在法官家里工作后，他已经尝过了。

“多放些冰。”法官说。

舍尔曼非常生气，不仅因为读书时间被破坏了，而且因为他被指使得团团转，就像个仆人。他跑到杰斯特那里去撒气。“你弹的是‘摇滚宝贝’吗？”

“不是，这是‘菩提树’，我从你那借来的谱子啊。”

“嗯，这是德国民谣的最高境界呢。”

杰斯特弹得非常激动，他停下来，满眼泪水。这让舍尔曼感到满足，因为杰斯特弹得太好了，而且根本没有练习过。

舍尔曼来到厨房调酒，故意放很少的冰在里面。他是谁，凭什么被呼来唤去的？而那个看上去文弱的杰斯特竟可以把一首真正的德国曲子弹得这么好，而且还是看谱即奏，没怎么练习过！

他给法官什么事情都做了。那个“大男孩”死去的下午，他得自己做晚饭，在餐桌前伺候着，但是他可不想吃自己做的晚饭。他就不想吃这顿晚饭，即使在书房里。他给他们找了一个厨子，在维利丽回家去的那几天，他给他们找来辛德瑞拉帮忙做饭。

这时候法官正在和好朋友马龙聊天，“这孩子真是能干，是个宝贝。会给我写信，读书，还有打针和控制我的饮食”。

马龙的脸上带着狐疑的表情：“你是怎么碰到这么完美的宝贝的呢？”

“我可没去碰。他一出生就影响了我的生活。”

法官这句话很难理解，马龙犹豫了一下不知是否该问下去。难道这个高傲自大的蓝眼睛黑人是法官的私生子吗？这听上去太不可思议了，但是也有可能啊。“可他不是在黑人教堂的长椅上被发现的吗？”

“是这么回事。”

“但这又怎么会影响您的生活呢？”

“不光影响我的生活，还有我的生命血脉——我亲儿子的。”

马龙试图去想象法官儿子强尼和一个黑人女孩发生了关系。那个金发，举止文雅的强尼·克莱恩，马龙和他一起在塞莱诺打过好几次猎呢。这就更不可思议了，但当然也有可能。

法官似乎看出马龙的疑惑。他用自己那只好手抓住拐杖，手都发紫了。“如果你有一点儿怀疑以为是我家强尼和个黑鬼睡觉通奸或者做了违背道德的勾当的话……”法官已经气得说不下去。

“我从没这么想过，”马龙安抚他说，“是你自己刚才说得神秘兮兮的。”

“这算是一桩神秘的事情，如果真有什么神秘事情的话。但是这实在很难说出口，甚至像我这样爱唠叨的老头子都不知道如何解释清楚。”

但是马龙看出来法官是想继续说这件事的，但是这时候舍尔曼端着两杯酒水进来放在书房桌子上。当舍尔曼又转身出去后，法官继续说：“不管怎么说，现在这孩子为我的晚年增添了亮丽的色彩。给我写信，他的书法很漂亮，给我打针，帮我坚持按规定的食谱节食。下午还给我读书。”

马龙没有说今天下午舍尔曼就拒绝读书，结果法官只好自己把朗费罗读完的事。

“舍尔曼读狄更斯的书充满感情，有时候我一直听得不停地流泪。”

“那孩子自己哭过吗？”

“没有，但是读到有趣的地方他常常跟着笑。”

马龙更疑惑了。等着法官说更多有关这件他暗示的所谓“神秘”的事情。可是法官只说：“唉，这只能又一次证明‘在危险的荨麻之上，我们摘得了安全之花。[1]’”

“什么意思？怎么回事？这里有危险吗？”

“也不是真的很危险——我只是引用莎翁的话罢了。但自从我亲爱的妻子去世后，我就感到非常孤独。”

马龙现在不仅对法官的话困惑，而且他突然开始对他担心起来。“孤独，先生？你还有你的孙子啊，而且你是米兰最受尊重的公民。”

“你可以是城里最受尊重的公民，甚至是全州最受尊重的人，但仍然感到孤独。上帝啊，就让我孤独吧！”

“但你的孙子难道不是你的掌上明珠吗？”

“少年的天性都是自私的。男孩子我是看透了。杰斯特唯一的问题就是——处在青春期。我对男孩子太了解了，归纳起来就两个字——自私，除了自私还是自私。”

马龙很高兴听到法官批评杰斯特，但是他很知道分寸，什么也没说，只是问：“你雇这个黑孩子多久了？”

“差不多已经两个月。”

“那可不算长啊，他就已经在这个家里适应的不错——这么舒服，亲如一家，人家会这么说。”

---

〔1〕这是莎士比亚历史剧《亨利四世》第一部第二幕第三场台词。

“舍尔曼是过得挺舒服，感谢上帝。尽管他也和我孙子一样是个青少年，但我们之间的关系不同。”

马龙听了这话很欣慰，但是他还是很注意分寸，没发表任何意见。他深知法官的情绪变化无常，他会一会儿很高兴一会儿又很失落，他心里想这种状况不知道能持续多久。

“他是真正的珍宝，”法官满怀激情地说，“一件宝贝。”

而此时此刻，这块“宝贝”正在一边读一本电影杂志，一边喝着杜松子兑水加冰的酒。他在厨房里享受着，老维利丽正在打扫楼梯。舍尔曼在尽情品味着美酒，尽情地想象——这杂志上的文章很不错，写的是他最喜欢的那些演员——但他还是非常非常生气。不仅是这个特别的读书时间遭到破坏，而且也因为他心里的焦虑在一天天增长，已经三个星期了，他的心一直悬在那儿——为什么安德森女士还没有给他回信？如果他邮寄地址写错了，他们可以转交她啊，他的母亲是这么有名的人。这时候杰斯特的狗走过来，舍尔曼踢了他一脚。

维利丽从楼梯上下来，看见正在看杂志喝酒的舍尔曼，她刚想说他两句，看到他黑脸上那双眼睛里露出的凶样，她打消了这个念头。只说：“在我年轻那会儿，我从没闲坐着光看书喝酒。”

舍尔曼说：“那说明你生来就是当奴隶的，老太婆。”

“我不是奴隶，我爷爷是。”

“那他们肯定把你扔在这里的大街上了。”

维利丽开始洗盆子，把水开得很大声。她说："如果我知道你妈是谁，我一定告诉她狠狠揍你一顿。"

舍尔曼回到客厅去和杰斯特胡折腾一会儿，因为他也没事可做。杰斯特又开始弹琴，舍尔曼希望自己知道那曲子的名字。假如知道，他就可以评价一下作曲家，但如果不知道说错了人，那多没面子。是肖邦、贝多芬，还是舒伯特？因为他不知道，所以如果他去批评就对自己没把握，这更让他生气。比如他说："你把贝多芬这首曲子弹得太烂了。"而杰斯特回答："这不是贝多芬，是肖邦。"舍尔曼没有办法，不知如何是好。后来他听到前门开关的声音，知道马龙这个多管闲事的家伙走了。他回到书房，有些尴尬，表现出非常顺从的样子来到法官面前，自觉地拿起朗费罗的诗集，从这句话开始往下读：

"我向空中射了一箭。"

马龙从没体验过像今年夏天这么酷热的天气。走在路上，他感到天空火辣辣的刺眼，太阳好像就在他肩膀上，沉甸甸的。一般一个务实的人是不会胡思乱想的，但他现在开始胡思乱想，想到秋天他可以去北方一个地方，比如去佛蒙特州或缅因州，在那里他可以又见到雪。他要自己去，不带太太。他会让哈里斯先生替他看着店铺两星期，他就自己去度假两周。或者谁知道，去两个月，安安静静的独自一人。在他脑海里已经出现了迷人的雪景，他似乎感到了凉爽。他就自己待在一个旅馆里，或者去个滑雪胜地，他以前从没这么干过。当他想着雪的时候，他感到一种自由，但同时也有一种内疚感。他走在烈日下，肩膀弯着。曾经有一次，就一次，他也感到一种自由下的内疚。那是十二年前的夏天，他把妻子和小艾琳送到塔鲁拉瀑布城去度假。他们走了以后，马龙就有机会遇到了他的罪过。开始他并不觉得是什么罪过。就是他在药店碰到的一个年轻女子，她来是因为她眼睛里进了灰渣。他非常小心地用自己干净的亚麻布手绢帮她把脏东西弄出来。他记得当时他扶着女孩的头帮她取灰渣，女孩身体抖动，黑眼睛里全是泪水。她走了之后，那天晚上马龙脑子里全是女孩的影子，但这件事似乎就这么结束了。但结果第二天在他去商店付钱时，他俩又见面了。女孩是那里的店员。她说："您昨天对我太好了。我现在正想该怎么报答您。"马龙说："那么，我们明天一起去吃个饭怎么样？"女孩同意了。她是一个娇小的女孩子，在店里工作。他们在"板球茶庄"吃了午饭，那是城里最体面的饭店。马龙和女孩聊起自己的家庭，但他并没有什么非分之想。但事情就这么发生了，在两星期之后他犯"罪"了，最糟糕的是他还感觉挺高兴。每天刮脸的时候都哼着小曲，还穿上最好的衣服。他们去城里看电影，他还带她坐汽车去了亚特兰大的兰特花园观看全景壁画。他们去了格兰蒂酒店吃饭，她要了鱼子酱。马龙奇怪自己竟对这次越轨行径很高兴，他也知道很快就会结束这一切。九月妻子和孩子回来，他们的事也就无疾而终，劳拉——那个女孩非常理解。也许她曾有过这种经历。如今十五年过去了[1]，马龙还会想起她，但她换了工作，马龙也再没见过她了。当他得知她结婚了之后，马龙有些伤心，而从他灵魂另外一方面讲，他又感到一种解脱。

想到自由他就想到雪。当然，在每年的秋天，他都会让哈里斯先生替他看几天店铺，自己去休假。他就又会再去体会雪的悄然无形，并感受寒冷带给的心灵慰藉。马龙疲惫地朝家里走去。

“你今天休息，亲爱的，就是在城里转，多累啊，我觉得这不算个真正的休息，况且这么热的天。”

“我倒没觉得热，但这城市的夏天的确太热了，简直就跟地狱之火一样。”

“唉，艾琳在折磨自己。”

“你是什么意思？”马龙警觉地问。

“就是折磨自己，不停地哭，在她房间里哭了一个下午了。”

马龙赶忙来到女儿房间，太太跟在他后面。艾琳在床上趴着哭呢，她的屋子里装设着蓝色和粉色，典型女孩子的房间。马龙就是不能看女儿哭，女儿是他的心头肉。他疲惫的身躯感到一阵颤抖，“宝贝，宝贝，你怎么啦？”

艾琳把脸转过来，“哦，爸爸，我谈恋爱啦！”

“哦，那怎么会让我的宝贝哭呢？”

---

〔1〕原文如此，似乎和前面说的“十二年前”矛盾。

“因为他压根儿就不知道世界上还有我这个人啊。在街上我们碰上，或者在其他地方碰上了，他就那么随便挥手打个招呼，然后就走过去了。”

马龙太太说：“没关系亲爱的，等你长大了，总有一天你会遇到你的白马王子的，一切都会很美好。”

艾琳哭得更厉害了，马龙讨厌妻子，因为当妈的说这些话很蠢。“宝贝，宝贝，你爱上谁啦？”

“杰斯特。我真的非常爱他。”

“杰斯特·克莱恩！”马龙大叫一声。

“是他。他长得多英俊啊！”

“亲爱的，”马龙说，“杰斯特根本不配你的一根手指头。”艾琳还在哭，他后悔给法官带去芜菁和甘蓝了。当然他知道法官和这件事无关。他尽力弥补刚才的话：“但毕竟，宝贝，这是孩子的一片痴情罢了。谢天谢地。”当他说了这话，他知道自己和妻子刚才说的一样愚蠢也一样无济于事。“亲爱的，等下午凉快点儿，我俩去店里，你去挑个大大的三层奶油冰激凌当晚餐，怎么样？”艾琳又哭了一会儿，后来天气也始终没凉快下来，他们还是坐上家里的车子去了药店挑了个大大的奶油冰激凌。

7

在这几个月里，马龙不是唯一替法官担心的人，杰斯特也开始关心自己的爷爷了。他虽然很自私，自身还有一大堆问题，但他也担心爷爷。法官对自己“文秘”充满热情不断升温，头脑简直有些发昏了。一天到晚都是舍尔曼，舍尔曼。爷爷早上让他记录信件，中午两人就一起喝酒，到了杰斯特和爷爷一起在餐厅吃午饭的时候，舍尔曼就给自己做一个“薄薄的三明治”在书房吃。他说要好好思考上午那些信件的工作，他也不想在厨房和维利丽说话而被分心，而如果在餐厅和他们一起吃，午餐吃得太饱会影响他的工作，不能集中注意力。

法官同意这样的安排，很高兴自己的信件可以得到这么认真的斟酌思考，这些天来他对这一切很满意。他总是惯着仆人们，送给他们贵重且很稀奇古怪的圣诞和生日礼物。（比如一件尺寸完全不对的花哨裙子，或者一顶谁也不会戴的帽子，或者一双崭新的但不合脚的鞋子。）因为很多仆人是妇女，她们都去教堂，所以大多不喝酒，但也有一些不是。不管他们是禁酒的还是嗜酒的，法官从来不去柜子里放酒的架子上检查。其实老园丁保罗（他是培育玫瑰和花圃的高手），在法官家做了二十年，也喝了法官二十年的酒，最后死于肝硬化。

虽然维利丽知道法官天生就爱惯着别人，但对舍尔曼在法官家如此肆无忌惮还是感到不可思议。

“不在厨房吃饭因为他说他想思考信件，”她嘟囔着，“其实是他太傲气不愿意和我一起在厨房吃，他觉得自己不该在厨房和下人一起吃。自己做个夹那么多东西的三明治去书房吃，得了吧！他会把那里的书桌搞得一塌糊涂。”

“怎么会呢？”法官问。

“吃那么大的一个三明治就该放在盘子里吃啊。”维利丽固执地说。

虽然法官把自己的尊严看得很重，但对其他人的无所谓。舍尔曼在法官那里可以按捺住他突然而来的怒火，但却把这怒火转嫁到新园丁古斯或维利丽身上，尤其会拿杰斯特当出气筒。但是尽管表面上愤怒被压下去了，但实际上它还存在心里，而且越积越多。比如他讨厌读狄更斯，狄更斯的书里有太多孤儿，舍尔曼讨厌一切写孤儿的书，感觉那都是在说自己，所以每当法官为这些孤儿、扫烟囱的、继父等这些悲惨的故事掉泪时，舍尔曼就用一种冷冰冰，没有抑扬顿挫的声音读，用一种冷漠高傲的眼神斜眼看着这个老头儿失态的样子。法官总是对别人的情感反应迟钝，根本没注意这些，还像以前一样愉快享受阅读时光。听着狄更斯写的故事他笑，他喝酒，他哭，然后写一大堆信件，没有一点儿感觉枯燥无聊。舍尔曼仍然是他的宝贝，一件珍宝，没有人在家里可以说他的坏话。同时，在舍尔曼倔强又胆怯的内心，事情可是越来越糟，结果到了中秋时节，他对法官的感情变成憎恨，只是掩盖起来了，没有表示出讨厌的情绪。

虽然这份工作轻松体面，还可以指挥别人，还可以时常取笑多愁善感，懦弱的杰斯特，把他惹恼，但是对舍尔曼来说，这个秋天是他这辈子过得最惨的了。每天他都在等，生命就悬浮在一片空虚的未知中。每天他都期盼有回信，日子一天天一周周过去，还是什么回信都没有。有一天他偶然遇到一位音乐人，是奇波的朋友，他认识安德森，还有一张她签字的照片，他知道她所有的事情。于是从这位讨厌的陌生人口里舍尔曼知道了很多真相：安德森女士不是他的母亲。不仅因为她嫁给了她的事业以至于太忙没时间顾得上和白马王子谈情说爱，更别说生他了，还留在一个教堂长椅上，而且她也从来没到过米兰，所以根本不可能介入他的生活。舍尔曼的心曾被希望提起，充满幻想和期待，现在碎了一地。永远没有希望了吗？那时他的确这么想的。那天晚上他拿出德国民谣唱片，那是安德森唱的，扔在地上用脚踩，踩得粉碎，一条完整的唱片纹路都没留下。希望和音乐都难以让他平息，他一头扑在人造丝的床单上，也不脱去沾满烂泥的鞋子，就把自己的身体在床上扭来扭去，并大声痛哭。

由于头天晚上情绪波动太大让他精疲力竭嗓子沙哑，第二天他无法上班。但到了中午，法官给他送来一大盘吃的：一碗新鲜的蔬菜汤、热气腾腾的玉米，还有柠檬甜点……他慢慢吃起来，开始还懒懒的，渐渐心情由阴转晴。手指头轻巧地转动玉米啃得很香。他在家待了一个星期，别人给他做饭，调整了一段他完全恢复了。但是他原来圆圆光滑的脸颊现在变得很硬有棱角了，虽然他不再有意识去想安德森夫人“骗人的恶劣行径”，他却觉得自己像遭了劫一样，他要报复别人。

那年初秋对杰斯特来说是最快活的日子。起初他的心随着那些曲子的翅膀而飞翔，现在他对舍尔曼的激情已经渐渐平静下来转为友情。舍尔曼现在每天都在杰斯特家，杰斯特天天能见到他，这就把因担心变化或失去，还有其他不稳定的因素转化为一种安全感。舍尔曼天天来，杰斯特没有理由担心不会这样一直发展下去。当然，舍尔曼经常用自己的办法欺负他，这让他很伤心。但是随着时间的推移，杰斯特学会了不让这些伤痛停留得太深或太长，他也学会了如何反驳来保护自己。不留下伤痛对杰斯特来讲的确很难，但是他在学。另外他也在试着理解舍尔曼的态度，理解那种狂热和激烈的情感可以带来同情和爱怜。舍尔曼不在家的那个星期，杰斯特感到放松，他不用再刻意注重自己的言行，也不用时刻去担心自己的自尊受到打击。另外一个原因让杰斯特高兴的是，他们之间的关系让他隐隐意识到他才是被注意的人，舍尔曼常常攻击他，其实他是想攻击整个世界。杰斯特隐隐感到如果你想让自己的怒气释放得快些，往往拿身边最熟悉的人撒气最有效——因为太熟悉，所以信任对方，自己再多的怒气和丑陋的东西对方都能原谅。杰斯特自己小时候就是拿爷爷当出气筒——他很生气的时候拳头就冲着自己的爷爷——不是维利丽，也不是保罗或其他人——因为他知道爷爷一定会原谅他，也会一直爱他。舍尔曼受伤的怒火当然不好，但他感受到他们之间的一种信任，这让他心里非常感激。杰斯特买了《特里斯丹》总谱，舍尔曼不在的时候，他可以放心地练习，不必担心被舍尔曼冷嘲热讽而备受打击。但是爷爷却在屋子里走来走去茫然若失，就像丢了魂似的吃不下东西，杰斯特也就跟着担心起来："我真不知道你到底看中了舍尔曼哪一点。"

"那孩子是块宝，非常珍贵的宝贝。"法官平静地说，他的声音都变了，"另外，我认识他不是一天两天了，我很早就认识他，我觉得我对他有责任。"

"什么责任？"

"是因为我他才成为孤儿的。"

"我不懂你说什么，"杰斯特反对说，"别跟我打哑谜。"

"这件事说起来实在很难为情，特别是你我之间。"

杰斯特回答："我最讨厌的就是只把话说一半，吊起人家的胃口然后又不往下说。"

"嗯，算了，"法官说，他含糊其词地想糊弄过去，杰斯特知道这是故意对真相的掩饰，"反正他也就是一个黑孩子罢了，那次在高尔夫球场我掉进水池差点淹死，他救过我的命。"

"这只是一个细节，并不是真相。"

"别再问我问题了，我也不会骗你。"法官语气里有些生气。

虽然舍尔曼给法官带来欢乐和忙碌，但是他还是想拴住杰斯特，这孩子太忙于自己的空间和学校，根本拴不住他了。杰斯特不读那些不朽的诗篇，也不玩扑克，甚至那些信件他也丝毫没有一点兴趣。于是那些无聊和烦闷又回来了。这几个月产生出的广泛兴趣和丰富活动之后，一个人玩纸牌已经让他厌倦了，他读完了《妇女之家月刊》和《麦考尔》[1]杂志上每一篇文章和所有文字。

"告诉我，"杰斯特突然问，"既然你说你知道舍尔曼所有的一切，那你知不知道他的妈妈是谁？"

"很遗憾，我的确知道。"

"为什么不告诉他母亲是谁？他当然非常想知道啊。"

"这是一个'无知是福气'的完美例子。"

---

〔1〕"McCall's"，这也是当时一本美国著名的妇女杂志。

“你一方面说知识就是力量，另一方面又说无知是福气。到底哪个是真的？反正我才不相信这些话呢。”

杰斯特手里攥着法官用来练习左手的海绵球，心不在焉地撕扯着，“有些人认为自杀……是懦弱的表现……但另外一些人则认为得有相当大的勇气才能去自杀……我一直在想我父亲为什么会自杀。他是一个全能运动员，佐治亚大学荣誉毕业生，他究竟为什么这么做？”

“只是因为一时的抑郁造成的。”法官说，他学着马龙安慰他的话。

“这可不像是一个全能运动员能做出来的事。”

法官不言语，仔细地给自己发牌玩起来，杰斯特走到钢琴边，开始弹奏《特里斯丹》。他眼睛微闭，身子轻轻摇晃，他已经在琴谱上写下这句话：

“送给我亲爱的朋友——舍尔曼 · 普

你忠实的

约翰 · 杰斯特 · 克莱恩”

这首曲子让杰斯特全身起鸡皮疙瘩，曲调非常激烈又闪烁着亮光。

没有什么比给舍尔曼精心准备一件特别的礼物更让杰斯特高兴了。他爱舍尔曼。在舍尔曼没来上班的第三天，杰斯特从花园里摘了些菊花，用秋叶做装饰，很自豪地拿着它们来到巷子里。他把花和秋叶放在一个装冰茶的水罐里。他在舍尔曼身边绕来绕去就像他要死了，弄得舍尔曼心烦意乱。

舍尔曼懒懒地躺在床上，杰斯特摆弄花儿的时候，他无精打采又无理地说：“你有没有想过你的脸长得就像一个娃娃的屁股？”

杰斯特简直不敢相信他听到这样的话，一时噎住了。

“无知，蠢笨，活像娃娃的屁股。”

“我才不无知呢。”杰斯特反驳说。

“你当然无知啦。你那张蠢脸上写着呢。”

杰斯特和其他年轻人一样，喜欢做些画蛇添足的事情。在他放的花瓶背后藏着一个鱼子酱罐头，那是那天早上他从A&P商店买的，本来是想给舍尔曼的礼物，他曾夸口说他能一口气吃下去。现在被舍尔曼这么恶毒地攻击，他无法发泄愤怒。他精心摆放的花儿也得不到舍尔曼一点赞美肯定，连一个笑脸都没有。杰斯特现在琢磨着该怎么处理鱼子酱，因为他不想再忍受被羞辱了。他把鱼子酱藏在屁股兜里，所以坐下的时候必须十分小心。舍尔曼的房间现在被美丽的鲜花点缀，充满了花香，其实他是很喜欢的，但是他不屑向杰斯特说句感谢的话，有人伺候他吃饱喝足，休息够了，就拿杰斯特取笑（他还不知道自己这种做法已经让他失去了一瓶上好的真正鱼子酱，他本来可以放在冰箱里最明显的一层显摆好几个月，然后还可以给他那些最高贵的朋友们吃）。

“你看上去就像到了梅毒三期。”舍尔曼这样开始胡说。

“什么？”

“你在那里坐着的样子完全就是一副得了梅毒的德行。”

“我就是坐在一个瓶子上。”

舍尔曼没有问为什么杰斯特坐在一个瓶子上，而显然杰斯特也没有告诉他的意思。舍尔曼自己瞎猜地说：“坐在瓶子上……瓶子碎了吗？”

“你用不着这么粗鲁。”

“法国人很多时候就是这么坐着的，当他们得了梅毒的时候。”

“你怎么知道？”

“因为我在法国服过短期兵役。”

杰斯特怀疑这是舍尔曼的谎言，但是他并没说什么。

“我在法国的时候，爱上过一个法国女孩。没有梅毒也没有其他毛病。是一个美丽的白百合花一样的处女。”

杰斯特换换坐着的姿势，因为在鱼子酱瓶子上坐久了不舒服。他总是被那些黄故事弄得很震惊，即使是像“处女”这种词他听上去也有些颤动，但不管是不是震惊反正他也是听得很入迷，所以他就等着舍尔曼接着说下去。

“我们订婚了，这位白百合花一样的姑娘和我。我把她弄到手。然后，女人嘛，就要和我结婚，婚礼准备在那个古老的大教堂——巴黎圣母院举办。”

“那是个天主教堂。”杰斯特纠正道。

“呃，教堂——天主教堂——你爱怎么叫都成啊。反正我们准备在那儿举行婚礼。给很多很多客人都发了请柬。法国人的亲戚朋友真多，一车都装不下呢。我站在教堂外面看着他们鱼贯而入，我不让任何人看到我。我就想看着这个庆典。这座美丽的古老天主教堂，还有盛装的法国人。每个人都很小鸟。”

“你是说他们都很漂亮吧。[1]”舍尔曼纠正他。

“嗯，他们都很漂亮也很像小鸟。这些亲戚朋友成群结队，都在等着我出现。”

“那怎么不出去见他们？”杰斯特问。

“你这个呆瓜。你难道不懂我根本就不想和那个白百合花的法国处女结婚啊。那天下午我就这么看着他们，那些盛装的法国人，他们等啊等啊，等我出来和这个姑娘结婚。她是我的‘未婚妻’，你懂吧？到了晚上他们才明白我不想去结婚。我的‘未婚妻’晕过去了，她妈妈也发了心脏病，他爸爸就在教堂门口自杀。”

“舍尔曼·普，你是天底下最大号的牛皮大王。”杰斯特说。

舍尔曼被自己编的故事感动，想入非非，什么也没说。

“你为什么撒谎？”

“也不完全是谎话啊，但是有时候我想到那个场景，很可能真实地发生，就告诉像你这种傻瓜呗。我这辈子很多时候都得编故事，因为真实的生活太无趣也太艰难啦。”

---

〔1〕法语 Chic（漂亮）的发音不是像英语 chick(小鸡，小鸟）一样，这说明舍尔曼根本不懂法语。

“那么，如果你假装是我的朋友，你为什么捉弄我？当我是容易受骗的人？”

“你就像巴纳姆描述的那种人。[1]如果你忘了巴纳姆和贝利大马戏团，提醒你一下。‘这个世界上每一分钟都有一个容易上当的人出生。’”舍尔曼想起安德森太太的事情，义愤填膺。他想让杰斯特留下来陪他，但又不知道如何说出挽留的话。舍尔曼穿着他最好的蓝色人造丝，白色镶花边睡衣，因此他高兴从床上起来炫耀一下。“你想不想喝点儿邦德陈年卡尔佛特威士忌？”

但是威士忌和高档的睡衣都不能引起杰斯特的兴趣。刚才舍尔曼说的下流故事让他错愕，但是又被他说自己为什么要撒谎的原因感动。“你难道不知道我是一个你用不着靠谎言维系的朋友吗？”

然而舍尔曼仍被阴郁和愤怒所占据：“你怎么就那么自以为是说是我的朋友？”

杰斯特只好不去理会，只是简单地说了句：“我回家了。”

“你不想看看奇波的嘉丽姨妈给我送来她做的香喷喷的饭菜吗？”舍尔曼走到厨房打开冰箱，冰箱里有股淡淡的馊味。舍尔曼特别喜欢嘉丽姨妈做的花样饭菜。“有西红柿加肉冻圈，中间还放了松软乳酪。”

---

〔1〕巴纳姆 P.T. Barnum（1810 年 7 月 5 日—1891 年 4 月 7 日），美国马戏团经纪人及艺人。“这世界上每一分钟都有一个很容易上当的人出生。”这句话有人说是他说的。

杰斯特半信半疑地看了看那食物，然后说：“你是不是对嘉丽姨妈、辛德瑞拉，还有奇波都撒谎？”

“没有，”舍尔曼干脆地说，“他们知道我是什么样的人。”

“我也知道你是什么样的人，所以我希望你也不要对我撒谎。”

“为什么这么说？”

“我讨厌揭穿那些显而易见的谎言，你说的那些谎言对我来说都太容易戳穿了。”

杰斯特蹲在床边，舍尔曼就穿着他漂亮的睡衣躺在床上。杰斯特戳着枕头，装作很不在意的样子。

“你听过这句话没有？说‘真实比谎言更奇怪’？”

“当然听说过。”

“当时斯蒂文先生对我做‘那事’的时候，正是万圣节前几天，是我十一岁的生日。斯蒂文太太给我开了一个很棒的生日晚会。很多朋友应邀前来，一些人还穿着派对服装，还有人穿万圣节装束的。这是我第一个生日派对，我激动坏了。有穿着女巫的服饰的，穿成海盗的，还有很多鲜艳的衣服，就像去参加主日学校。我开始穿的是我崭新的海军蓝长裤和白衬衣。州政府给我付住宿费，但是可不包括生日派对或者崭新的生日衣服。当那些来的客人给我带来礼物时，我注意到斯蒂文太太说，不要伸手抢物，要说‘谢谢’然后慢慢打开礼物。斯蒂文太太总说我很有礼貌，而那天晚上我的确在生日派对上举止文雅。我们玩了很多游戏。”舍尔曼的声音渐渐小下去，最后他说，“真是很滑稽。”

“什么很滑稽？”

“从派对开始到晚上结束，我几乎根本记不起来我都干了什么。因为那天晚上，那个美好的生日晚会结束后，斯蒂文先生把我给干了。”

杰斯特下意识地快速抬起了右手好像要挡住迎面而来的打击。

“甚至在那件事完了之后，万圣节也过去了，我也只记得我生日派对上一点儿……点儿……零星……星的情形。”

“我希望你以后不要再谈这件事了。”

舍尔曼停了会儿，控制住口吃，然后才又顺畅地说下去：“我们玩了各种游戏。还有甜点呢！冰激凌、白冰冻蛋糕，上面有十一根粉色的蜡烛。我吹灭了蜡烛，按照斯蒂文太太的教导切蛋糕，但是我一口没吃，因为我希望自己保持完美的礼仪。甜点之后我们又跑又叫地玩游戏，我给自己披上一块床单扮成鬼，还戴上一顶海盗的帽子。斯蒂文先生在放煤的房子后面叫我，我就飞跑过去，我身上的鬼披风呼呼作响飞起来。他抓住我，我还以为是跟我玩儿呢，我还一个劲儿地大笑不止。当我意识到他不是在和我玩，我还止不住笑。之后我吃惊地不知所措，只是停止了笑。”

舍尔曼靠在枕头上，好像他突然感到很累。“不过，我基本上过的是自由的生活。”他继续说着，语气里充满激情，开始杰斯特几乎不敢相信。“从那以后我的日子一直很舒心。没人比我舒服了。穆林太太收养了我——不是真的收养，州政府仍给我付钱，但是她待我视为己出。我知道她不是我妈妈，但是她爱我。她会用梳子打奇波和辛德瑞拉，但是她从不对我动一个手指头。所以你看，我就跟有了亲妈一样，还有一个家。穆林太太的姐姐嘉丽姨妈教我唱歌。”

“奇波的妈妈呢？”杰斯特问。

“死了。”舍尔曼痛苦地说，“去天堂了。所以这个家也就散了。奇波的父亲又和别人结婚，我和奇波都不喜欢她，所以我们搬出来，从那以后我就成了奇波这间房子里的房客。但是我曾有一阵子就像有妈妈一样。”舍尔曼说，“我的确有过一个妈妈，虽然那个骗人的讨厌鬼玛丽·安德森并不是我的妈妈。”

“为什么你叫她骗人的讨厌鬼？”

“因为我想这么叫。我已经不再想她了。把所有她的唱片也都毁掉了。”舍尔曼声音嘶哑地说。

杰斯特这时候还蹲在床边，突然站起来在舍尔曼的脸颊上亲了一下。

舍尔曼在床上向后倒，把脚放下好使自己身体平衡，伸出手臂狠狠给了杰斯特一个耳光。

杰斯特并不感到惊讶，虽然他长这么大从来没被人打过。“我这么做，”他说，“是因为我为你感到难过。”

“留着你的同情心喂狗吧。”

“我不懂为什么我们不能认认真真，真心诚意呢？”杰斯特说。

舍尔曼一半身体在床外，又给了杰斯特另外一半脸颊狠狠一巴掌，杰斯特摔倒在地。舍尔曼气得声音都憋住了，“我把你当朋友，结果你却和斯蒂文先生一个德行！”

那两记耳光还有他的过激反应让杰斯特惊得呆住了，但是他立刻站起来，攥紧拳头，使劲给了舍尔曼下巴一拳，这让舍尔曼吃了一惊，他倒在床上。嘴里嘀咕道：“我都倒了你还打我。”

“你没倒，你是坐在床上，所以你才下手这么狠地打我。舍尔曼·普，我从你那里忍受了很多，但这个我可不要。再说我蹲着的时候你还给了我一巴掌。”

两个人开始就蹲着还是坐着的问题吵起来，吵着怎么掴人或者出拳才更像个运动员那样潇洒。他们吵了很长时间，都忘了是什么原因吵起来的了。

但是当杰斯特回家的时候他还在想：我还是不懂为什么我们不能认认真真真诚心诚意呢？

他打开鱼子酱，但闻起来像鱼的腥味儿，他不喜欢。他的爷爷也不喜欢吃鱼，维利丽闻到也会捂着鼻子“哎呀”一声，那个打短工的园丁古斯倒是什么都吃，于是他把鱼子酱拿回家去了。

8

到了十一月，马龙的病情有所缓解，他又住进了市医院。他倒是高兴去那家医院。他换了医生，但是诊断并没有变。现在不是海登医生而是换成考勒威大夫，之后又换戍弥尔顿大夫。虽然后两位大夫都是基督徒（分别是第一浸信会和圣公会的信徒），他们的医疗诊断还是相同。马龙虽然问过海登医生他还能活多久，却没有得到明确的答案，而且吓人，这回他小心避开这个话题。的确，当他换成弥尔顿医生后，他坚持说他自己很健康，只是例行做检查，只有一个医生说可能有微小的机会是得了白血病。弥尔顿医生肯定了诊断，马龙就什么也不再问了。弥尔顿大夫建议他过几天去市医院住几天。于是马龙就又去抽血，看着鲜艳的血流出自己的身体，他反而高兴起来，因为至少是在采取点儿措施了，这让他恢复了些力气。

每周一和周四，一名助理会推着装书的车子来到病房，马龙每次都先挑本谋杀悬疑的书。但是这些悬疑书也让他失去了兴趣，他跟不上书中的情节。下一次助理再推着书车来的时候，马龙把悬疑书换了，瞥了一眼其他书名，目光停留在一本叫《致死疾病》[1]的书上。他刚要去拿，助理问道："你确定要读这本书吗？读起来可不是那么令人愉快啊。"她的语气像妻子玛莎，马龙立刻变得很生气也做好了决定："这就是我想读的，我本来就不愉快，也不想愉快。"马龙一口气读了半个小时，心想自己为什么对这本书这么较劲，他开始打起瞌睡来。过了一会儿，他醒过来又随便翻到一页读起来。在密密麻麻的段落中有几句话在他的头脑中挥之不去，他立刻清醒了。他读了好几遍那几句话：

"最大的危险，是失去了一个人的自我。它会悄悄地被忽视，仿佛只是区区小事；但其他东西如果失去了，比如失去一只胳膊，一条腿，五块钱，失去妻子，等等，都一定会引起注意。"

如果不是得了不治之症，这些话马龙即使看见了也不会注意的，可是现在这句话让他浑身一震，他翻到第一页开始认真读起这本书来。但没看一会儿还是让他觉得无聊，他闭上眼睛，只想刚才那一段他记住的话。

---

〔1〕Sickness unto Death.《致死的疾病》。作者是丹麦思想家、哲学家及神学家克尔凯郭尔（Kierkegaard）。1849年出版。讨论了自我、实现自我和绝望、信仰之间的关系。

无法想象自己死亡时候的真实样子，他又再度陷入自己生活的琐碎无趣之中。他失去了自我……他明白这是肯定的，但是怎么失去的？什么时候失去的？他的父亲是来自梅肯的药品批发商，他是父亲的长子，父亲曾对他抱有很大希望。那些美好的孩提时代现在回想起来，让四十岁的马龙觉得很温馨。所以那时候他应该没有失去自我。但是父亲对他抱的希望太大，后来成了马龙的负担。父亲决定让他今后当医生，那是他自己年轻时的梦想。结果十八岁的马龙被哥伦比亚大学录取，十一月他第一次看到了雪。那时候他买了一双冰鞋，甚至真的到纽约中央公园去学滑冰了。在哥大的时光还是挺美好的，他还吃了从没尝过的中国面条，学会了滑冰，惊叹纽约的繁华。他一直没注意到自己的学业成绩在下降，直到已经真的赶不上了。他努力追赶……在考试前学习到半夜两点……但是班里有很多犹太学生，他们的成绩都在中等偏上。第一学期结束的时候马龙勉强过关，放假回家时他俨然是一名医学院预科生了。当秋天又回来，纽约的雪、冰和城市已经不再令他惊奇。第二年学期结束他考试没过，他感觉自己实在不是学医的料。他那种年轻人的骄傲无法让他再回到梅肯去，于是他搬到米兰，在格林拉夫的药店里找到一份当店员的工作。是不是这人生第一次的屈辱让他开始失去自我了呢？

玛莎是格林拉夫先生的女儿，马龙第一次邀请她跳舞，是那么自然而然地发生了。他穿着自己最好的蓝色西服，而玛莎穿的是薄纱连衣裙。他们是在“麋鹿俱乐部”那里的舞会跳舞。当时他刚成为麋鹿俱乐部成员，第一次触碰到玛莎身体的感觉以及为什么会邀请她去舞会他已经记不清楚了，反正那次舞会之后他就开始和玛莎约会，约会了好多次，因为他在米兰也不认识几个女孩子，而玛莎的父亲是自己的老板，这就省事多了。但他却从没想过爱情是什么，更别说和玛莎结婚了。结果有一天老格林拉夫先生（他其实还没那么老，只有四十五岁，但当时年轻的马龙看着他觉得他已经很老了）突然就因心脏病去世。药店被出售。马龙向母亲借了一千五百美元买下了这个店，十五年分期付款。就这样他背上了十五年的房贷，也在自己还没反应过来的时候，他就有了妻子有了个家。玛莎其实也没要求和他结婚，但是她似乎觉得如果马龙不这么做就成为一个不负责任的男人。于是马龙向玛莎的哥哥——也就是当时的监护人，说自己要娶玛莎。两个男人握了握手，一起喝了杯“瞎骡”鸡尾酒。这些就都顺理成章地发生，顺利得不能再顺利了，但是当他看到玛莎那天下午穿着精致的衣裙，还有去舞会时穿的那身薄纱裙子的时候，他还是为之倾倒。玛莎帮助他找回在哥伦比亚大学失去的尊严。然而当他们在格林拉夫先生的客厅成婚的时候，在她母亲、外祖母、他哥哥们，还有一两个姨妈面前，玛莎的母亲开始哭起来，马龙也想哭，但他忍住了，听着结婚庆典仪式有条不紊地进行，他突然迷惑起来。在“撒米”仪式进行完之后，[1] 两人就坐火车去北卡州的吹石公园度蜜月。从那以后，马龙其实也不知道从哪天开始他后悔和玛莎结婚，后悔或失望的情绪一直都有。虽然他没有在哪一天说出“这就是生活的全部吗”这样的话，但是随着年龄的增长，他会无言地叩问自己。不，他没有失去一只胳膊或一条腿，也没丢五元钱，但是一点点地，他失去了自我。

如果马龙不是得了绝症，他也没工夫深思这个问题。但如今死亡就快来临，他躺在医院病床上，看着自己鲜红的血一滴滴流淌，虽然他对自己说，我才不在乎要花费多少医药费，但是他人还在医院里，就已经开始担心每天二十美元的住院费了。

“亲爱的，”玛莎在她每天的探病时间说，“我们去哪里好好旅行放松一下怎么样？”

马龙听了在床上一下子挺直了身体，床单已经被他的汗浸得潮湿了。

“你就是在医院里躺着，看上去也很紧张很焦虑。我们可以再去‘吹石’公园，呼吸呼吸山里新鲜的空气。”

“我不想去。”马龙说。

“……或者去看海洋。我这辈子就见过一次大海，那还

[1] 这个古老的风俗是在新人离开教堂时人们向他们撒大米，预祝他们好运，婚姻生活美满。现在已基本没有了。

是我去我表妹莎拉家呢。她们家在萨凡纳。[1]我听说海滩那边气候很好，不是很热也不是很冷。稍微生活变化一点儿会让你精神好起来的。”

“我总觉得旅游太累人。”马龙没有告诉太太自己在计划秋后去佛蒙特或者缅因州看雪。他悄悄把那本《致死的疾病》藏在枕头底下，他不想和玛莎讨论这本书的内容，那样显得他好像和妻子关系很亲密似的。但是他还是很心烦地说：“我在医院待得难受。”

“我知道有件事你一定喜欢去做，”玛莎说，“你该养成习惯，让哈里森先生下午照顾药店。否则光干活不娱乐会把人变傻的。”

从医院回家后，马龙下午就不去药店了，这让他感到无聊。他想着那些山，北方，雪，还有海洋和所有他没有经历过的生活。他觉得自己怎么可以就这么死去，他还没有好好地活过啊！

上午下班回家，他会洗一个热水澡。然后拉上窗帘努力让自己睡个午觉，但他从没有睡午觉的习惯，所以怎么也睡不着。比起每天凌晨四五点就醒过来在屋子里绕来绕去，这种无聊和恐惧实在让他难熬。现在下午哈里斯先生帮他照顾药店，可马龙却讨厌这种无所事事。他总是担心有什么事情会出差错，但又会有什么事情出差错呢？少卖一盒“科泰客”

〔1〕Savannah：在佐治亚州东部大西洋港市。

卫生巾吗，还是会对病人说出的病情误诊？其实他自己也不该诊断病情的，因为他根本没读完医学院。他最多也只是给出一些建议而已。另外还有其他难题困扰着他。马龙现在瘦了很多，他的西服都显得肥大了。他是不是该去裁缝那里做套新衣服呢？虽然他的衣服还能穿，他还是去了裁缝铺子，而没有去“豪狮迈”[1]买衣服。这家裁缝店他经常去，他在那里订购了一套灰色牛津服装，还做了一件蓝色法兰绒衣服。试穿又很麻烦。另外，他给艾琳的整牙医生付了一大笔钱，但是忘了自己的牙也需要补，突然发现有很多颗牙要拔，牙科医生建议他拔十二颗然后植入假牙，或者做个昂贵的牙支架。马龙决定做牙支架，虽然他知道那玩意儿对自己也没多大帮助。反正死亡找上门来，他现在比以往任何时候都更关心自己了。

一家新的连锁药店在米兰开张了，虽然他没有马龙店铺的质量和信誉，但是价格便宜，成了马龙的竞争对手，这让他极其恼怒。有时他甚至想是不是他该趁现在还能掌控销售的时候，就把自己的店铺卖掉，这想法比想到自己要死都让他震惊和烦闷。于是他不去想了。再说玛莎完全可以管理这些财产，必要的时候会很好地处理包括股票、做慈善和信誉等事情的。马龙一天都拿着铅笔在纸上画来画去，写他的资产：药店两万五千美元（这个数字是保守估计，让马龙心安），人身保险两万美元；住宅一万美元，玛莎继承的三座小房

〔1〕Hart, Schaffer & Marx。美国著名男装店。

一万五千美元……虽然这些资产加起来也不算什么大财富，但也相当可观了，马龙用一支削尖的铅笔算了好几次，还用一支钢笔算了两次。他有意没有把妻子的可口可乐股票算进去。药店的抵押贷款单据两年前烧毁了，而且他的保险也从退休保险转到普通的人寿保险，因为本来就该这样。没有特别庞大的债务也没有按揭要付，马龙知道自己的财政情况现在是比以前好得多，但这并没有给他什么安慰。相对有偿还能力和需要按月付账单和房子贷款，他倒觉得后者让他感觉更好些。因为马龙觉得自己还有没有完成的事情，那是从他的账目和数字上看不出来的。尽管他还没有和法官仔细说过自己的遗嘱，他觉得一个男人，一个养家糊口的男子汉，不该这么没有遗嘱就死去。他是不是该拿出五千美元留给孩子们作为教育费用？其余的都留给太太玛莎，或者都留给玛莎，她难道不是个好母亲吗？他听说过丈夫死后财产交给妻子全权处理，结果遗孀用遗产买凯迪拉克轿车的事情。还有的寡妇财产被骗去投到开采凤凰石油油井的故事。但是他知道玛莎绝不会去买什么凯迪拉克轿车或者买其他股票的，除了可口可乐的股票或者 AT&T 的，她也许会买一些。他的遗嘱很可能写成这样：本人将全部财产的所有金额和房地产留给我亲爱的妻子——玛莎·格林拉夫·马龙。虽然他早就不爱妻子了，他还是很尊重玛莎的判断力，这就是一份普通的遗嘱罢了。

在这个季节之前，马龙的朋友和亲戚当中很少有人过世。但是四十岁似乎成了死亡的年纪。他在梅肯的弟弟汤姆死于癌症，那年他才三十八岁，他是马龙药品批发公司总负责人。汤姆娶了一位非常漂亮的太太，马龙一直很嫉妒他。但毕竟血浓于水，当汤姆的太太打电话告诉他弟弟不行了的时候，马龙立刻收拾行李准备回去看望他。但是玛莎不希望他去，因为他自己当时也病着，结果两人吵了很长时间，让马龙错过了去梅肯的火车。他没有看到汤姆最后一面，只看到他的遗体，已经严重缩水，而且尸体脸上妆化得太红。

玛莎第二天才到，因为她要先安排好两个孩子托谁照看。马龙作为长子，在财物分配上有重要的发言权。那时候马龙药品批发公司存在严重问题，比任何人想象的还要糟。汤姆是个酒徒，太太露西莉挥霍无度，公司已经面临破产。马龙查了几天账才理清财务。他们有两个上高中的男孩，而露西莉现在面对如何养活自己和孩子却稀里糊涂，说自己要去古董店找个工作。但在梅肯的古董店根本没有空缺，再说露西莉根本也不懂古董。她美丽容颜已不再，也不怎么为自己死鬼丈夫伤心哭泣了，只说是他对公司经营不善，让自己成了寡妇，带着两个半大的孩子，她不知道怎么找工作赚钱养家。马龙夫妇陪她待了四天，葬礼后他们就回家去，马龙给露西莉一张四百美元的支票，希望能维持这个家。一个月后露西莉在一家百货公司找到一份工作。

凯博·比科斯塔夫，是米兰电器动力公司的人员，他死的那天早上马龙刚刚见到他还和他说过话，结果不久他就倒在办公桌前，死了。马龙努力回想那天早上凯博说过的话，但都是些很平常的话，几乎都忘记说了什么。那天上午十一点钟的时候他就在桌旁跌倒中风，马上就死了。他在马龙店里买过可乐和花生饼干，看上去很健康，一点儿毛病没有。马龙想起来他在买可乐的时候还买了一片阿司匹林，但这也很正常啊。进来的时候他说："你热不热啊，马龙？"也是很正常的问候。但是一个小时之后凯博就死了，可乐、花生饼干、阿司匹林，还有问候的客套话，都像谜一样印在马龙的脑海里一直纠缠着他。赫尔曼·克莱恩家的店铺和马龙的药店很近，他太太去世的时候，他把店关了整整两天。赫尔曼这回再也不用把酒瓶子藏在马龙的药店的配药间里，终于可以在家随便喝了。比尔德先生是第一浸信会的执事，也在那个夏天去世了。这些人都跟马龙不是很熟，平时他对他们也不感兴趣。但是在死亡面前，他们都神秘地激起一种令人挥之不去的意象，以前可从来没引起他注意。马龙最后的一个夏天就是在这样一种气氛中度过的。

马龙害怕和医生们谈话，也不能和自己的妻子说那些很亲密的话，他只好沉默了。每个周日他去教堂。沃尔森博士是一位和蔼的牧师，他谈的都是给活着的人说的话，而不是给一个要死的人听的。他曾把神圣的圣事比作一辆轿车。他说人必须过一段时间就给自己加加油，这样才能促进灵魂生命的成长。这句话让马龙生气，他也不知道为什么。第一浸信会是城里最大的一所教堂，现有资产也值两百万美元。教堂里的执事都是富人。教堂的柱石，都是百万富翁，富有的医生，还有公用事业的老板们。但是尽管马龙每周日都去教堂，按着他的想法，这些人也都是很虔诚的圣徒，但很奇怪，他觉得自己和他们格格不入。每次礼拜后，他也和沃尔森博士握手，但是觉得和他没什么话讲，也和其他敬拜者没什么话讲。只是他从小就在第一浸信会长大，他也不知道其他什么地方可以得到精神安慰，谈到死亡他总是有些羞怯和畏惧。在十一月的一个下午，就在第二次住院后不久，他穿上新做的牛津灰色礼服，前往牧师的住所。

沃尔森博士看到他有些惊讶："你看起来很不错呢，马龙先生。"马龙的身体在新衣服里似乎都抽抽了。"我很高兴你能来。我一直都想见我教区的教徒呢。今天我能为您做点儿什么？您想喝点儿可乐吗？"

"不用了，谢谢您沃尔森博士。我就想和您聊聊。"

"聊聊什么呢？"

马龙的回答很轻，几乎听不清："聊聊死亡的话题。"

"拉梦娜，"沃尔森博士大声喊着仆人，拉梦娜立刻出现在他面前，"给马龙先生和我倒点儿可乐加柠檬。"

可乐端来后，马龙把新法兰绒裤子里的两条腿一会儿搭起来一会儿又分开，苍白的脸因羞怯泛起红晕。"我的意思是，"马龙说，"您应该知道一些类似的事情。"

"类似什么？"沃尔森博士问。

马龙鼓足勇气，下定决心地说："关于灵魂的事，还有死后到底会发生什么呢？"

在教堂里，沃尔森博士服侍了二十年，布道对他轻而易举，而且可以对灵魂的道理信口而出。但是在他自己的家里，只对着一个人问他关于灵魂的事，他的流利口才被堵住了，变得非常尴尬，他只说：“我不懂您的意思，马龙先生。”

“我弟弟死了，还有这城里的凯博·比科斯塔夫和比尔德先生，在这七个月中都死了。他们死了之后会怎么样呢？”

“我们都会死的。”身体肥胖，脸色苍白的沃尔森博士说。

“其他人并不都知道他们什么时候会死。”

“所有的基督徒都该准备好接受死亡。”沃尔森博士觉得这个话题有些病态。

“但是怎么准备面对死亡呢？”

“公义地活着。”

“什么是公义地活着？”

马龙从没偷过东西，也几乎没撒过谎，他的生命中唯一认为是罪恶的就是很多年前那次外遇，而且也就是一个夏天而已。

“请告诉我沃尔森博士，”马龙问，“什么是永生？”

“对我来说，”沃尔森博士说道，“就是属地生活的延伸，但会更加强化。这个可以回答您的问题吗？”

马龙想着自己平淡无奇，单调乏味生活，心想这样的生活如何可以强化，难道死后的日子也是这么无聊，所以这就是他要拼命挣扎继续活下去的原因吗？想到这儿，他打了个哆嗦，虽然屋子里其实很热。“您相信天堂和地狱吗？”马龙问。

“我不是严格的信奉正统基督教派的人。但是我相信一个人在地上做了什么是会预示他的永生的。”

“可是如果一个人在世界上只是做了些很普通的事情，没什么很好的，也没什么很坏的事情呢？”

“不是人来决定你做好做坏，上帝洞察一切真实，他是我们的救主。”

这些天马龙常常祷告，但是他在向什么祷告他也不清楚。现在看起来再谈下去也没什么好说的了，因为他得不到任何答案。马龙小心地把可乐杯子放在身边桌布上，站了起来：

“哦，非常感谢您，沃尔森博士。”他疲惫地说。

“我很高兴你来和我谈谈。我的家永远为您敞开，为我的教区教友敞开，谁想谈灵魂的事情随时欢迎。”

马龙又累又空虚，走在十一月的暮色里，他感到有些眩晕。一只漂亮的啄木鸟在一根电线杆子上嘟嘟地啄着，除了这鸟儿啄木头的声音，周围一片安静。

很奇怪，一向只喜欢单调节奏诗歌的马龙会想起下面这些字句来：

“最大的危险，是失去了一个人的自我。它会悄悄地被忽视，仿佛只是区区小事；但其他东西如果失去了，比如失去一只胳膊，一条腿，五块钱，失去妻子，等等，都一定会引起注意。”

这些不连贯的思想，连同他注定的命运和平凡普通的生活，就像这座城市那只洪亮的报时钟一样，抑扬顿挫又单调乏味。

9

那年冬天，法官在舍尔曼的事情上犯了一个严重的错误；而舍尔曼在对法官的事情上犯了个更严重的错误。由于两个人的错误都是胡思乱想的结果，导致年迈的法官头脑和受挫的男孩子的心灵都受到很大影响，他们之间的关系出了很多问题，就像被各自丰富的梦想所窒息，于是他们从开始那种互相欣喜明快的关系，到了十一月底已经失去了光泽，毁之殆尽。

首先是法官先说出了自己的梦想。有一天他神秘兮兮，满怀激情地打开了他的保险箱，递给舍尔曼一份文件。“好好读读，孩子，作为一个政治家，也许这是我对南方最后一个贡献了。”

舍尔曼读了却不明白，不是因为手稿本辞藻华丽书写潦草，而是对内容不知所云。“别管书写风格或者拼写是否有错，”法官快活地说，“你看意见是不是很尖锐？”舍尔曼看的是关于南方联邦货币的那一部分内容，法官眼里闪着光，期待得到赞美之词。

舍尔曼细长的鼻孔张开，嘴角颤动着，可是他却什么也没说出来。

法官的激情可一点儿没减少，他开始振振有词，描述了外币贬值的历史，以及被战胜国恢复本国货币价值的权利。“但凡是文明的国家，战败国家的货币需要恢复实现兑换——贬值那是必然的，但都兑现赎回了。你看法郎也好，马克也好，里拉也好，看吧，上帝啊，甚至日元都是如此。”这最后一种货币的兑现尤其让老法官生气。

舍尔曼的灰蓝色眼睛注视着法官深蓝色的眼睛，开始对法官谈论的外币感到困惑，他甚至猜法官是不是喝多了。但还不到十二点呢，法官从来不在中午以前喝酒的。然而法官说得那么慷慨激昂，被自己的白日梦灌醉，舍尔曼必须有所反应。他对法官说的一无所知，但舍尔曼却被法官的措辞、重复强调和说话节奏打动。法官的话的确很富有激情和煽动性，毫无意义却又非常顺畅，他的确是这方面的高手。舍尔曼不得不使劲掀动鼻孔，可是他又的确无话可说。老法官上次和孙子杰斯特说的时候，被杰斯特不屑一顾的反应刺伤了，现在有了舍尔曼，他知道遇到了一个忠实的听众，于是他抓住这个目标乘胜追击。而舍尔曼呢，从来很少相信杰斯特说的话，却很专注听着法官的激烈言辞，同时也感到很惊讶。

不久以前，法官接到参议员提普·汤玛斯的一封信，是关于法官请求他帮助杰斯特进入西点大学的回信。议员的回信用了啰里啰唆的很多客套话，说他非常乐意帮助他的老同事老朋友的孙子，一旦有机会一定乐意效劳。之后当然是法官和舍尔曼又动了一番脑筋该如何回复议员的信函，这回信也用了同样啰里啰唆的一堆客套话，法官写到已故的汤玛斯太太，也提到现任的汤玛斯太太。对于法官曾经真的在华盛顿特区众议院担任众议员一职的事情，舍尔曼总是觉得是个奇迹，这种荣耀的光辉也反射到了他，他可是议员名副其实的文书，他吃饭的盘子就放在议员的书房桌子上呢！汤玛斯议员回信后，提到以前法官给予他的帮助，并保证一定让杰斯特进入西点军校——其实是想和老法官搞好关系——但从舍尔曼的角度看，就是非常神奇的一件事。他自己曾寄到华盛顿 DC 的信件根本没人理，现在都不得不因为此事的神奇而放弃自己的嫉妒心。

虽然法官说起来头头是道，但经常自相矛盾，说着说着，肯定就把自己绕进去了。他开始谈起对烧掉的房子和棉花的补偿和赔还，而且还要赔还黑奴，这让舍尔曼感到又羞耻又震惊。

“那些黑奴吗？”舍尔曼的声音里带着不易察觉的吃惊语气。

“当然啦，”法官继续镇定地说下去，“奴隶制是整个棉花经济的柱石啊！”

“嗯，可是亚伯拉罕·林肯废除了奴隶制，解放了奴隶，是另外一个舍尔曼[1]烧毁了棉花地。”

法官还沉浸在自己的白日梦里，他忘了自己的文书也是个黑人。“那是很悲哀的日子，毫无疑问。”

法官不明白为什么自己会失去一个忠实的听众舍尔曼，他有些不知所措。舍尔曼现在再也不是忠实听众了，他因为法官这些侮辱之词气得直哆嗦。他故意拿起一支笔，折成两截。法官根本没注意。“这样一来会有很多统计工作要做，很多数学问题，事实上是有很多很多工作要做。但是我对自己的竞选格言是：‘拨乱反正’，相信正义会站在我这边。我就是让‘球’动起来就行了，就这意思。我是天生的政治家，知道怎么和人合作以及如何处理非常敏感的问题。”

法官的梦想现在舍尔曼已经完全听明白了，也明白了所有的细节。刚开始时对法官梦想的激动和热情现在已经荡然无存。“会有很多事情要去做。”他死气沉沉地说。

“最让我感动的是整个想法的简单直白，直截了当。”

“直截了当。”舍尔曼仍用死气沉沉的语气重复着法官的话。

“是啊，直截了当，简直是天才。也许我不会想出来莎士比亚‘是死是活’这种经典句子，但是我对南方恢复的想

[1] William Tecumseh Sherman (1820—1891)。威廉·舍尔曼，是美国内战期间北部联邦军将领，1864年率军攻克并烧毁亚特兰大，被称为“魔鬼将军”。

法绝对是天才思维。”法官苍老的声音颤动着，期望得到赞同。“你难道不同意我的说法吗，舍尔曼？”

舍尔曼此时只想赶紧从法官身边逃离，生怕法官会突然又有什么不着边际的想法冒出来，他只是简单地说道：“不同意。我不觉得是天才的想法，甚至不是大众认知的想法。”

“天才和大众认知分别是对一个事物认识的两个极端。”

舍尔曼在纸上写下“两级”这个词，想一会儿翻翻字典查查到底是什么意思。如果说别的没学到，至少他从法官这里学到不少新词，词汇量扩大了很多。“我只想说的是，您的计划是想让历史的车轮倒转一百年。”

“那敢情好呢，”狂热愚顽的法官说，“再说，我想我可以做到。我有很多位高官朋友，他们都对所谓的自由痛恨不已，只等着一声号令。我毕竟也是南方资深议员，我的声音会引起注意的，也许一些意志薄弱的姊妹们会犹豫，因为要用到统计数据和账目的具体数字，但是，上帝啊，如果联邦政府为了收取我的所得税而连一分一厘都不放过，我的计划就会很容易执行了。”

法官压低了声音说：“我从没填写申报过州所得税，也永远不打算申报。我不会到处传播，舍尔曼，我跟你讲的都是绝对保密的。我交联邦政府所得税，但也是迫不得已。我刚才说过，很多南方高官和我一样，他们只等着一声召唤就会支持我的。”

“可这跟你的所得税有什么关系？”

“很大关系啊，”老人说，“非常大的关系。”

“我不明白。”

“当然啦，全国有色人种协进会一定会拼命反对我，但对于正义的战斗，勇敢的人是渴望参与的。多年来我一直渴望和他们进行一场辩论，迫使他们来一决胜负，让他们彻底失败。”

舍尔曼冷冷地看着老法官那双深蓝色充满激情的眼睛。

“所有南方的爱国者们都有相同的感受，他们对那些竭力破坏南方原则的集团使用下流的施加压力等手段都深恶痛绝。”

舍尔曼的嘴唇和鼻孔因为太激动一直颤动，他说：“您说话的态度好像是你支持奴隶制度。”

“没错啊，当然我支持奴隶制！文明是建立在奴隶制基础上的。”

老法官此时还认为舍尔曼是块难得的宝贝，一个难得的人才，在他的激情与偏见中，他完全忘记了舍尔曼也是一个黑人。当他看到他的这块宝贝被自己惹恼了时，才尽力说些弥补的话安慰他。

“即使不是奴隶制，也至少应该建立一种相互幸福的劳役偿还制度。”

“谁幸福？”

“人人都幸福啊。你难道真的相信奴隶们是真想获得自由吗？不，舍尔曼，很多奴隶们都还忠心地留在他们老主人家里，到死都不想得到所谓的自由。”

“狗屁。”

“你说什么？”法官问，他有装聋的本事，根据自己的喜好。“我现在听说在北方黑奴们的生活状况很糟糕——异族通婚，没地方落脚住，完全是一塌糊涂，惨不忍睹。”

“但一个黑人宁可做纽约哈兰姆黑人区的电线杆子也不愿意做佐治亚州的州长。”

法官侧过他那只没有聋的耳朵，“没听清楚你的话。”他声音柔和地说。

舍尔曼一直觉得白人都是疯子，他们职位越高越显赫，他们的言谈举止就越疯狂。在今天这件事中，舍尔曼觉得自己站在冷静清醒的真理一边。那些政治家们，从州长到国会议员，从地方官到行政长官，都是一样的偏执和凶恶。舍尔曼想起每一件私刑、爆炸，以及他的种族遭遇的所有侮辱，作为一个青少年，舍尔曼每次想到这些邪恶的事都很脆弱和敏感，他觉得每一件恶行都是针对他的，这使得他长期活在一种恐惧和焦灼的状态中。他这种态度是有事实为依据的。在桃县没有一个黑人参加过选举。一位学校的老师登记了选举，但在投票站却被拒之门外。还有两名大学毕业生也受到了同样的待遇。美国宪法第十五条修正案已经明确保证黑人的投票权，但是舍尔曼却从没听说过一个黑人真正投过票的。的确，美国宪法就是骗人的，虽然他给杰斯特讲过自己在“金色尼日利亚俱乐部”投票和小纸板棺材的故事不是真的，但他听到过这些都是真实地发生在米兰的，他还知道在别处发生的真实的故事。他有本事让自己的想象力可以涉及所有不幸，因此任何他读到的或者听到的关于黑人被欺负的事情，他都可以让它们发生在自己身上。

这种焦虑状态让舍尔曼更认真对待老法官的言行，让他更无法像其他时候那样让自己平静。奴隶制！就是老法官要计划把自己的民族沦为奴隶吗？完全没有道理。但是在种族关系上有什么是有道理的？第十五条宪法修正案白纸黑字地写在那里，但那不也是一纸空文吗？对舍尔曼来说，美国宪法都是骗人的东西，没有公正！舍尔曼知道在他之前和他这个时代发生过的每一件私刑和暴力，他感到每一件都好像是对自己身体的虐待，因此他一直生活在紧张和恐惧之中。不然的话，他就会把老法官的所有计划看成是一个来自衰老头脑的胡思乱想了。但是作为一个南方的黑人，一个孤儿，他经受过如此真实的悲惨命运和穷困潦倒，因此他觉得虽然老法官的极其荒诞的痴梦不可能实现，但在舍尔曼看来，在无法无天的环境下，却又是不可避免的。种种事实会证明他的幻想和恐惧不是没有道理的，舍尔曼更确信了所有南方的白人都是癫狂的人。曾经有一个黑人男孩被处以私刑，就因为一个白人妇女说这个黑人男孩向她吹口哨。还有一次法官给一个黑人判刑，就因为一个白人妇女说不喜欢黑人看她的表情。吹口哨！表情！舍尔曼偏激的想法被点燃了，就像热带大气掀起的幻境，气得他直哆嗦。

中午的时候舍尔曼调了酒，他和老法官谁也没说话。一小时后是午饭时间，舍尔曼正想去拿一个龙虾罐头，维利丽说道：“你不需要这个，舍尔曼。”

“为什么，老太婆？”

“昨天你开了一罐金枪鱼罐头，给自己做个金枪鱼三明治，结果弄得到处乱七八糟。今天你还可以用剩下的那个金枪鱼罐头做你的三明治。”

舍尔曼不理她，还是打开了龙虾罐头，“还有，”维利丽继续说，“你应该在厨房里和其他人一样吃甘蓝菜和玉米面包。”

“那是黑鬼做的事！”

“哼，你以为你是谁啊？示巴女王吗[1]？”

舍尔曼用龙虾和蛋黄酱，还有切碎的酸黄瓜一起做他的三明治，听了维利丽的话，他说：“反正我不是真的黑鬼，跟你不一样。”他看着比他黑很多的维利丽，“看我的眼睛。”

“我看到了。”

舍尔曼忙着继续做他的三明治。

“那罐龙虾本来是在周日我不在的时候法官大人的晚餐。我一定要去法官那里告你的状。”

但舍尔曼在法官眼里仍然是宝贝，一个难得的宝贝，他俩都知道告也没用。

---

〔1〕The Queen of Sheba：示巴女王是《圣经》中记载来朝觐所罗门王的外族女王。

“去告状啊，去揭发啊。”舍尔曼一边说一边在三明治上继续抹着黄油和酸黄瓜丁。

“别以为你有双蓝眼睛就可以这么趾高气扬的。你和我们都一样是黑鬼。你只不过是有个白人老爸把他的蓝眼睛传给了你，这没有什么可值得骄傲的。你也是黑鬼，和我们没什么差别。”

舍尔曼端起自己的盘子，小心地穿过大厅向书房走去。但是虽然他做了个非常考究的三明治，现在却吃不下了。他想着刚才法官的话，黑黝黝的脸上一双眼睛透着冷峻，目不转睛。他知道大多数法官的话都是疯话，但是舍尔曼心里还是充满焦虑，无法理性思考，只能跟着感觉走。他想起南方佬在竞选时的狡猾、狂热和气势汹汹。对舍尔曼来说，法官的话和那些南方政治家一样，都是疯子说的疯话。他们所有人都是疯子，疯子，疯子！

舍尔曼没有忘记，法官曾是国会议员，那可是美国最高职位之一。而且法官认识那些身居高位的人们，就看看他给参议员汤玛斯的回信就知道，法官非常聪明——非常狡猾——他会很得体地和那些人套关系。在想到老法官权力的时候，他忘了他的疾病；舍尔曼甚至忽略了一个老人虽然曾经是众议院议员，可是他已经衰老，而老人的头脑是会随着年龄老化衰败的。奇波有一个爷爷，在年老的时候头脑已经不中用，吃饭的时候用一块餐巾系在脖子上，吃西瓜的时候不会吐籽，会一股脑儿吞下去；他没有牙齿了，吃炸鸡就用牙床啃也把鸡吃下去。最后他不得不被送去县里的看护中心。但老法官不同，他吃饭的时候会小心地摊平餐巾纸，用餐非常有风度，如果无法切开食物，他会让杰斯特或者维利丽帮助他。舍尔曼实际上只认识这两个老人，而两个老人之间真是天壤之别。因此舍尔曼从没把法官的年龄会影响到脑子的可能性当真。

舍尔曼长时间盯着自己做的美味龙虾三明治，但是心头的焦虑让他吃不下去。最后勉强吃了一块面包黄油加酸黄瓜，然后又去了厨房。他想喝点儿酒。来点儿杜松子酒兑一半奎宁水，那样会让他的心情安定好吃东西。他知道这样做就会又面对维利丽的冷嘲热讽，但是他还是径直走进厨房拿起一瓶杜松子酒。

“瞧那边啊，”维利丽说，“看示巴女王又来干什么来了。”

舍尔曼不紧不慢地倒酒，并加入冷奎宁水。“我一直对你很客气，不想得罪你，舍尔曼，但是我知道从一开始就没有用。是什么让你如此冷漠和自以为是？是你老爸遗传给你的那双蓝眼睛吗？”

舍尔曼傲慢地从厨房走出来，手里拿着酒，又回到书房桌子旁坐下。可是喝着酒，他内心的困扰却更多了。在他寻找亲生母亲的时候，他很少会想到父亲是谁。他只知道他父亲是个白人，想象这个陌生的白人强奸了他的母亲。因为每个孩子的母亲都是纯洁的，被他虚构出来的母亲就更是如此。

因此，舍尔曼恨他的父亲，恨到根本就从来不想他是谁。他的父亲一定是一个白人疯子，他强奸了母亲，并在舍尔曼身上留下可耻的证据——就是他的与其他黑人不同的蓝眼睛。舍尔曼在寻找母亲的时候，从没想到去寻找父亲，对母亲的幻想让他得到安慰，但是一想到父亲，他却只有仇恨。

午饭后老法官照样要睡一个午觉，杰斯特走到书房里来。舍尔曼此时还坐在桌子前，盘子里的三明治也没吃。

“你怎么啦，舍尔曼？”杰斯特注意到他喝了酒，眼神迷离恍惚。

“滚蛋，”舍尔曼粗鲁地说，他敢用这些脏话骂的唯一白人就是杰斯特，但是现在任何语言都无法排解他心中的苦闷。我恨，我恨，我恨，他醉醺醺地想着，眼睛瞪着窗户却什么也看不见。

“我曾想过如果我出生在尼日利亚，或者我是一个黑人，我也无法忍受。我羡慕你，舍尔曼，你敢站出来的勇气。我对你的羡慕之情无法用言语表达。”

“哼，别跟我来这套。”

“我常常想，”杰斯特继续说，其实是他在别的地方读来的想法，“如果现在耶稣降生，他会是个黑人。”

“可是他不是。”

“我觉得恐怕……”杰斯特说了一半，却发现很难说下去。

“你怕什么，你这个软弱的家伙？”

“我是怕如果我真是一个尼日利亚人或者黑人，我会非常焦虑。严重焦虑。”

“不，你不会。”舍尔曼用右手食指快速地做了一个割断喉咙的动作，“一个焦虑的黑人就死定了。”

杰斯特纳闷为什么和舍尔曼做朋友这么难，他的爷爷经常说：“黑就是黑，白就是白，如果可以阻止，我决不让这两类人走到一起。”而“亚特兰大宪法报”上说南方人都有好心肠。他怎么样才能让舍尔曼知道他和爷爷不是一样的，他是有好心肠的南方人。

“我尊重黑人，就像我尊重白人一样。”

“你的确是一文不值的人。”

“想到黑人的遭遇，我其实尊重他们更多于尊重白人。”

“周围可净是些黑人人渣。”舍尔曼说着，喝完了他的酒。

“为什么这么说？”

“就是想给你这个瞪着大眼睛的娃娃提个醒。”

“我努力站在你的立场上告诉你我对种族问题的想法。但是你对我从来不屑一顾。”

舍尔曼因为喝了酒心情糟透了，压抑和愤怒更强烈。他用威胁的口吻说：“黑人人渣，都在警察那里挂了号。另外还有些像我这样——没有在警察那挂号，但也是人渣。”

“为什么和你交朋友这么困难？”

“因为我不想交朋友。”舍尔曼撒谎道，其实他最想有个妈妈，其次就是最想有朋友了。他既羡慕又怕奇波，因为奇波老羞辱他，即使舍尔曼做饭做菜，奇波也从不洗碗，奇波对舍尔曼的态度就像舍尔曼现在对杰斯特这样。

“行了，我要去飞机场，你要一起去吗？”

“我要是想开就驾驶我自己的飞机。才不用你这些廉价租来的飞机。”

杰斯特只好就这么走了，舍尔曼看着他的背影，嫉妒心油然而生。

两点钟老法官午睡醒了，洗了把满是皱纹的脸，感觉神清气爽，很是高兴。他完全忘了上午那种紧张的气氛，而是哼着歌儿下楼去。舍尔曼听到法官沉重的脚步声和走调的歌声，冲着大厅做了个鬼脸。

“孩子啊，”法官说，“你知道为什么我宁愿做个普通人而不去当莎士比亚或者恺撒大帝吗？”

“不知道。”舍尔曼说这话的时候嘴皮子几乎没动。

“也没去当个马克·吐温、亚伯拉罕·林肯或者贝比鲁斯[1]，你知道为什么吗？”

舍尔曼只是摇了摇头，连“不知道”都懒得说，心想现在法官又要搞什么名堂了。

“我宁愿当我自己，也不愿意当这些伟人。你猜猜为什么？”

这次舍尔曼只是看着法官，一语不发。

---

〔1〕Babe Ruth：（1895—1948），美国历史上最有名的棒球运动员，被称为“棒球之神”。

“因为我还活着啊。你要是想成为像无数死去的人们，你就会懂得活着是多么大的特权了。”

“有些人跟死了也差不多。”

法官不理会舍尔曼的话继续说道：“对我而言，活着就是极其了不起的事情。你呢，舍尔曼？”

“没什么特别的。”他说，他现在特别想回家去睡大觉，醒醒酒。

“想想黎明、月亮、星星、苍穹。”法官继续道，“再想想脆饼干和美酒。”

舍尔曼冷漠的眼神似乎在思考宇宙和每天的舒适生活，眼里充满了鄙视，他没有说话。

“当我小中风那会儿，塔顿医生坦白地告诉我，如果我的中风是影响了我的左脑而不是右脑的话，我的脑子就完了，永远毁坏了。”法官的声音因为畏惧和害怕放低了，“你可以想象如果那样的话，该如何生活？”

舍尔曼能够想象，他说：“我认识一个人，他中风后变瞎了，智力就只有两岁小孩水平。县养老院都不想要他。甚至精神病院也不要他。我不知道他最后怎么样了，很可能死掉了吧。”

“嗯，我没有碰上这些事情。只是左边运动轻微有障碍……只是左手和左脚轻微受损……但是脑子没有受影响。因此我给自己总结了几条原因：我，福克斯·克莱恩，你是该诅咒上帝，诅咒日月星辰，诅咒命运，因为你因年迈受到的损害实在是微不足道，几乎没有影响你的正常生活；还是该赞美上帝，赞美日月星辰，赞美大自然和命运。因为我没什么大毛病，头脑也正常。毕竟，四肢和正常大脑与欢乐的精神比起来，又算得了什么呢？于是我对自己说：福克斯·克莱恩，你最好赞美再赞美。”

舍尔曼看着老人已经萎缩的左臂和永远不能伸直的左手，他替老人难过，同时他又恨自己有这种同情心。

“我认识一个小男孩得了小儿麻痹，两条腿不得不带着沉重的铁箍，还要用铁拐杖……他一辈子都得瘸着走路。”其实舍尔曼是在一张报纸上看到这么一幅照片。

老法官却真以为舍尔曼知道天底下所有痛苦的事情，他不禁热泪盈眶，低语道：“可怜的孩子。”法官倒不讨厌自己同情别人，他不自怨自艾，多数情况下他还是很快乐的。当然，要是每天可以吃上四十块烤冰激凌蛋糕就更好了，但总体上说他是很满足生活的。“我宁愿坚持节食，也不愿意去铲煤或者学竖琴。我连自己家的炉子都弄不好，更没有一丁点音乐天赋。”

“就是，有些人天生五音不全。”

法官故意没听见，他总是喜欢唱歌并且自己觉得唱得还不错。“我们现在开始写信吧。”

“您想让我先写哪一封？”

“一大堆啊。要给我认识的每一个众议院和参议员议员们写信，还有对我的棉花问题感兴趣的政治家们，都写。”

“您想让我把信写成什么样的呢？”

“大意就是上午我和你说的那些。关于联邦货币以及对南方的整个赔偿。”

这时候酒精的活力已经变成强烈的愤怒。舍尔曼虽然情感上已经很激动，他还是打了个哈欠，然后接连打了几个哈欠，故意想显得很不礼貌。他想着自己这份轻松、体面还可以颐指气使的工作，还有今天上午令他震惊的谈话。舍尔曼是这样的人：如果喜欢就是喜欢，仰慕就是仰慕；没有模棱两可的中庸状态。直到目前为止，他还是对法官很仰慕和喜欢的，除了他，一个议员，一个法官，谁会给他这么一份体面上等的文书工作呢？谁还会让他每天自己做那么个过节似的三明治在书桌上吃？因此舍尔曼左右为难，说话的时候身子都在颤抖：“你的意思是也包括对奴隶制认同的那部分吗？”

法官现在意识到他们之间出了问题：“不包括奴隶制那部分，孩子。但是让北方佬释放的那些奴隶回到原来的主人那里去，这是为了经济的恢复。”

舍尔曼的鼻孔和嘴角哆嗦得像蝴蝶翅膀：“我不会写，法官。”

法官很少会听到拒绝的“不”字，因为他的要求通常是合情合理的。现在他的宝贝，他自认为的难得人才，却拒绝了他。法官叹了口气，“我不明白你的意思，孩子。”

舍尔曼听到人家对自己亲切的称呼向来都很高兴，因为很少有人这么叫他。现在他听了还是高兴，几乎笑起来。

“那么你是拒绝写这一系列的信函了？”

“没错，”舍尔曼说，这种拒绝的力量让他很得意，“我不会站在你这边，让历史的车轮倒退几乎一百年。”

“历史不会倒退，而是会向前一百年，孩子。”

这是今天法官第三次这么叫他，舍尔曼心里蛰伏很久的疑虑又开始无声地躁动。

“伟大的变革总是会推动历史的车轮。尤其是战争。如果不是因为一战，妇女们还穿着到脚面的长裙子。而现在你看看，大街上的年轻女孩子们穿着就像木匠的工装裤，连那些漂亮的、有教养的姑娘也穿成这样。”

法官曾看到艾琳穿成这样去她父亲马龙的药店。他吓了一跳，都替马龙感到羞愧。

“可怜的马龙呀。”

“您为什么这么说呢？”舍尔曼问，他被法官语气里流露出的同情心和神秘莫测触动。

“恐怕马龙先生不久于世了。”

舍尔曼其实对马龙并不关心，也不想装出关心的样子，于是只是简单地说了句：“他要死了？这真糟糕。”

“死亡是非常糟糕的事情。事实上在这个世界上，没人知道死亡到底是怎么回事。”

“您是不是非常相信宗教呢？”

“不是，我一点儿也不相信。我是怕……”

“您为什么总拿铲煤球和弹竖琴说事儿？”

“哦，那就是一种比喻的说法。如果我被送到那种地方，还不如和其他罪人一起去挖煤呢，我一定认识比我先去的人呢。但是如果我上了天堂，上帝啊，我就学习音乐吧，像瞎眼汤姆或者卡鲁索[1]那样，这其实一点儿不可怕。”

“那您怕什么？”舍尔曼问，他很少会想到死。

“空虚，”老人说，“一种无限的空虚和黑暗，只有我孤单一人。没有爱，没有吃的，什么都没有。就那么躺在一片永恒的空虚和黑暗中。”

“我也不会喜欢这样的。”舍尔曼随口说。

法官想起上次他的中风，那情景历历在目，虽然他和别人说自己只是“小中风”或者“轻微脊髓灰质炎”，但他自己清楚，那是真正的中风，差点儿要了他的命。他记得跌倒对他的打击。他用右手去摸那只麻木的手，没有任何感觉，就只有重量和湿冷，丝毫不能动也没有感知。他的左腿也是只有沉重而没有感觉，当时摔倒后他使劲叫却没人听见，所以在漫长的等待有人发现他的时间里，他隐隐觉得自己身体的一部分已经悄悄地死去了。当时他叫不醒杰斯特，他又拼命叫妻子蜜西，还呼喊过自己已故的父亲，还有他的哥哥波尤——不是想去见他们，是为了安慰他痛苦的灵魂。直到凌晨人们才发现他倒在地上，他被送往市医院，然后他才又活

〔1〕Blind Tom (1849—1908)。黑人钢琴家，公认的美国音乐界奇才。Enrico Caruso（1873—1921），意大利著名男高音歌唱家。

过来。慢慢地他麻木的四肢开始一点点恢复知觉，但那个打击让他感觉迟钝了，不许抽烟喝酒让他生活增加了烦恼，不能走路，左手不能举起来，他让自己玩填字游戏解闷儿，读悬疑小说，自己玩纸牌。在医院的日子没什么可盼望的，除了等着开饭的时间。但医院的食物也让他吃腻了，虽然每次他都把端过来的盘子里的东西吃得干干净净。突然之间联邦货币的念头就跳到脑子里来，这想法就这么自己跳到他脑子里，就像小孩子突然想起一首歌唱起来一样自然。一个主意就引出另外一个，于是他就开始思考、创意和做梦。那是十月份，早晚城市里已经有点儿凉意了，米兰火辣辣的夏天已经过去，此时太阳就像蜂蜜那样纯洁干净。思考的力量带来更多的思考。法官告诉营养师如何煮可口的咖啡。无论在医院还是在家里，他很快就可以从床上撑着坐起来，走到衣柜去，然后在护士的帮助下，从衣柜再走到椅子旁。他的牌友们来了他们就玩扑克，但是他生命真正新的能量是来自他自己的思考和梦想。他很愉快地把自己的想法呵护好，不告诉任何人。不管是塔顿医生还是卫姆斯医生，他们怎么能懂一个伟大的政治家的梦想？当他回到家后，他就已经可以走动，左手也稍微可以用了，生活几乎和以前没什么两样。他的梦想仍在心里酝酿着。他能跟谁说呢？因为年迈和中风让他无法好好写字。

“要不是中风让我在市医院里足足待了两个月，我身体麻木几乎死了一半，我也真不会有那么多想法呢。”

舍尔曼用一张卫生纸捅着鼻子，没有说什么。

“然而也奇怪，如果我不是经历了死亡的阴影，我也许从没有看到光明。你知道为什么这些想法计划会对我这么宝贵，超乎理性吗？”

舍尔曼看着卫生纸，慢慢放进口袋。然后他开始逗法官，用右手托着下巴，他用自己阴森森的眼睛瞪着法官那双纯蓝色的眼睛。

“你还是不明白为什么我要让你写下来的这些信件有多么重要吗？”

舍尔曼还是不说话，他的沉默把法官惹恼了。

“你还是不准备写这些信吗？”

“我说过不，再说一次，还是不。你想让我把‘不’字刻在我胸口上吗？”

“以前你一直是个很负责的文书，”法官大声说，“但是现在你无动于衷像块墓碑一样冰冷。”

“没错。”舍尔曼说。

“你现在这么不听我的而且也不说明原因，”法官抱怨道，“这么不坦率，就算你现在站在市中心大钟面前，也不会告诉我几点钟。”

“我不会把我所知道的一切都毫不保留地告诉您。有些事我只藏在肚子里。”

“你们这些年轻人啊真是不坦率——不是成熟的表现。”

舍尔曼在思考他不坦白出来的现实和梦想。他以前也从来没说过斯蒂文先生对他做过的事情，直到后来他结结巴巴地说了很多，他自己都不知道那是什么意思。他也没跟任何人说过他一直在寻找母亲，没人知道他曾对安德森女士一度抱有幻想。在这个世界上，没人知道他心底的秘密。

“我也从来不轻易说我的想法。你是唯一一个和我讨论这件事的人，”法官说，“除了和我的孙子聊过几句而已。”

暗地里舍尔曼觉得杰斯特是个很聪明的家伙，但他永远不会当面承认。“那杰斯特是什么意见？”

“他也是太自我为中心，不坦率，他也是即使站在市中心大钟面前也不会告诉人家时间的那种。我倒是更看好你呢。”

舍尔曼权衡这这份既轻松又可以颐指气使的工作和让他写的那几封信之间的轻重。“我可以替你写其他的信。比如回执，邀请函啦什么的。”

“那些没有意义，”法官说，因为他哪里都不去，“那些都是鸡毛蒜皮的小事情。”

“我还可以写其他的信。”

“其他信我没兴趣写。”

“要是你执迷这个主题，你就自己去写吧。”舍尔曼说，他心里很清楚法官现在的情形根本写不好字。

“舍尔曼，”法官请求道，“我对待你就像儿子，可你却忘恩负义，比毒蛇的牙还尖利。”

法官常常用这句话说杰斯特，但是没有一点儿效果。杰斯特小的时候，每当法官这么说，他就用手把耳朵堵起来，大了点儿之后他就故意用这样那样的借口打断爷爷的话，以示他根本不在乎。但是舍尔曼却被深深打动了。他灰蓝色的眼睛紧紧盯着对面法官那双蓝色眼睛，充满疑问。三次被法官叫作“孩子”，而现在老法官说话的样子好像他真是他自己儿子似的。舍尔曼从没有过爸爸妈妈，也从没听过一般父母怎么责怪孩子的话语是怎么样的。他从没寻找过父亲，而现在，像以前一样，他对臆想中的形象敬而远之：蓝眼睛的南方人，在所有蓝眼睛的南方人中有一个是他的父亲。法官有蓝眼睛，马龙也有。而且，就蓝眼睛而言，银行的布利拉夫先生，还有泰勒先生，米兰还有很多人是蓝眼睛，他可以想都不用想就说上一大把。如果包括米兰附近的县和整个南方，那就有成千上万。但是，法官是唯一一个把他带到身边，对他如此爱护的白人。舍尔曼对别人的爱护总是心存疑窦，他一直在琢磨：为什么在很多年前，他把法官从高尔夫水池里救出来后，他给他一块写着外国字的手表，上面还刻着他的名字。为什么他要雇用自己做这些花里胡哨的工作？还可以随便在他家吃东西？这些疑问一直缠绕在他心头，只是他没有深究。

一件烦恼连着另一件烦恼，此时舍尔曼只好转移情绪，于是他说：“我给奇波写过情书呢，他当然也可以自己写，可是他的信写得没有活力，从不敢给薇薇艳 · 克雷发出去。后来我写了‘爱情的曙光悄然照耀在我身上’还有‘我爱你在我们的激情过后的夕阳，犹如现在一样一往情深’。这些信都很长，用了很多比如‘曙光’‘夕阳’之类的美丽的词语。我经常在字里行间加入‘我爱慕你’等闪光的字眼，结果这些情书很快给薇薇艳寄去了，而且让她捧腹大笑。”

“那你为什么不给我写关于南方的信函？”

“因为您的观点太奇怪了，会让历史倒退。”

“我才不在乎是不是被人叫作怪人或者反动者呢。”

“我写了那封情书之后，也把自己赶出了那舒适的公寓了。因为薇薇艳读了情书后提出了同样的问题，奇波高兴地接受了她的请求。也就是说我得自己再找房子了，我写信写得自己没地方睡觉啦。”

“那你就再找一个公寓。”

“哪有那么容易。”

“我想我也不喜欢搬家。虽然我和孙子两人住这么大一个老房子，就像两颗豆子住在鞋盒子里似的，成天哇啦哇啦吵个不停。”

法官每次想到自己华丽的维多利亚式房子，还有彩色玻璃窗户和结实的老派家具，他就会叹口气。那是一种骄傲的叹气，而在米兰，很多人谈起这所房子会说“法官的大白象”（意思是华而不实的大笨家伙）。

“我想如果让我搬家，还不如搬到米兰公墓里去呢。”法官想想刚才的话不太妥，赶紧补了一句，情绪激动道，“哼，我不是这个意思，孩子。”他小心地敲着木头桌子的边，[1]“瞧瞧一个傻老人都说了什么傻话啊。我的意思是对我来说要搬到其他地方去住是非常艰难的一件事，尤其这房子里还有我那么多记忆。”

法官的声音有些颤抖，但舍尔曼却用生硬的语气说：“别自作多情了。没人会让你搬家的。”

“可以说我对这所房子感情太深了。很少人欣赏这房子的建筑风格。但我喜欢，我太太也喜欢，我儿子强尼是在这所房子里长大的，还有我孙子也是。很多夜晚我就躺在床上回忆往事。你会不会也有这种时候：躺在床上辗转反侧地回忆？”

“没有。”

“我会记起一切真实发生过的事情，还有一些模糊了，也不知道是不是真的发生过。我想起我妈妈给我讲过南北战争的故事。我还记得我多年前上法律学院做学生的事情，我的青年时代，还有我和蜜西小姐结婚的事情，很多有趣的和悲伤的事我都记得。事实上我对很久以前发生的事情记得比昨天发生的还清楚得多。”

“我也听说人老了会这样。我想人们说得对。”

“不是所有人都可以记得这么清楚精确，就像电影画面一样。”

---

〔1〕Touch wood（敲木头）。这是西方一个习俗，在说了过头的话，特别是关于死亡的话之后，感到不吉利，就敲敲木头，表示“但愿不要如此”。

“废话。”舍尔曼压低嗓子嘟哝了一句。但是尽管他是对已经聋了一只耳朵的老人说的，法官还是听到了，他的心被刺伤了。

“我也许的确老讲过去的事情，但是对我来说，这些事就像《米兰信使报》一样是真实的。而且比报纸上的更有趣，因为都是我亲身经历的，或者是亲朋好友的故事。我知道所有发生在米兰的事情，那时候你还没出生呢。”

“那你知不知道我的身世呢？”

法官犹豫了一下，想不承认，但是撒谎对他来说是困难的，于是他选择沉默。

“你知不知道我母亲是谁？我父亲又是谁？你知道他们现在在哪儿吗？”

但老人陷入了对过去的沉思，拒绝回答。“你可以把我当个无话不说的老头子，但是作为一名法官，在有些事情上，我会选择沉默，就像坟墓一样沉默。”

舍尔曼一而再地恳求，但是老法官点起一支烟，默默地抽起来。

“我有权利知道。”

法官还是默默地抽烟，舍尔曼又开始捉弄人了。两人坐在那，就像不共戴天的敌人。

过了很长时间，法官说道：“你怎么了，舍尔曼？你看起来简直是恶狠狠的。”

“我就是恶狠狠的。”

“行了，别这么看着我。”

舍尔曼还是恶狠狠地看着法官，“再说一句，”他说道，“我还想辞职呢，你觉得如何？”

正是下午过了一半的时候，说完了这句话，舍尔曼大摇大摆地走了出去，因为给法官颜色看，他心里挺得意。他不知道其实这样做，也要让自己倒霉了。

10

虽然法官很少说起他的儿子强尼，但他常常梦到强尼。也只有在梦里，那种回忆和渴望犹如不死鸟，让他的回忆活生生的。而当他醒来的时候，就会怅然若失，心情糟透了。

法官大多数时间都是活在眼前的世界里，除了在睡觉之前沉浸在一些美好的白日梦里。他很少回忆当法官时候的事情，那时候他可谓位高权重——甚至掌管着生杀大权。当然他的裁决都是经过深思熟虑的，如果不借助祷告，他不会判处死刑。这倒不是因为他很虔诚，而是这样做似乎可以把自身的责任或多或少地推卸给上帝。即便如此，有时候他还是会犯错。他曾经以强奸罪判处一名二十岁的黑人死刑，而当这个黑人被处死之后，另一名黑人供认是他干的。但作为一名法官，他又能做什么呢？难道他要负全责吗？是陪审团认定他有罪不予宽大处理，他只是根据州法律和惯例判处。他怎么知道当那个男孩子不断地说“不是我”的时候他是说的真话呢？这种错误是可以让很多有良知的地方法官葬送了前程。法官也深感遗憾，可是他也不断地告诉自己那个孩子是由十二个正直的人组成的陪审团定的罪，他自己只是一个法律的工具而已。因此，不管误判多么严重，他也不能因之永远活在痛苦的阴影里。

黑人琼斯的案子则另当别论。他谋杀了一名白人男子奥西·利特，是属于正当防卫。白人的妻子是目击证人。事情的经过是这样的：琼斯和奥西都是占垂农场的佃户，那地方和法官打猎的塞莱诺农场离得不远。奥西比妻子大二十岁，他也是一个兼职的牧师，在“圣罗勒”会所，当圣灵临到他们的时候，可以用奇怪的语言说话。除此之外他是一个沉闷无聊的佃农，只会让他的农场荒芜。在他和比他小很多的妻子结婚之后，麻烦就开始了。他妻子一家来自杰赛普，那边的农场属于盆地，风沙把田地都破坏了。他们正穿过佐治亚州，开着一辆破车，希望去加州碰碰运气。路上就碰上了这位牧师，他们于是就逼着他们的女儿乔安嫁给奥西。这是一件非常简单，也不怎么体面的事情，在大萧条时期人们失去了希望，对未来都不抱幻想。当时女孩才十二岁，还是个孩子，性格还没有完全形成和显现出来。法官记得她是一个很漂亮的女孩，开始还玩着怀里的娃娃，一个香烟盒子里放着娃娃的衣服，然后就自己生出个孩子来，还不到十三岁就要照顾自己的孩子。结果问题就来了，麻烦总是接踵而至。开始有谣言说这位年轻的妻子总是到隔壁的农场去看望黑人佃户，超过了正常交往。然后是比尔·占垂对奥西的懒惰忍无可忍，威胁要把他的农场收回转给琼斯。

法官拽过一条毯子盖住自己，夜晚非常冷了。至于后来他的英俊可爱的儿子强尼是怎么卷进这场黑人刺杀白人案件的，怎么和得过且过的牧师，还有他年幼的妻子搅在一起的呢？怎么牵连的？唉，到底是怎么牵连进去的？事情最后竟如此混乱不堪纠缠不清，竟致他最后失去了儿子！

是不是正当防卫都无济于事，这个黑人注定要判死刑，强尼一清二楚，这点他比谁都明白。为什么后来他一定坚持自己接手这个案子，这是一个必输无疑的结果。法官和儿子吵过也劝诫过。他想得到什么呢？注定失败的啊。但是奥西的案子让法官领悟了不仅让一个年轻人的自尊受到伤害，这不只是一个初出茅庐律师的失败——而且还导致了心碎和死亡。但是到底为什么？为什么？法官不禁大声呻吟。

除了必须判刑之外，他都会尽量不插手这案子的处理过程。他知道强尼陷入这案子太深，夜以继日地天天研究案情，查阅相关法律文件，好像为琼斯辩护就是替自己的同胞洗清冤情似的。强尼研究这个案件足足六个多月，法官一直责备自己，他应该知道的。但是他又怎么知道？他又不是会看透别人心思的人。在法院强尼和其他新手律师一样很紧张，这是他第一桩谋杀案子。当强尼要接手案子时法官就已经感到很难受，起先对他处理的方式很惊讶——的确是块烫手山芋。

然而强尼很有口才，辩护有力，说出他相信的是事实。但是又怎么能单凭事实来影响十二人的陪审团呢？强尼的声音没有像其他庭审律师那样抑扬顿挫。他没有在有理的时候叫喊，也没有在被控告的地方故意含糊小声。他就那么安静地陈述，好像不是在法庭上——这样的话又怎么能说服十二人的陪审团相信呢？强尼说到司法公正的时候破了音。他简直就是给自己唱着死亡之歌。

法官想回忆点别的事情——想想妻子蜜西，然后进入梦乡。但是他最想见的人是杰斯特。人到了晚年，或者腿脚不灵便之后，往事一旦想起来就会无法摆脱。他想起曾在亚特兰大歌剧院首映式的时候包下一个包厢，这件令他得意的事都无法让他摆脱伤心往事。当时他邀请了他的哥哥[1]和嫂子，还有蜜西和蜜西的父亲来观看盛大演出。法官邀请的朋友把包厢都坐满了。第一个节目是“牧鹅女”，他还清晰地记得格拉汀·法拉[2]上台来的时候有两只鹅跟着她，就像她真的在赶着它们。那两只鹅“嘎嘎”叫着，蜜西的父亲，老布朗先生说：“这是我今天晚上听懂的第一首曲子。”当时蜜西羞得无地自容，而他却非常快乐。他曾听过德国人扯

---

〔1〕这里作者说是法官的 brother。但前面提过法官的哥哥波尤在十八岁时因病去世。作者在本书其他地方并没有提过法官的其他兄弟，疑似笔误。

〔2〕格拉汀·法拉（GeraldineFarrar，1882—1967）。美国歌剧女高音及演员。

着脖子用德语唱[1]——就像这些嘎嘎叫的鹅——他坐在那里假装很懂音乐很有学问的样子。这些快乐的回忆，却仍然无法消除那些伤心的记忆。他又想起奥西的案子，那个女人，还有黑人琼斯——这让他无法安然入睡。他竭力不去想，可是做不到。

到底什么时候杰斯特才回家？他从没对这孩子严厉过。没错，在餐厅的壁炉架上有一个桃木鞭子插在一个花瓶里，但是他从来没在杰斯特身上用过。有一次强尼切面包的时候把面包扔向仆人和他的父母，法官气坏了，拿起那根桃木鞭子，把年幼的儿子拖进书房，在家里人一片大呼小叫声中，给儿子裸露、跳着的腿上抽了两三鞭子。自那以后，鞭子就再没动过，一直放在壁炉上的花瓶里，阴森森的。但《圣经》里说过“不忍用杖打孩子的是溺爱他[2]”。如果他自己多用几次这鞭子，是不是强尼会仍然活在世上？他并不十分相信，但也真想知道。强尼就是太有激情了，但并不是他能一眼就看得出来的那种激情——那是一种军人的激情，一种南方人为了保护自己的女人反抗黑人和外来入侵者的激情——反正这种激情让他和其他米兰人看上去是很奇怪的一种情绪。

就像一支单调冗长的曲子一直在发烧的脑子里转悠，这

---

〔1〕《牧鹅女》是根据德国儿童作家格林兄弟的格林童话改编。

〔2〕这句话不是圣经原话。《圣经·箴言》13章24节原文是“不忍用杖打孩子的是恨恶他。疼爱儿子的，随时管教”。这句话更像是17世纪英国诗人Samuel Butler有一首诗提到溺爱的一句。

件事法官挥之不去。他在床上翻动庞大的身躯，辗转反侧无法入睡。杰斯特什么时候回来？都这么晚了。但当他打开灯看时间，还不到九点。那么杰斯特出去还不算太晚。在壁炉台钟的左边放着强尼的照片。强尼那张年轻的脸上充满活力，又带着迷茫，此时在灯光下似乎像盛开的鲜花。强尼的左下巴那里有一块胎记，这点小缺陷更衬出他的英俊。当法官意识到这点时，他的心更是几乎要碎了。

虽然每次看到强尼这块胎记法官心头都会有悲痛袭来，但他仍然无法为儿子落泪。在他的情绪里仍怀着一股怨恨——这种怨恨因为杰斯特的出生有所减弱，随着时间也变得柔和了许多，但是仍然存在，而且会一直存在下去。这就好像儿子欺骗了他，剥夺了他的亲情，那种温情和不忠像贼一样偷走了他的心。如果强尼是由于其他原因而死，比如死于癌症或者白血病之类的——法官对马龙的病情知道得其实比他说出来的还多——那么他就会悲伤得非常纯粹，也会大哭一场。但是自杀就像一种故意的泄愤行为，法官是憎恶的。照片上强尼淡淡的微笑和那块小小的胎记映衬着他发光的脸。法官把被他自己睡得乱七八糟的被子叠好，然后艰难地从床上坐起来，用右手平衡身子，慢慢走到壁炉旁。他把强尼的照片从墙上取下来放进一个衣橱抽屉，然后又慢慢回到床上躺下。

圣诞节的钟声敲响了。而对法官来说，圣诞节是一个最悲伤的日子。那些快乐的钟声，对世界宣告的喜乐……对他是那么悲哀，让他倍感被丢弃和孤单。一道闪电划破黑暗的夜空，要下大雨了吗？即使强尼是被闪电击中的也好。但死亡可不是他能选择的。无论生还是死，人都无法选择。只有自杀可以选择，那是一种对短暂生命的蔑视，走向虚空又虚空的坟墓。又是一道闪电，接着是隆隆的雷声。

的确，他几乎没用过那根桃木鞭子。但是当强尼还是个少年的时候他劝诫过他。法官担心强尼会去仰慕布尔什维克主义，仰慕撒母耳·雷柏维兹[1]或者那些激进主义。他总安慰自己说强尼还年轻，还是佐治亚大学橄榄球队打四分卫的球员，那种年轻人的狂热和不着边际的想法会很快在面对现实的时候消退。没错，强尼的青年时代和法官自己的不同，法官年轻的时候热衷的是华尔兹，唱歌跳舞，他在花枝城风流倜傥，向蜜西小姐求爱并获得了她的芳心。他只能对自己说这“南边的卡西乌有着消瘦和饥饿的目光，他心机太重，这种人是危险的[2]”——但是他也并没有想太多，因为他再怎么胡乱做美梦，也不会想到强尼会牵扯到什么危险中去。

当强尼进入律师事务所的第一年，他曾大声告诉儿子：“强尼，我常常注意到，一个人如果和注定失败的人牵扯太

---

〔1〕撒母耳·雷柏维兹（samuel liebowitz，1893—1978）。罗马尼亚裔美国律师，赢得很多著名官司，包括为诬告九名黑人在亚拉巴马州火车上强奸白人妇女案辩护成功等。后成为纽约州最高法院法官。

〔2〕这是莎士比亚悲剧《尤利乌斯·恺撒》第一幕第二场里的台词。当时恺撒在人群拥挤的罗马广场，看到罗马将领卡西乌，对安东尼耳语的话。卡西乌是刺杀恺撒的主谋之一。

多，那他就很容易自己倒霉。”

强尼只是耸耸肩膀。

“我刚开始实习的时候，是一个穷小子。不像你生在富裕的家庭。”他看到强尼不自在的表情在脸上掠过，但他还是继续说下去，“我一开始就避开那种在法庭上施舍给穷律师的小案子，我的业务逐渐多起来，不久就可以为一些有很大经济回馈的案子辩护了。经济利益和政治声望总是我首要考虑的条件。”

“我不是那样的律师。”强尼说。

“我不是要劝你模仿我，”法官违心地说，“有一件事很重要——我从不接受欺骗的案子。我知道一个客户撒谎的案子，我就绝对不会插手。我对这个有第六感。记得那个杀了妻子的人吗，在一个乡村高尔夫球场，他用一个5号铁头球杆把妻子打死的案子？这个案子费用很可观，但是我拒绝了。”

“我记得当时有目击证人。”

“强尼，一名天才的律师可以迷惑证人，让他当着陪审团的面起誓在场，其实根本没有在场，也根本没有看到案发经过。但是，我拒绝这个案子还有其他类似案子。我从不接触有损名誉的案件，不管律师费多么诱人。”

强尼脸上的微笑和那照片上一模一样，露出一种嘲讽的神情：“嗯，你多精明啊！”

“当然了，如果是碰上有利可图又有正当起因的案子，那对我而言就是天上掉馅儿饼。记得我怎么给米兰电力公司打官司的吗？那真是块大馅儿饼，我也从中获利不少。”

“结果电费飙升了很多。”

“你不能用与生俱来的特权换取电费和煤气费。我小的时候根本没有电和煤气。只能点油灯烧木柴。但是我是自由的。”

强尼没有说话。

每当儿子的胎记或者是他脸上的微笑给他带来一阵复杂情感的时候，法官就会把强尼的照片取下来，他觉得强尼的微笑好像在嘲讽他。那照片就会待在抽屉里一阵子，直到法官情绪好转或者他再也无法忍受那种爱怜儿子的情绪无处释放的时候，他就会把强尼银色相框又拿出来，注视着儿子那个小小的缺陷很久，甚至可以忍受那种冷漠又可爱的笑容了。

“不要误会我的意思，”很多年前他曾经劝告强尼说，“我接手有利可图的案子，并不是为了一己之利。”老辣的法官和前众议院议员的身份渴望得到年轻儿子的认可和欣赏，难道他真诚地说的这些事实在强尼眼里就是玩世不恭吗？

过了一会儿强尼说：“在过去一年里，我总是在想您到底对您的工作有多少责任心。”

“责任心！”法官脸涨得绯红，声音也激动了，他快速地说道：“我是米兰最有责任心的市民，也是整个佐治亚，乃至整个南方的最有责任心的公民。”

强尼用那首《上帝保佑国王》的歌曲调子，唱了一句“上帝保佑南方”。

“如果不是我，你说你会在哪里？”

“那就在天国里，一条晾衣绳上挂着的一块碎布呗。”强尼的声音也变了，“我从没想做你的儿子。”

法官的脸仍然因情绪激动而红着，几乎脱口而出“但是我总是要你做我的儿子啊。”但是他忍住了，改问：“那你觉得对一个老人来说，什么样的儿子才是称职的儿子？”

“我觉得——”强尼的脑子在想象儿子的样子，“啊，你觉得阿里可西·西塞罗咋样？”强尼轻轻的笑声和他父亲低沉的大笑声混在一起。“妈妈，哦，我的妈妈呀！”法官一边大笑一边唱着，因为阿里可西每次母亲节时，在第一浸信会都会引用到这两句诗。他是一个弱不禁风，有点儿神经质的妈妈的大男孩，强尼经常学他的样子逗父亲高兴，但母亲却不喜欢。

这种突然爆发、不合拍的快乐来得急也去得快。父子俩经常对滑稽的事情做出同样的反应，会同样爆发出大笑。他们之间这种关系让法官产生进一步的臆断，那是父亲们经常犯的错误推断——“强尼和我之间的关系更像兄弟，而不是父子。我们有很多同样的爱好：钓鱼，打猎，还有同样的高标准的价值观——我从没听见强尼撒过谎——我们有同样的兴趣爱好。”于是法官会在马龙的药店里，在法院，在“纽约咖啡馆”或者理发店里当着很多人的面吹嘘他们父子的相似之处。听见的人们觉得其实法官和儿子相差甚远：年轻强尼很腼腆，而他的父亲是小镇上的大人物。但是没有人发表反对意见。当法官自己终于意识到他和儿子之间其实有着很大的不同时，他又开始阔论父子的话题，而且比以前更能谈，就像这些话可以帮他把愿望变成现实。

那次是最后一次父子俩对“妈妈的大男孩”一起大笑，也许是两人之间最后一次谈笑了。强尼说到责任心的问题让法官很不舒服，他收回了笑，简短地说：“你是不是在责备我接手了米兰电力公司的案子，是吗，儿子？”

“是的，电费现在涨得很高。”

“有时候一个头脑成熟的人需要在两件坏事中挑选一样，这是痛苦的，但这里涉及政治。不是我给哈利·伯利兹或者电器公司做了什么辩护状，而是联邦政府把脏手伸了进来。想想如果让田纳西河流管理局或这样的发电厂控制了全国会发生什么情况？我都可以闻到不断蔓延的瘫痪臭气了。”

“我只知道最后的结果是米兰电力公司涨了电费。”强尼说道。

“为了维护我们的自由和躲避不断蔓延的联邦政府，多花几分钱又算得了什么？难道我们为了眼前的一点儿肉汤就出卖我们与生俱来的权利吗？”

虽然年纪老迈和孤独，法官并没有把敌对情绪更多倾注在联邦政府身上，而是把怒气发泄在家人身上，因为他还有一个家，或者在同僚中，他还是一个努力工作的法官，还可以纠正那些庭审中年轻律师们的错误——他们经常在引用巴特列特[1]、莎士比亚或者《圣经》的时候出差错。他的话仍然有分量，仍然在街头巷尾引起人们的重视。他开始注意到他和强尼之间存在的鸿沟越来越深，但是他这种注意还没有变成担心，他一直认为这只是年轻人的年少轻狂而已。即便强尼在一次舞会后就来告诉他自己结婚的消息时他都没太担心，也没为那女孩子的父亲是个有名的私酒贩子而担心——心里还偷偷地想一个私酒贩子总比一个传道士强，否则他们家开宴席或者家风都会被破坏受影响。蜜西在这件事上做得更漂亮，他给了强尼的新婚妻子米拉贝尔一串仅次于她最喜欢的珍珠项链和一枚深红色的胸针。米拉贝尔曾在霍林斯学院上过两年大学，主修音乐，蜜西很看重这一点。而且这两人还一起练习过二重奏，一起背弹过《土耳其进行曲》。

法官对强尼一直没有很担心，直到强尼做律师一年多之后，他坚持选择了琼斯的案子。强尼虽然以优异成绩从大学毕业，可是竟然连一点儿常识都没有，成绩再好又有什么用呢？他的法律知识和受到的教育有什么用，他竟选择故意去碰触陪审团的底线，陪审团当然是由良民和信实的公民组成的。

法官强忍着不和儿子谈到案情，但还是提醒儿子小心处理和陪审团之间敏感的关系。他说："站在他们的角度，也

〔1〕约翰·巴特列特（John Bartlett，1820—1905）：美国出版商，作家。出版著名《巴特列特版常用语录》，死后一百年仍然被不断修订再版，深受读者喜爱。

看在上帝的份儿上，不要把他们捧得太高。”但是强尼会听他的吗？他争论起来就好像这些佐治亚州的手艺人、工人和农场雇农组成的陪审团都训练有素，都和最高法院一样神圣似的。强尼这么聪明的人，却一点儿常识都没有。

杰斯特回来的时候是九点半。他来到法官的房间，嘴里还在吃着一个双层三明治。法官已经在焦虑痛苦中折腾了几个钟头了，他眼中露出生气的神情。

“我还等你回来吃晚饭呢。”

“我去看电影了，刚回来才自己做个三明治。”

法官戴上眼镜仔细瞅着那个厚厚的三明治：“这都是什么啊？”

“花生酱、西红柿还有腊肉和洋葱。”

杰斯特对着三明治咬了一大口，嘴里叼着的洋葱掉到地毯上。为了压制自己的馋，法官把羡慕的目光从美味的三明治上移开，看着地上的洋葱，因为沾了蛋黄酱粘在了地毯上。但他还是馋得难受，于是他说：“花生酱可是有很多卡路里。”他打开酒柜倒了点威士忌：“虽然每盎司只有八十卡路里，还是……不管怎么说还是超出了我的极限。”

“我爸爸的照片呢？”

“在那边抽屉里。”

杰斯特非常清楚爷爷在心情不好的时候就有把父亲照片收起来的习惯，问道：“您怎么啦？”

“生气了，伤心了。被骗了。每次想起儿子都会有这种感觉。”

杰斯特心里一沉，每次提到父亲他总是这样。圣诞的钟声在寒冷的空气里是那么清澈如银铃般响起。他没心情吃三明治了，静静地把咬了一大口的三明治放在床头茶几上。“您从来不好好跟我讲我的父亲。”他说。

“我们之间更像兄弟而不是父子关系。好像有血缘的兄弟。”

“我不信，只有性格内向的人才会去自杀。而你不是内向的人。”

“我儿子不是一个内向的人，我会告诉你，先生。”法官的声音因为生气在颤抖，“我们有相同的幽默感，相同的心理素质。如果你爸爸活着，他是一个天才，这个词你知道我是不会随便轻易说出的。”（的确如此，“天才”这个词法官以前只给自己和莎士比亚用过。）“在接手琼斯案件之前，我俩就像孪生兄弟一样。”

“就是那个你说我爸爸要去破坏一个公理的案子吗？”

“法律，血淋淋的犯罪惯例，基本公理，的确如此！”看着被咬了一口的三明治，法官一把抓过来贪婪地吃起来，但是他内心的空虚却不是饥饿造成的，所以他还是感到不满足。

因为法官很少和杰斯特聊起他的父亲，所以杰斯特的好奇心一直无法满足，他学会迂回地问出一些问题，于是他接着问：“那是个什么案子？”

法官回答了这个绕着圈子的问题，但是有些驴唇不对马嘴：“强尼的青少年时期是一个特殊时期。那些有权势的大亨们都躲在白宫里，到处都是 TVA、FHA 和 FDR 这些字母[1]。怪事一件接着一件，一个女黑人在林肯纪念堂前唱歌，而我的儿子……”法官因气愤提高了语调，“而我的儿子在一个谋杀案中为一个黑鬼辩护。强尼试图要……”老人激动过头，这种激动让他心理极度不平衡，撞击着他心里的苦恼。因为痛苦说得唾沫星子四溅，嗓子也变了声，他说不下去了。

“别说了。”杰斯特劝老人。

可是老人还是唾沫四溅，声音咯咯地响，杰斯特脸色煞白，神情凝重地看着爷爷。“我没有，”法官在有一阵激烈情绪暴发之前只说了三个字：“我没笑。”

杰斯特在椅子上坐着，脸色依然煞白。他感到惊恐，开始担心爷爷是不是要中风。他知道中风发作起来是很古怪也很突然的。他想是不是发作的时候就是这样脸色通红还咯咯怪笑。他也听说人们会因中风而死。而现在爷爷脸红得像着了火，喘不上气，是不是会这样笑死呢？杰斯特试着扶起爷爷好帮他拍拍后背，但是爷爷太重他扶不起来，过了半天，

---

〔1〕TVA：田纳西河流管理局。FHA：联邦住房管理局。FDR：美国第 32 任总统罗斯福名字的缩写。

爷爷的笑渐渐弱下去，终于止住了。

杰斯特被爷爷刚才的反应弄糊涂了，他知道精神分裂就是人性格的分裂，是不是人老了以后就会出现行为颠倒，该哭的时候反而会笑个不停？他非常清楚爷爷是爱自己的儿子的，在阁楼上面有一大块地方放的都是他已故父亲的遗物：有十把刀，还有一把印度安人的匕首，一套小丑服装，一套《罗孚小子》系列丛书，《汤姆斯威夫特》系列[1]，以及很多其他儿童读物，还有一个牛头盖骨、一双旱冰鞋、钓鱼工具、橄榄球队服、棒球接手手套，还有一箱子一箱子乱七八糟的东西。但是他不许杰斯特玩箱子里的玩具，不管是好的还是破烂都不能动。有一次他拿了那个牛头盖骨放在自己屋子的墙上，结果爷爷非常生气，吓唬他说要用桃木鞭子教训他。他爷爷是非常爱自己独子的，那么他刚才为什么会歇斯底里地大笑不止呢？

法官从杰斯特的眼神里看出他的疑问，他轻声地说："歇斯底里不是大笑不止，孩子。是你无法表达心里悲伤的时候，情绪混乱而产生的慌乱反应。我儿子死后，我的歇斯底里发作了四天四夜。塔顿医生和保罗一起把我按在浴缸里，让我用热水洗澡，给我吃镇定药，可我还是大笑不止——其实不是笑，是——歇斯底里症。医生试着用冷水冲我身体，给我

〔1〕"Rover Boy"和"Tom Swift "均为美国作家爱德华斯特拉塔梅尔(Edward Stratemeyer, 1863—1930)所著儿童文学，深受儿童喜爱。

更多镇静剂。我在发病，而我儿子的尸体就在客厅里放着。葬礼只得再推迟一天，我身体太弱，得两个身强体壮的大汉扶着我起来，我才能走到教堂去。我们三个倒是配合得挺不错。”他又冷静地加了一句。

杰斯特也同样轻声地问：“但是你刚才为什么又歇斯底里了呢？我爸爸已经去世十七年了。”

“但是这么些年来，我从没有一天不想他。有时候是短暂的一瞬，有时候则是久久的冥想。我很少有勇气谈论我儿子，但今天下午大部分时间里，还有今天晚上，我一直在想他——不光回忆他小时候的嬉闹欢乐时光，也回忆起他成长之后的那些严肃的事情，那些严肃的事情让我们决裂，也击垮了我们。我看见我儿子最后一次在法庭庭审的样子，就像现在看你一样清晰——实际上比看你还清楚。还能听到他的声音。”

杰斯特使劲攥着椅子扶手，手指头关节都发白了。

“他的辩护非常厉害但有一个致命的错误。那就是陪审团一致不得要领。我儿子辩护好像是对着纽约犹太律师团成员们，而不是佐治亚州桃县巡回法庭十二人陪审团，这些人全都没文化，没一个受过良好教育。在这种情况下，强尼开始就用了一个天才之举。”

杰斯特张开嘴巴大口呼吸，他紧张地沉默着。

“我儿子第一个提议就是请陪审员们全体起立对国旗致敬宣誓。这些陪审员们稀稀拉拉地站起来，强尼就给他们读冗长的誓词。我和奈特·玮伯都毫无思想准备。玮伯当场反对，我敲响木槌命令这些话不必记录。但这其实也没什么意义，我儿子已经表达了他的观点。”

“什么观点？”

“一下子我儿子就联合了这十二个人，促使他们执行最高水平的职权。他们在学校里都被训练过对国旗宣誓，知道怎么念誓词，他们就等于在参加这种类似宗教仪式的演习。我敲响了木槌！”法官嘟囔着。

“你为什么要删除这些记录呢？”

“与本案无关。但是我儿子，作为辩护律师，已经阐明了他的观点，把一起肮脏的俗套的谋杀上升到宪法的高度。我儿子接下去说：‘尊敬的陪审团和法官大人——’我儿子说话的时候目光盯住每一位陪审团成员，也盯着我。‘你们每一位陪审团成员肩负着很大的责任，此时没有任何事情可以超过你们的工作。’”杰斯特用手指头支着下巴，他棕色的眼睛睁得大大的，一脸询问的神情，静静地聆听。

“从一开始，莱斯·利特（奥西·利特的哥哥）就坚信琼斯强奸了利特太太，而他的弟弟完全有权利企图去杀他。莱斯就像一只肮脏烦躁的小狗，守着他兄弟的财产，什么也动摇不了他。当强尼在向利特太太提问时，她发誓说不是这么回事，说她丈夫想杀琼斯是早有预谋的……在夺枪的时候发生争斗，结果她丈夫被打死了……一个妻子这么发誓是很奇怪的。强尼问她琼斯先生有没有对她做过什么不适当的举动或越轨行为，她说‘从来没有’。说琼斯对她彬彬有礼，很绅士。”

法官又加了一句：“我应该可以看到什么的，可是当时却没有。”

“就像昨天一样，我可以看到他们的脸听到他们说话的声音。被告皮肤黝黑，瞪着惊恐的双眼。莱斯穿着去教堂礼拜的西服，有点小，脸上表情硬冷，绷得好像一张奶酪皮。而他的太太就坐在那里，瞪着一双冷冷的蓝眼睛，冷极了。我看见强尼在颤抖。一个小时后我儿子的变化从开始的很有针对性转向普遍性。‘如果这起事故涉及的是两个白人或者两个黑人，那就根本没什么案情可言了，正是因为当奥西试图用枪杀死被告时，枪突然走火，他自己不幸成了枪下鬼。’”

“强尼继续说，‘事实是案子牵扯到一名白人和一名黑人，于是不公平的评判就出现了。尊敬的陪审团，类似这种案子，宪法本身即是在接受测试。’强尼引用了宪法前言和修正条款关于恢复黑奴自由并给予公民权平等权利的部分，他说：‘我引用的这些句子都是在一百五十年前就被写下了，被成千上万的人宣读过的。这些是我们国家的法律。我作为一名律师和一个美国公民，是无权随意添加或减少宪法的。我的职责仅仅是在法庭上好好使用这些法律。’强尼之后又引用了‘四十七年前……[1]’我就敲槌阻止了他。”

“为什么？”

“这些只是代表林肯个人观点，美国学法律的学生都会背，但是我可不想在我的法庭上又一次听到。”

杰斯特说：“我爸爸想引用这个，让我听听吧。”杰斯特不太清楚这篇讲演到底说的是什么，但是他觉得只有这样才能比以前更能靠近父亲。他自杀之谜就会清晰些，那些昔日光鲜的一箱箱旧物就会成为一幅幅活生生的图画展现在他眼前。杰斯特兴奋异常，他不由得站起来用一只手扶着床柱，一只腿靠着另外一只腿，等着爷爷接着讲下去。法官从不需要别人反复要求就会为大家唱歌、朗诵诗歌或者其他表演之类的，他的嗓音现在就为唯一的听众施展出来，严肃低沉地，他开始朗诵林肯在葛底斯堡的讲演，杰斯特听得热泪盈眶，他的脚靠拢，嘴巴大张着。

最后法官似乎奇怪自己为什么要背诵这段了，他说：“这是历史上最精彩的一次讲演，但也是一篇恶毒的挑唆暴动的演说。闭上你的嘴巴，傻孩子。”

“我觉得你把这段从记录中删除实在太不应该了，”杰斯特说，“我爸爸还说了什么？”

“他结尾部分本来应该是最有雄辩力量的部分，可是却因为开始引用了太多不切实际的宪法段落和葛底斯堡演说变

〔1〕这是美国总统林肯在宾夕法尼亚州葛底斯堡最著名演讲的第一句话。在这篇演讲中林肯提到“民有、民治和民享”的主张。

得暗淡无光。他自己的话显得很无力，就像一面旗子在没有风的旗杆上挂着。他指出宪法修正案在内战之后没有真正应用过，但是当他讲到公民权利的时候，他因为太着急把‘公民’的‘公’说成了‘空’，造成很坏的印象，结果他的自信也大打折扣。他指出桃县人口里黑人和白人的比例几乎是一半一半，他还说他注意到陪审团里并没有黑人代表，于是陪审员们迅速互相看了看，带着怀疑和迷惑的表情。”

“强尼于是问道，‘被告到底是被指控谋杀还是强奸？起诉方企图用狡猾卑劣和含沙射影的手段给被告的名誉抹黑，也给利特太太的名誉抹黑。但是我为被告的谋杀罪辩护。’”

“强尼想掀起一个高潮，他的右手向天上抓着，似乎要抓住一些妙语。‘一百多年来，这些话是我们这片土地上的宪法，但是这些话如果不用法律加强就会软弱无力。经过如此漫长的一个世纪，我们的法庭对黑人而言，仍然是偏见以及合法迫害的庄严殿堂。话已经说出来，主张也已经提出来，这些话语和主张还需要多久才能付诸真正的司法公正？’”

“强尼坐下来，”法官痛苦地说着，“我的屁股也终于挺直了。”

“你的什么？”杰斯特一时没听懂。

“我的屁股。听见强尼把‘公’说成‘空’之后我就一直撅在椅子上。当他说完，我终于放松了下来。”

“我认为那是一场非常精彩的辩护词。”杰斯特说。

“没有用啊。我回到我的办公室等着陪审团的裁定。他们出去也就二十分钟，也就刚够他们一起下楼到法院地下室转一遭的时间，我其实已经知道他们的决定了。”

“您怎么知道？”

“即使强奸在这个案子中只是一种传言，也必定会判有罪。而当利特太太那么快就说出丈夫是凶手时，那听起来是非常奇怪的。当然，在这等待期间我就像一个新生儿一样天真，我儿子也是。但是陪审团觉得事情蹊跷，于是一致裁定有罪。”

“但这不是诬陷吗？”杰斯特生气地说。

“不是。陪审团要决定是哪一方在撒谎，哪一方说的是真话。在这个案子中他们的决定是对的，虽然当时我并没有这样认为。当宣布有罪后，琼斯的母亲在法庭里大哭起来，强尼脸色煞白，利特太太在她座位上直晃。只有琼斯·舍尔曼看起来像个男人一样接受了这个判决。”

“舍尔曼？”杰斯特的脸一下子白了，然后又涨得通红。“您是说这个黑人叫舍尔曼？”杰斯特声音空洞地问。

“是的，琼斯·舍尔曼。”

杰斯特一脸迷惑，他费了好半天劲绕了个大弯问出下面的问题，因为他不知道怎么问：“舍尔曼不是一个普通的名字。”

“当舍尔曼[1]挺进佐治亚州之后，很多黑人男孩就都

〔1〕这个舍尔曼指南北战争时期联邦将军。

用了他的名字。我自己就知道起码五六个。”

杰斯特想的是他认识的唯一叫舍尔曼的人，但是他没继续问，只是说：“我可没看出来。”

“当时我也没看出来。如果我在庭审的时候用了上帝给我的感官系统，如果我儿子早点跟我吐露一点儿，我也不至于啥也没看出来啊。”

“吐露什么？”

“吐露他爱着那个女人，至少他自己心里是这么想的。”

杰斯特的眼睛里充满震惊，他呆若木鸡：“但这不可能。他和我妈妈结婚了啊！”

“我们就像孪生兄弟，不是祖孙呀孩子。我们就像一个豆荚里的两粒豌豆。同样的天真和有廉耻心。”

“我不相信这是真的。”

“他告诉我的时候我也不信。”

杰斯特常听大人们谈起他的母亲，所以他对母亲的好奇心已经得到满足。据他所知，母亲喜欢吃冰激凌，特别是烤冰激凌。她钢琴弹得非常棒，在霍林斯大学主修音乐，这些关于妈妈的点点滴滴都是他小时候大人们脱口而出，随意告诉他的，因此母亲没有像父亲那样更激起他的敬畏或者神秘感。

“那利特太太是个什么样的女人？”杰斯特最后终于问道。

“一个轻佻的女人。她很白，身怀六甲，自以为是。”

“怀孕了？”杰斯特问，心生反感。

“没错，快生了。她在街头走的时候，恨不得人人都要给她和她肚子里的孩子让路似的，就像以色列人过红海，海水都得让路。[1]”

“那么我父亲怎么会爱上她呢？”

“爱上一个人是世界上最容易的一件事。但如何坚守才是关键。这不是真正的爱情。这就像你爱上一项事业。再说，你父亲也从没有表示出来。这叫作迷恋吧。我儿子是个清教徒，清教徒只是有很多幻想，而不像其他人一见钟情就付诸行动。”

“这太可怕了，我父亲爱着另外一个女人却和我妈妈结婚。”杰斯特觉得这件事太戏剧化简直不可思议，父亲对他那个爱吃烤冰激凌的母亲不忠，这令他震惊。“那我妈妈知道吗？”

“当然不知道。我儿子在他自杀前一周才告诉我。他很难过，也很纠结。否则他也不会告诉我。”

“纠结什么？”

“简单说，在法庭宣布有罪判决并执行之后，利特太太把强尼叫去，她生了儿子并且自己已经不行了。”

---

〔1〕《圣经·出埃及记》里记录了摩西带领以色列人离开埃及时，法老反悔，于是让军队去追他们，把他们追到红海边，无法过去，以色列人非常惶恐。摩西举手向上帝祈求，上帝应允，于是刮起大风，红海一下子分成两半，中间是干地，摩西带领以色列人穿过平地过红海。后面追兵赶来，海水又合并，把追兵全部淹死。

杰斯特耳朵都变红了，“她说她爱我父亲了吗？我的意思是，那种充满激情的爱。”

“她恨你父亲，就是这么说的。她诅咒你父亲，说他是个笨蛋律师，说他自以为是地用自己认为公正的见解害了当事人。她骂个没完没了，认定如果你父亲把这个案子当作一个常规的正当防卫案子处理，琼斯现在肯定无罪释放了。一个要死的女人，大叫着，哭喊着，伤透了心还不停地诅咒谩骂。他说琼斯是清白的，是她认识的人里最正派的男人，她爱着他。她让强尼看新生的婴儿，黑色的皮肤，但像她自己一样有蓝色的眼睛。当强尼回到家里的时候，他就像那个钻在水桶里被冲下尼亚加拉大瀑布的人的模样[1]。”

“我就让强尼一直不停地说下去，最后我说，‘儿子，我希望你吸取这个教训。那个女人不可能爱琼斯。他是黑人而她是白人。’”

“爷爷，你说话的口吻好像爱上一个黑人就像爱上一只长颈鹿或什么怪物似的。”

“这当然不是爱。那就是情欲。情欲是一种被新奇、古怪、堕落和危险所吸引的东西。我就是这么告诉你父亲的。然后我问他为什么对这件事这么上心。强尼说：‘因为，我

〔1〕1901 年 10 月 24 日，纽约一个 63 岁的音乐女教师钻进一个木桶，跳下尼亚加拉大瀑布，成为活着成功跳下大瀑布第一人。1912 年，一名来自英国的特技演员也仿效她坐进木桶跳下，但是他虽然没死，却膝盖下巴多处骨折，住院半年。这里法官应该是指后者，认为强尼做了一件愚蠢不讨好，自己还受伤害的事情。

爱着利特太太，或者按你的话，是情欲？’”

“‘不是情欲就是蠢到家了，儿子。’我说。”

“那小孩怎么样了？”杰斯特问。

“很显然，莱斯在利特太太死后把孩子抱走了。然后把他留在米兰圣子升天教堂的长椅上。一定是莱斯干的，我想来想去只有他能这么干。”

“那就是我们这个舍尔曼啦？”

“是啊，但是什么也不要告诉他。”法官警告说。

“我父亲就是那天——在利特太太诅咒他，并给他看了孩子之后的当天自杀的吗？”

“他是一个星期后，等到圣诞节那天下午，我还以为我的话他听进去了，以为这一切也都结束了。那年圣诞节和往年一样，早上我们打开礼物，把包装纸都放在圣诞树下堆起来。他妈妈送给他一枚珍珠领带别针，我则送给他一盒雪茄和一块防震防水手表。我记得强尼还使劲摔那表，然后放在水里测试。我无数次地责备自己，因为我真的没看出那天有一丁点异常。可是我们就像孪生兄弟，我本应该察觉到他绝望的情绪的。难道他那么使劲摔那块防震防水手表是正常的吗？你告诉我，杰斯特。”

“我不知道，但别哭，爷爷。”

法官这么些年来从来没有为儿子掉眼泪，而现在，他终于哭出来。他对孙子诉说往事，这些点点滴滴的往事，好像悄悄地打开了心头那把陈年旧锁，他终于可以痛痛快快地哭出来了。以前他被这些往事拴住，现在他打开了闸门，如释重负，这让他心里有种甜蜜的释然感觉。

“别哭了，爷爷。”杰斯特轻柔地说，“别哭了，爷爷。”

法官长时间沉浸在记忆里，现在都过去了，他回到现实中。“他死了，”他说，“我亲爱的儿子死了，但我还活着。生活就是充满许许多多的东西。‘有船，有白菜还有国王……’哦不对……是‘有船，还有，还有——’”

“还有封蜡。”杰斯特说。[1]

“对啦。生活充满各种各样的东西，有船有封蜡有白菜还有国王。孩子，这个让我想起，我得去买一副新的放大镜啦。《米兰信使报》越来越看不清楚了呢。上个月我就看到一条线，一条线盯着我，我看不清——还把‘七’看成‘九’了。我真生我自己的气，真恨不得到‘纽约咖啡馆’后面那房子里大喊几嗓子。”

“另外，还得去配一副助听器，虽然我觉得戴上那玩意儿就像老太太似的也未必管用，但还是得有。也许那天我会有另一种感官功能呢。改进了视力和听力，其他所有这些官能就都大大改善了。”这种改善如何实现老法官没说，但是活在现实中，做着对未来的梦却栩栩如生，这样

〔1〕这是诗歌“The Walrus and the Carpenter”中的句子。作者路易斯·卡罗（Lewis Carroll.1832—1898）。英国作家，数学家。全诗一共108行。他最著名的儿童文学作品《爱丽丝梦游仙境》和续集《爱丽丝镜中奇遇》世界闻名。

他也就满足了。经过这一晚上情绪的发泄，他睡了个甜甜的大觉，在这个冬天的夜晚，他睡得非常安详，一直睡到第二天早上六点。

11

我是谁？我是什么？我要去哪里？这些问题一直缠绕着杰斯特年少的心，现在终于有答案了。还有那些困扰他的梦魇：他时常梦见死去的“大男孩”，让他感到内疚和忧烦，现在也不会了。他还梦到过把舍尔曼从一群暴徒手中救出来牺牲的自己。舍尔曼看着他的尸体，伤心欲绝。还有梦见他把玛丽莲·梦露从瑞士的一场雪崩中救出来，然后成了英雄，骑着马，神气活现在纽约街头游行庆祝，人们向他撒来五彩缤纷的纸条纸屑……这些都是很有趣的白日梦，以后都不会再做了。再说毕竟救玛丽莲·梦露又不是什么了不起的事情。在梦中他还救过很多人，也梦见自己很多次像英雄一样死去。他的梦几乎都是发生在异国他乡。从来没在米兰，没有在佐治亚州，要不在瑞士，要不在巴厘岛或者别的什么地方。但现在他的梦悄然改变了。不管是晚上睡觉的梦境还是白日梦都变了。很多夜晚他会梦到父亲，梦见父亲他似乎就找到了自己。他是父亲的儿子，他也要成为一名律师。以前他不知道自己将来要干什么，很多可能性，现在清楚了。而一旦清楚，杰斯特就感到真正的快乐和自由了。

新学期开始了，杰斯特非常高兴。穿上崭新的衣服，那是圣诞节时他得到的礼物：一双新鞋，新的白衬衣，新的法兰绒裤子。他感受着自由的心情，心里对“我是谁？我是什么？我要去哪里”都有了最终明确的答案。这学期他会努力学习，特别是英语和历史——要读宪法和背诵那些伟大的演讲，不管是不是课程要求的都要去读去背诵。

那层以前有意在父亲身上蒙着的神秘面纱现在除去了，爷爷也会偶尔提到他，虽然不是很经常，提到的时候也不会再掉眼泪了，就好像杰斯特被吸收为共济会会员或者“麋鹿俱乐部”成员或者什么似的。杰斯特可以告诉爷爷自己的计划，告诉他自己要去学法律。

“上帝知道我从来没鼓励你去学这个。但是如果那是你想去做的，孩子，我会尽我最大的能力支持你。”其实法官心里在暗自高兴。他迫不及待地追问一句：“那么你是想成为爷爷那样的律师吗？”

杰斯特说：“我就想成为爸爸那样的律师。”

“你爸爸，你爷爷……我们都是同脉的兄弟。你将成为另外一个克莱恩家族的骄傲。”

“啊，我现在真是大大地松了口气啦，”杰斯特说，“我曾想过很多种可能——我这辈子到底要干什么。弹琴，开飞机，等等。但是没一样是真正我想做的。我就像一只总是爬错树的猫。”

新年伊始，法官平稳安静的生活突然被打乱了。有一天早上维利丽来上班，她把帽子挂在门后，没有像每天一样去前院打扫卫生，而是就站在厨房里，黑着脸，倔倔地一动不动。

“法官，”她说，“我要文件。”

“什么文件？”

“就是政府的文件。”

法官既生气又惊讶，连早上起来正抽着的第一支香烟的情趣都被破坏了。维利丽开始说起社会保险：“我拿出工资的一部分要付给政府，你也应该付你那份。”

“是谁跟你说的这些乱七八糟的东西？”老法官想这些也许又是一次“重组”，但他觉得太可怕了没有说出来。

“人家都在说。”

“好了，维利丽，想想这个道理。为什么要去给政府缴钱？”

“因为法律规定的。大家都知道。就是所得税。”

“仁慈的上帝啊，你不会愿意缴什么所得税的！”

“我愿意。”

法官一直为自己对黑人的理性有深深理解非常自豪，他用坚定的语气安慰她：“你把事情搞混了，别去理它。”他又不由自主地加上一句：“怎么啦，维利丽，你在我们家都待了快十五年了吧？”

“我想按照法律办事。”

“这是扰乱法律。”

维利丽终于说出她想要什么：“我想到我不能工作时可以有退休金供养我。”

“你要退休金做什么用啊？你老了不能工作了我会照顾你的。”

“法官，你自己都已经很老了。”

这句话可把法官彻底激怒了。的确这件事非常令他恼火。同时他也非常不明白，他一直以为自己是非常了解黑人想法的，每个星期日午餐，当他说：“啊，维利丽呀维利丽，我告诉你，你会永远住在天国……”的时候，他从没意识到，他一次又一次说这样的话令维利丽非常气恼。他也没意识到自从他的外甥“大男孩”死了之后，她受到了很大的影响。他认为自己懂黑人，但是他从来没有太留意他们的情绪变化。

维利丽不想改变话题，她继续说道：“有一位女士说会帮我缴政府税，还说一个星期给我四十美元工资，还有周六和周日两天休息。”

法官心跳加速，脸色也变了：“好啊，那你去找她吧！”

“我可以找个人来给你做事。法官，爱丽 · 卡朋特可以接替我的工作。”

“爱丽·卡朋特！你非常清楚她是个呆头呆脑的家伙！”

“那么，那个不中用的舍尔曼如何？”

“舍尔曼不是仆人。”

“哼，那你说他是什么人？”

“不是专门做仆人工作的。”

“现在有个女士可以替我缴政府税，还会给我每周四十块钱，外加周末两天休息。”

法官火气更大了。早年一个仆人只要付给每周三块钱就是很高的工资了。但是现在年年仆人的工资在上涨，现在法官每周付给维利丽三十美元，他听说训练有素的仆人可以一周拿到三十五美元甚至四十美元。即便如此，现在找仆人也是难上加难。他一直对仆人都很随和，而且他也一直都相信人道主义——但是那他就该同意给这么高的工资吗？但是他只想求个太平和舒服，于是他试着做些让步：“你的政府的税我来付吧。”

“我不相信你。”维利丽说。法官第一次发现维利丽其实是一个很凶悍的女人。她的声音不再是唯唯诺诺，而是非常彪悍。“那位女士会帮我付政府的税，还给我一周四十块钱……”

“好啦！你去找她吧！”

“现在吗？”

法官很少会对仆人们提高嗓门说话，但是今天他吼起来：“没错，现在！你走了我才高兴呢！”

维利丽心中很气，但是她没有说话。她气得布满皱纹的紫色嘴唇直哆嗦。她走到门口小心翼翼地戴上插着粉色玫瑰花的帽子。她一眼也没看工作了十五年的厨房，也没跟法官说句再见，踩着沉重的步子，从后门走了。

房间里静极了，法官很害怕。他害怕把他一个人丢在屋子里他会中风。杰斯特到下午放学才会回家，他不能一个人待在屋子里。他记得杰斯特小时候总是在黑夜里大叫“来人啊，来人啊！”现在法官自己也想这么大叫。现在屋子里完全一片寂静，他才意识到有点儿声音对自己是多么重要。他去了法院的广场去寻找一个新仆人，但是时过境迁，没有黑人再在这里等着被雇用。他问了碰到的三个黑人，但她们都已经有主人，她们看他的表情就像他神经出了差错。于是他去了理发店，剪了头发，洗了头，刮了脸，为了打发时间，他还修了指甲。然后在理发店实在没什么事可干了，他就去泰勒旅馆的“绿厅”消磨时光。他在“板球茶坊”花了两个小时吃午饭，然后起身去马龙的药店看看他。

没有个落脚的地方，他心情抑郁，法官就这么混了三天。因为他害怕一个人在家，他就经常去米兰街的泰勒旅馆的“绿厅”，或者去理发店，或者坐在法院广场一张白椅子上。到了晚饭时间，他给自己和杰斯特烤牛排，杰斯特洗碗。

由于生活中一直有仆人服侍，他从来没有想过去介绍所找人。房子越来越脏，这种糟糕的状况还得持续多久？他有些不知所措。有一天他来到药店请求马龙，问他是否可以请马龙太太帮忙找一个仆人。马龙一口答应去跟他太太说。

在一月的日子里，天空下的一切都呈现出亮丽的湛蓝和金黄的颜色，显出温暖的景象。其实这只是春天的假象。马龙因为天气的变化恢复了些生气，他想自己身体好些了，于是计划一场旅行。他决定独自一个人偷偷地去趟约翰·霍普金医院。当海登医生第一次告诉他得了绝症时，说他可以最多再活一年或十五个月。现在已经差不多十个月了。他感觉好了很多，怀疑是不是所有米兰的医生都给他诊断错了。他跟妻子说自己要去亚特兰大出席一个药物学大会。就这样他骗过妻子，踏上了北上的旅途，他心里很是得意，甚是愉悦。怀着点儿内疚和不顾一切的心态，他坐上豪华列车。为了在休息室里打发时光，他点了两杯饭前威士忌，虽然看到菜单里有特色菜牛肝，他还是点了一盘海鲜。

第二天到了巴尔的摩，下着雨，马龙站在接待室里感到又冷又潮湿。他跟接待护士说明自己的要求："我想要你们医院最好的大夫给我诊断，在我家乡所有那些医生都很落伍，我不相信他们。"

然后他就开始已经熟悉的各种检查，等着片子和化验结果，而诊断结果依然如故。马龙气得难受，坐了普通的汽车回到米兰。

第二天他去了赫尔曼的店铺，砰的一声马龙把他的手表扔到柜台上。"这只表每个星期都差不多慢两分钟，"他气哼哼地对珠宝商说，"我要我的表和火车时刻表那样精准。"在他等死的这段日子里，马龙对时间有种着魔般的关注。他总是找赫尔曼的碴，抱怨他的表不是慢两分钟就是快三分钟。

“两个星期前我刚对你这只表彻底检查过啊，你要去哪里啊，非要和火车时刻表一样精准？”

马龙气得攥紧拳头，指头节都发白了，他就像个小孩子骂个不停：“我去哪儿关你屁事！什么鬼地方！”

珠宝商看着他，被他莫名其妙的火气弄得脸上一阵红一阵白。

“要是你修不好我就找别人去修！”马龙一把拿起手表转身走了。赫尔曼看着他的背影一脸诧异。他们两个人一直是互相忠实的客户，差不多有二十年的交情。

马龙现在动不动就会突然莫名其妙地发一通脾气。他无法直接想到自己快死了，因为那对他实在难以置信。但这些愤怒，他自己都觉得无缘无故也很吃惊，常常像暴风雨一样说来就来，在他原本平静的内心掀起一阵波澜。有一次他正和妻子玛莎选购山核桃，用来做蛋糕或别的食品上的装饰，突然他就使劲把核桃钳子摔到地上，还拿夹胡桃的夹子狠命戳自己。还有一次他被儿子放在楼梯上的一个球绊倒，他就用尽全身力气把那球扔出去，结果砸坏了前门上一块板子。这些发泄并没有减轻他的愤怒。每次脾气过后，马龙就感到一些可怕和不可理喻的事情还要发生，而他自己却无能为力，无法阻止。

马龙太太给法官找来一个新女仆。法官不必再天天到大街上去闲逛了。这个女仆完全是个印第安人，非常安静。但至少法官现在不必害怕一个人待在家里。他也不会想去大喊：“来人啊，来人啊！”家里还有一个人，让他感到安慰。于是这所有着彩色玻璃的老房子，还有嵌着镜子的桌子，熟悉的书房和饭厅，还有客厅都不再寂寞了。女仆叫作李，饭做得很马虎，烧得不好吃也服侍得不周到。正餐开始时她端汤上来，两个大拇指一半都浸在摇晃的汤碗里。但是她从来没听说过什么社会保险，也不会读书写字，这让法官隐隐有种满足感。为什么呢？他也不知道，也不想深究。

舍尔曼虽然一直威胁法官说要离开他，但也就说说而已，只是他和法官之间的关系大不如前。每天他还是来给法官打针，然后沉着个脸，他懒散地来到书房，削削铅笔，给法官读读那些不朽的诗篇，中午就给两人做点儿棕榈酒什么的。他就是不写那些所谓的联邦货币的信函，法官知道他是故意给自己脸色看，其实除了打针是日常工作，他也没真叫舍尔曼做什么，但他还是留下舍尔曼，希望以后两人关系可以有所改善。舍尔曼很刁钻，他甚至不让法官夸夸自己的孙子，不让他吹嘘一下杰斯特准备去读法律的事情。法官一提到这个话题，舍尔曼要不就故意不礼貌地哼唱小曲儿打岔，要不就张大嘴巴打哈欠。法官经常说“懒惰生歪心”。当法官这么说的时候，他就直视着舍尔曼，而舍尔曼呢，也就这么直视着法官作为回敬。

有一天法官说：“我想让你去我的法院办公室一趟，去查查我的那只写着‘剪报’的铁文件柜。我想读读那些我从报纸上剪下来的剪报。你根本不知道，我其实是一个很伟大的人呢。”

“就是写着字母‘C’的铁文件柜吧？”舍尔曼重复着。他愿意去干这件差事。他从没去过法官的办公室，这可是他一直都渴望去看看的地方。

“别乱翻我其他的重要文件。就把剪报拿回来。”

“我不会乱翻的。”舍尔曼保证道。

“先给我去调杯棕榈酒再走。现在十二点了。”

舍尔曼自己没喝，给法官调好酒后，他马上就去了法院大楼。在大门口有毛玻璃，贴着一个牌子，上面写着：克莱恩父子律师事务所。怀着一点儿激动，舍尔曼打开门走进去，屋内充满阳光。

在他把写着“剪报”的夹子拿出来后，他就很坦然地在铁柜子里开始翻阅其他文件。其实他也没什么特别想看的，只是他天生好奇心强，当时法官说“别乱翻其他的”时他还很生气呢。但那天下午一点钟，法官正在家里吃午饭的时候，舍尔曼在法官办公室发现了强尼办理的那份案情记录文档。他看到上面写着“舍尔曼”的名字。舍尔曼？舍尔曼？除了这个舍尔曼，我只知道我自己叫这个名字。在这城市里有几个叫舍尔曼的？他开始读起来，读着读着头开始大了。那天下午一点，他发现了一个和自己一样的黑人，被法官给处决了，而他的名字也叫舍尔曼。还有一名白人女子被指控和这名黑人通奸。这让他难以置信。他太荒唐了。但是一个白人女人，还是蓝眼睛的，这和他梦想的太不同了。好像是一种怪异的、折磨人的字谜。而他，叫舍尔曼……那我是谁？我是谁生出来的？舍尔曼什么也想不清楚，他感到天旋地转，心里恶心，仿佛生病了一样。耳朵里面有水声嗡嗡作响，极大的羞耻吞没了他。不，马里安·安德森不是他的母亲，丽娜·霍尔也不是，贝丝·史密斯也不是，所有他童年时代喜欢的甜美女人都不是。他上当了，他受骗了。他想和那个黑人一样去死，但是他绝对不会去和一个白人鬼混，肯定不会。就像奥赛罗，那个愚蠢的摩尔人！他慢慢地把文件放回去，当他再回到法官的家时，看上去就像已经病入膏肓。

法官午睡刚醒，舍尔曼回来的时候是下午了。法官从来不会察言观色，他没有注意到舍尔曼的手在抖，脸色也很难看。他请舍尔曼给他念那些剪报，舍尔曼心都碎了，麻木地念起来。

法官一边听，一边重复着舍尔曼刚读过的话，比如："南方政治家银河里一颗恒星。一个有远见、有责任心和有荣誉感的人。是美丽可爱的佐治亚州和南方的光荣。"

"看见了吧？"老法官得意地问舍尔曼。

舍尔曼还在颤抖，他用哆嗦的声音说："您真捡了块大肥肉。"

法官还沉浸在自己曾经的荣耀里，以为舍尔曼在恭维他，问："你说什么，孩子？"法官虽然买了一个助听器，一副新的放大镜，他的听力和视力还是在迅速衰退，他没有获得更好的视力，其他感官也没有什么改进。

舍尔曼没有回答，因为虽然他这么说是想泄愤诋毁法官，可是比起自己的生活，这双倒霉的蓝眼睛，还有比起自己的出身来根本不算什么。他必须做点什么才解恨。对，做点儿什么！他想把手里这些报纸都摔在地上，可是他太虚弱了，双手发软，最后只是轻轻地放在桌子上。

舍尔曼走了以后，法官又孤独一人了。他把放大镜贴近报纸，大声给自己读着，仍然沉浸在自己的伟大之中。

12

已经是五月份了，早春时节嫩绿金黄的树叶现在已经变得很稠密，变成深绿发蓝的颜色。夏天又回到了米兰。随着暑热的到来，一些暴力事件也经常出现在米兰各大报纸上，包括《花枝记事报》《亚特兰大日报》《亚特兰大宪法报》甚至《时代周刊》都有报道。一个黑人家庭搬进白人社区，结果他们遭到了炸弹袭击。没有人被炸死，但是三个小孩受了伤，城中恶意的情绪在滋长。

爆炸发生时，舍尔曼正陷入痛苦中。他想做点什么，做点什么来报复。但是他不知道做什么好。这次爆炸事件他记在了自己的黑皮本子上。渐渐地他开始做越轨的事情了。首先他在法院大楼一个白人饮水池喝水，似乎没人注意他。然后他又去了汽车站的白人男厕所，但是他去得太匆忙又鬼鬼祟祟的，还是没有人注意到他。他走进教堂坐在后排一张椅子上，结果还是没人注意，直到礼拜仪式结束时，一名引座员指给他去黑人教堂的路。他又到“伟伦”药店坐下，一个伙计过来对他说：“快点滚，黑鬼，别再到这儿来！”所有这些“越轨”的行径把他自己吓坏了，手心都湿了，心也怦怦乱跳。但是尽管害怕，更让他迷惑不解的是，似乎没人对他有太大注意，除了“伟伦”药店那个伙计。舍尔曼非常痛苦烦恼，他要做点儿大事，大事！这个念头就像打鼓似的在他脑子里天天咚咚响着。

最后他终于知道干什么了。早上他去给法官打针的时候，他用水代替胰岛素，一连打了三天，他等着。但令他失望的是，这种鬼鬼祟祟的行径还是没有结果，什么都没发生！法官还是和平时一样快活，也不见有一点儿要生病的样子。虽然他恨透了法官，恨不得把他从地球上消灭掉，但是他也知道如果这样做，就是一场政治谋杀。他不能杀了法官。如果成了政治谋杀，他就干脆用一把匕首或者一支手枪干了，也不必这么偷偷摸摸地把药换成水。他这么做根本没人注意。第四天他又恢复注射胰岛素，脑子里那只鼓还在急促地敲打他，一点儿也不消停。

与此同时，法官倒是很快乐。他不是一个察言观色的人，最近对舍尔曼态度反而异常和蔼。他这个态度让舍尔曼很气愤。现在变得只要他和法官，或者和别的白人在一起时，他就会恨他们，根本无须理由或者动机，就是一种冲动。他先做些“出轨”的事，又怕做得太离谱，想被人注意到又怕被人发现。在这五月初的日子里，舍尔曼心烦意乱。一个声音整天在提醒着：我得做点什么，做点儿什么！

但是当他开始做点什么的时候，又是那么荒唐怪诞，自己都不理解在做什么。有一天下午，太阳明晃晃地照着，他穿过法官家的后院去巷子，杰斯特的狗泰吉正好蹦出来，跳到他的肩膀上用舌头舔他的脸。舍尔曼到现在也不知道自己为什么那么干——他捡起一条晾衣绳，打了个活结，把狗吊死在一棵榆木树上。那只狗只挣扎了几分钟就不动弹了。耳聋的法官根本没听到狗最后的几声惨叫，而杰斯特这时候也不在家。

尽管时间还早，舍尔曼没吃晚饭就睡下了。那天晚上睡得像死猪一样，到了早上九点杰斯特来砸门他才醒过来。

“舍尔曼！”杰斯特的喊声里带着震惊变得很尖。舍尔曼慢条斯理地起来穿衣服，捧着水洗脸，杰斯特还在砰砰砸门尖叫。舍尔曼刚打开门，杰斯特一把揪住他，连拖带拽地把他拖到法官家的院子里去。那只狗此时都变僵了，挂在树上，在五月蓝天下惨不忍睹。杰斯特已经止不住大哭起来：“泰吉，泰吉！你怎么啦？到底发生了什么啊！”然后他转身盯着舍尔曼，舍尔曼低头看着地面，他这个样子让杰斯特突然之间证实了心中可怕的怀疑。

“为什么，舍尔曼？你疯了吗？为什么这么做？”他紧紧盯着舍尔曼，虽然还不是十分确定真相。他希望他知道该说什么，该做什么，他希望自己不要呕吐。杰斯特没有吐，而是走到农具棚去拿出把铁锹准备给狗挖一个坟。当他放下狗的尸体，砍断绳套，把泰吉放进挖好的坑时，他感到自己马上要晕倒。

“你怎么立刻就知道是我干的？”

“你脸上写着呢，我看到了。”

“我看见你牵着那条白人的狗溜达，穿着体面的衣服，泡泡纱的裤子，去白人的学校上学。为什么没人管我？我做了那么多事，没人注意，不管好事还是坏事，人家都对我不屑一顾。人们对那只狗倒是更留意，看它的人比看我都多呢。那不过是一条狗嘛，有什么大惊小怪的。”

杰斯特说：“可是我爱它。泰吉也爱你啊！”

“我才不会爱一只白人的狗，我谁也不爱。”

“太令我震惊了。我无法接受这件事。”

在五月的阳光下，舍尔曼想起法院那些文件，“你震惊？震惊的也不是你一个人！”

“你做出这种事，让我觉得你该是首府密里奇维尔那里的人。”

“密里奇维尔！”舍尔曼讥笑道，他耷拉着双手模仿白痴晃动着，“我太聪明啦，去密里奇维尔，没人会相信我对一只狗做过什么。就是疯人院的医生也不会信的。如果你觉得这就是疯狂的事情，你就等着瞧吧，我还要干好多让你震惊的事情。”

听到这种威胁的话，杰斯特情不自禁地问：“你还要干什么？”

“我要干我这辈子从没干过的最疯狂的事情，别的黑人也没干过。”

舍尔曼不告诉杰斯特自己将要干什么，杰斯特也无法让他感到任何内疚，无法让他感到杀死泰吉是很可怕的一件事。那天杰斯特太伤心了没有去上学，他心神不定也无法在家里待着。他告诉爷爷泰吉死了，是在睡眠中死去的，他已经把他埋葬了。老法官没有再问什么。杰斯特第一次撒谎翘课，然后他去了飞机场。

老法官等着舍尔曼的到来，结果空等一场。舍尔曼正在写一封信，自认为他的书法是“天使一般的优美”。他给亚特兰大房屋中介写信，要求在米兰的白人区租一间房子。法官来叫他时，舍尔曼说他再也不会来上班了，尊敬的法官大人可以让别人给他打针。

“你的意思是就这么丢下我不管了吗？”

“没错。不管了。法官大人。”

法官又变成孤独一个人了。他用他新的放大镜读着《米兰信使报》，只有那个默默的混血印第安女仆陪着他，她从来不唱歌，而杰斯特去上学了（他以为是这样），法官感到疲惫无聊。正巧一个兽医代表大会要在城里举行，这倒是让人高兴的好事。塔顿医生会来参加，还有其他六位医生会来住在法官家里。有治骡子、猪、狗等的医生，他们喝酒喝得像一阵狂风暴雨，然后用楼梯扶手当滑梯玩。法官觉得他们把楼梯扶手当滑梯稍稍有些过分，他怀念妻子那时候品位高雅的教会聚会，那时候牧师和教会的人们会一起唱诗，也非常彬彬有礼，注意小节。当兽医大会结束塔顿医生走了以后，房子比以前更显得空旷，法官也更空虚孤独了，他感到很凄凉。法官埋怨舍尔曼离他而去。他回忆起以前房子里不止一个仆人，而是两个或者三个人，房间里总是有声音，好像河流哗啦啦地响着，悦耳动听。

这时候舍尔曼已经得到了房屋中介的答复，也写了一张支票交了定金。没人查问他的种族肤色。两天后他就要搬过去。那房子和马龙太太继承的一栋房子不远，就在把角处，前面有一个小商店，小店再往前就是黑人居住区。虽然房子挺破旧，但毕竟是在白人居住区，萨米·兰克和他的一家大小都住在隔壁。舍尔曼用分期付款方式买下一架小钢琴，还买了很漂亮的真正古董家具，然后叫了搬家公司把东西都搬去了新家。

他是五月中旬搬的，终于引起了人们的注意。消息像野火一样在城里很快蔓延开。兰克去找马龙抱怨，马龙又去找老法官。

“他把我丢下不管了，气死我了，我才不想再管他的破事。”

兰克，贝尼和药剂师麦克斯都来到法官家里围着他请他出主意。法官于是和马龙商量：“我也和你一样不赞成暴力，马龙。但是出了这种事，我想我有责任管一管。”

法官暗自高兴，以前他曾是三 K 党人，后来三 K 党被镇压，他不能再去那些在松树山的聚会了，那个时候他们都用白床单罩住自己去聚会，他很怀念那段日子，因为那让他觉得自己有种秘密的，看不见的能力。

马龙不是三 K 党人，但这些天也感到焦灼的气氛。幸亏那房子不是他太太的房产，而且那房子已经摇摇欲坠，朝一边倾斜了。

法官说："如果事情再这么继续下去，不是你我这种人，而是别人将会受到很大影响。我的房子在这里，而你的也在一个很好的街区。我们不会受什么影响。黑人们不会往咱们住的地方搬。但是作为这个城市的一个重要市民，我要为大家说话。我要为贫穷的和得不到利益的人说话。我们必须做代言人，替这些遭到践踏的人民代言并领导他们。兰克来这里的时候你看到他那样子了吗？他看他都快中风了。他非常激动，因为他家就挨着舍尔曼租的那间房子。要是和黑人做邻居你会喜欢吗？"

"我不会喜欢。"

"你的房产会贬值，那是你丈母娘格林拉夫太太留给你妻子的啊，都会大大贬值啦！"

马龙说："我劝我太太好多年了，让她把那三处房子卖掉。那些房子都快变成贫民窟了。"

"你和我作为米兰的先驱市民……"马龙听了这话，心头暗喜，他很高兴法官把他和自己放在同一个位置上。

“还有一件事，”法官继续说，“你和我都有自己的财产、社会地位和我们的尊严。但是像兰克他有什么？除了他生的那一大群孩子。像兰克这样的白人是穷人，除了他的肤色之外一无所有。没有财产，没有房子，没有人可以再让他们居高临下——这就是整个事件的关键。这是人性中悲哀的一面，但是所有人都必须要有被他看扁的人才行。因此像兰克这样的人只有看不起黑人了。你看马龙，这就是自尊的问题。你和我有我们的自尊，我们骄傲我们的血统，也为我们的下一代骄傲。但是像兰克这样的人只有他那一群白皮肤的孩子们，他的双胞胎三胞胎是他的骄傲。那是他老婆千辛万苦生出来的，如今筋疲力尽只有坐在门口吸鼻炎的劲儿了。”

最后决定几个小时后到马龙的药店去开会，杰斯特开车把马龙和法官送过去。那天晚上，一轮安静的月亮挂在五月的天空，对杰斯特和老法官而言，那只是一个月亮罢了，但在马龙看来，却充满了一种悲哀和茫然。他这辈子总共见过多少个五月夜晚的月亮？他还能看见几次呢？这会不会是他最后一次看见？

马龙坐在车里安静地胡思乱想，杰斯特也在想心事。这个会议到底要干什么呢？他隐隐感到这可能和舍尔曼搬到白人区有关。

马龙打开通往配药间的侧门，他和法官走了进去。“你回家去吧，孩子。”法官对杰斯特说，“完事后别人会送我们回去。”

杰斯特把车停在药店门口，看着爷爷和马龙走进去。马龙打开电扇，让屋里热烘烘的混浊空气吹出点儿风。他没有把灯全打开，只开了几盏灯，这种半明半暗的环境倒是更像密谋的氛围。

马龙以为大家都会从侧门进来开会的，结果有人使劲敲前门，让他吃了一惊。那是麦克科尔警官，他长着一双小巧发紫的手，鼻子断过。

这时候杰斯特又回到药店里来。侧门虽然关着但没有锁上，他安静地走进来，没人注意。与此同时，好几个人在前面敲门被让进屋子，没人看到杰斯特也在屋子里。他在配药间阴暗的角落里，害怕被人发现而被轰出去。他们到底在干什么？药店关门以后到这里聚会？

马龙也不知道今天的会议该是啥样子的。他期望有一群精英市民前来，但不是海默顿·比例拉夫这样的人。他是一名米兰信托公司的出纳员，还有麦克斯·葛海德，是内西工厂的化验员，但这里没有什么精英市民。这里只有法官的牌友，还有贝尼·威尔姆，斯珀特·路易斯和萨米·兰克。还有新来的几个人马龙看见面熟，但是叫不上名字来。还有一群人是穿着工装裤来的。不，他们都算不上是精英市民，只是一群乌合之众，而且在来的路上已经喝得半醉，有种要狂欢的架势。一瓶酒被传来传去，放在了柜台饮水器旁边。开会之前马龙已经后悔答应用自己的药店召集这些人了。

也许是马龙的偏见，那天晚上他看见的每一个人，都让他回想起一些不愉快的事情。麦克科尔警官总是有意巴结老法官，这让马龙很不舒服。还有一次他看到警官在用警棍打一个黑人女孩，就在第十二街和主街交叉口那里。他紧紧盯着斯珀特·路易斯，这家伙老婆和他离婚了，因为有极端精神折磨倾向。马龙是个顾家的男人，他纳闷什么叫作“极端精神折磨”。路易斯太太是在墨西哥获准离婚的，后来又结婚了。但是那个——极端精神折磨是怎么回事呢？马龙心里十分明白，自己并不是圣人，他曾经也和人私通。但没有人受到伤害，妻子玛莎也根本不知道。一个极度的精神折磨是个什么鬼？贝尼·威尔姆是个老赖账的家伙，他女儿常年生病，于是他总欠马龙的钱，这些账单到现在也没有付清。还有那个麦克斯·葛海德，据说这家伙很聪明，可以算得出吹一声喇叭要多长时间可以让月亮上的人听见。但是他是个德国人，马龙从来都不相信德国人。

这些聚集在药店里的都是些平头百姓都太普通了，马龙平时都不会想到他们。但是今天晚上他要见识这些平头百姓做些丑陋的事情。不，他们中间没有一个是举足轻重的市民。

今晚金黄的月色让马龙感到悲哀，也有一丝凉意，虽然其实并不冷。屋子里威士忌的味道很浓，这让他也略感反胃。已经来了六七个了，他还是问法官：“该来的人都到了吗？”

法官说话的时候也似乎有些失望："已经十点了，我想都到了吧。"

法官开始用他夸张的演讲语气讲话："各位市民，我们今天聚集在这儿，作为这个社区的重要一分子，也是我们种族的捍卫者，我们正当财富的保卫者。"屋子里一片寂静。"一点点的，我们白人居民的生活变得越来越不方便，甚至受到了很大影响。仆人像母鸡牙齿一样难找，还得给他们很高的工资才能留住。"法官听着自己的声音，看着人群，发现自己说偏了路子。因为这些人大多数家里是雇不起仆人的。

他又重新开始："市民们，难道我们城市里没有划区的法律吗？你愿意让一个像煤一样黑的黑鬼搬到你家隔壁做你的邻居吗？你愿意你的孩子坐校车的时候只能坐在后面，而让一群煤一样黑的孩子坐在校车前面吗？你愿意让你的老婆背地里和黑鬼胡搞吗？"法官用了很多反问修辞手法，人们开始低声议论，不时传来有人喊："不行，他妈的，当然不！"

"难道我们要我们城里的分区法律由黑鬼们控制？我在问你们，要还是不要？"法官仔细斟酌修辞，又说，"这是我们做决定的时候了。谁该管理这座城市，是黑人还是我们？"

威士忌被人们传来传去，房间里充满了火药味和仇恨。

马龙透过玻璃窗看着月亮，一看到月亮就让他感到难过，但是他忘了原因。他希望此时是在家里和玛莎一起挑着坚果，或者把脚放在门口楼梯扶手上，惬意地喝着啤酒。

“谁去炸死那个浑蛋？”一个粗哑的声音叫道。

马龙意识到其实这群人里没几个真的认识舍尔曼的，但是那种共同拥有的仇恨让他们同仇敌忾，团结一致。“我们要不抽签吧，法官大人？”贝尼说，他以前干过类似的坏事，问马龙要了一支铅笔和一张纸，然后开始把纸撕成小条。他在一张小条子上画上一个大“X”记号。“谁抽到X谁就去！”

马龙感到冷，屋子的嘈杂声让他心里像一团乱麻。他还看着月亮，干巴巴地说：“我们能不能就讨论讨论那个黑人？我从来不喜欢他们，即使是给你干活的那个黑孩子，法官。他趾高气扬，目中无人，彻头彻尾的黑人人渣。但是用暴力甚至用炸弹去解决问题，我不赞成。”

“我也不赞成，马龙。我也深知我们作为这个市民委员会的成员，要用法律的手段解决问题。但是如果法律不能保护我们的利益，不能保护我们孩子以及下一代的利益，形势威胁到我们社区的标准规范，我就会绕开法律，当然起因一定要有理和公正。”

“大家准备好了吗？”贝尼问道，“谁抽到那个大写的X就去干！”这个时候马龙特别恨贝尼。他是个尖嘴猴腮的汽车修理工，一个十足的酒鬼。

此时在这间房子里，杰斯特贴着墙站着，他的脸都碰到一个药瓶子了。他们要抽签决定谁去炸舍尔曼的房子。他得去提醒舍尔曼，但是他不知道怎么才能溜出屋子，只好接着听他们说些什么。

警官麦克科尔说：“你可以用我的帽子。”一面递给贝尼自己的大壳帽。法官第一个抽，别人跟着后面。马龙抽起字条的时候他的手都发抖了。他真希望此时他是在自己家里。他的上嘴唇紧紧包住下嘴唇，每个人都在昏暗的灯光下展开自己的字条。马龙看着他们，看到一个个紧绷着的脸都放松下来。马龙怀着恐惧和紧张，当看到自己的字条其实就是那个写着大 X 的字条时，并没有意外。

“我猜到是我。”他用一种沉重的语气说。每个人都看着他。他提高声音：“但是如果是要用暴力或者炸弹，我不能去干。”

“先生，”他环顾了一眼屋子里的人群，意识到这里面几乎没人可以被称作先生。但是他继续说，“先生们，我是一个快死的人了，不会再去犯罪去谋杀。”在这么多人面前说自己的死，让他非常痛苦也非常尴尬。但他继续用坚定的口吻说，“我不会让我的灵魂受到危害。”每个人都看着他，就像他在说疯话胡话。

有人小声嘀咕了一句：“胆小鬼。”

“哼，该死，”化验员麦克斯说，“那你为什么还来开会？”

马龙害怕自己在这么多人面前会当众哭出来。“一年前我的医生告诉我最多还能活一年或者十五个月，所以我不能让我的灵魂受到危害。”

“讲这些灵魂是什么意思？”贝尼大声问道。

马龙羞愧难当，抱着胳膊，又说了一遍：“为了不朽的灵魂。”他的太阳穴都暴出来，两只胳膊也抱不稳，不停地颤抖着。

“不朽的灵魂是啥鬼东西？”贝尼说。

“我不知道，”马龙说，“但是如果我有，我就不想失去它。”

法官看到自己的朋友尴尬的样子，自己也开始不自在起来。“振作点，伙计。”他低声说道，然后提高声音对大家说，“现在马龙说我们不该这么做。但是如果我们真要干，我想我们就该一起干，因为那样的话事情性质就不一样了。”

马龙让自己像个傻子一样在大家面前出了丑，他觉得很没面子。于是大叫道：“但还不是一样？不管是一个人干还是一群人去干，就是谋杀，没有什么两样。”

杰斯特蜷缩在房间角落里想，他从来没有看出来马龙这老头儿居然会有这么大勇气。

萨米·兰克向地上吐口唾沫又说了一句：“胆小鬼。”然后他加上一句，“我干。我很乐意去干。反正就在我家隔壁。”

所有的目光都落在兰克身上，突然之间他成了英雄。

13

杰斯特立刻跑到舍尔曼的家里去警告他。他告诉舍尔曼在药店发生的事情后，舍尔曼的脸色发青，显然是受到了很大的惊吓。

他活该，杰斯特想，他杀了我的狗。但是看到舍尔曼发抖的样子，杰斯特就马上把狗的事情忘到脑后，一种情愫油然而生，就像他第一次见到舍尔曼，一年前的那个夏夜一样的感情。他也开始发抖。这次不是因为激情，而是紧张和为舍尔曼担心。

突然舍尔曼开始大笑起来。杰斯特两手抱住舍尔曼哆嗦的双肩："别这样，舍尔曼。你得走。你得离开这里。"

舍尔曼看着屋里新布置的家具：分期付款的钢琴；分期付款的真正古董沙发和两把椅子，他开始哭起来。壁炉里面烧着火，尽管晚上不冷，但是舍尔曼觉得还是有些凉，而且壁炉烧着更让人感到舒适，更像个家。在炉火的照耀下，他的眼泪泛着紫色和金色，在他青灰色的脸上闪着光。

杰斯特又敦促道：“你得离开你的家。”

“丢下我这些家具吗？”舍尔曼的情绪开始波动起来，杰斯特已经太了解他了。舍尔曼开始炫耀他这些家具：“你还没看到卧室的一套家具呢！还有粉色的床单和卧室用的枕头，还有我的衣服。”他打开衣橱的门，“四套全新的豪施迈男装。”

他又转向厨房，说道：“还有厨房里的家具，都是现代化的设备，都是我自己的。”他沉浸在主人的狂喜中，似乎忘记了刚才的害怕。

杰斯特说：“但是你知道他们要来杀你啊！”

“我知道或者不知道又怎样。不会是真的！我已经邀请了朋友来庆祝我的乔迁之喜。请柬都发出了。我买了一箱陈年卡尔佛特威士忌，六瓶杜松子酒，还有六瓶香槟。我们还要用鱼子酱抹在香脆的烤面包上，还有炸鸡、甜菜根，还有其他蔬菜。”舍尔曼环顾着屋子，“不会真的发生。因为，伙计，你知道这些家具花了我多少钱？还有那些酒和衣服，我得用三年才能付清！”舍尔曼走到钢琴那里开始欢快地弹起来。“我一直都梦寐以求有一架精致的大钢琴啊。”

“别再说傻话了，什么钢琴呀，晚会啊。你难道不明白他们这次是要动真格的吗？”

“真格的？他们为什么要炸死我？我是一个没人注意的

小人物。我去廉价商店坐在他们的板凳上，这个可是真实的（的确，他去了那家廉价商店，当时一个雇员过来威胁他让他离开，当时舍尔曼说‘我病了，你能给我一杯水吗，小姐？’）。”

“但现在人家注意你啦！”杰斯特说，“你为什么不忘了这些什么黑人白人的疯狂想法，到北方去，那里人们并不太在意这些。要是我是个黑人，我一定去北方。”

“但我不行，”舍尔曼说，“我花了很多钱租下这间屋子，还搬来了这些漂亮的家具。最近两天我一直忙着布置我的家。如果要我自己说点什么，那就是我的家实在太漂亮了。”

这间屋子突然之间成了舍尔曼的全部世界。这些天他几乎都没有意识到他，甚至忘了去想他父母的事情，在法官办公室发现那些文件后他就不想了。只剩下一种朦胧和凄凉。他忙于选购家具，置办各种东西，让自己忙忙碌碌，似乎总有一种危险在眼前，但是他不会退缩。他的心一直告诉他：要做点什么，做点什么。那种害怕到反而刺激他更兴奋。

“你想不想看看我的新衣服？绿色的呢。”舍尔曼说，情绪越来越高涨，带着一种神经质的紧张。他去卧室穿上新绿真丝衣服给杰斯特显摆。舍尔曼故意避开今晚的话题，杰斯特只好竭力应付他，看他穿着新衣服在屋子里走来走去，神气活现。

杰斯特只能说：“我不管这些家具和衣服值多少钱，我只关心你呀。你还没意识到事态的严重性吗？”

“严重，哥们儿？”舍尔曼开始在钢琴上不断敲着中央C键，“我一直都保存着一个本子，上面记录着所有黑人遇害的事件。现在你说严重？我告诉过你这个音的震动吧？我就像这个音一样震动，震动，震动。”

“行了，别弹啦。听上去你跟疯了一样。”

“我下定决心了。我要留在这儿。爱扔炸弹不扔，我才不管呢。再说你他妈的为什么这么关心这事？”

“我也不知道为什么我这么关心你，但是我就是要关心。”杰斯特反反复复问过自己很多次，为什么自己那么关心舍尔曼。他俩在一起时，他全身都有一种冲动的感觉。倒也不是总这样，但是会一阵阵地冲动。他也无法解释为什么，所以他说：“就是一种冲动吧。”

“啥意思？啥冲动？”

“你有没有听说过这么一句话：‘心灵温暖的冲动。’”

“见鬼的冲动。我可不懂这玩意儿。我只知道我租了这房子，付了很多租金，所以我要住在这儿，抱歉。”

“光说抱歉有什么用啊，你得搬家。”

“抱歉，”舍尔曼说，“把你的狗弄死了。”

舍尔曼说这话的时候，杰斯特感到心里有一种甜蜜的冲动袭来，“忘了那狗吧，反正已经死了。但是你，我想让你永远活下去啊。”

“没人可以永远活着。但是只要我活着我就要好好活。”舍尔曼又开始大笑。杰斯特想起爷爷那天的大笑不止，是因为谈起他死去的儿子。这种毫无意义地敲击钢琴键，毫无意义地大笑，更刺激了杰斯特内心的悲痛。

杰斯特实在是想警告舍尔曼，但是舍尔曼不听他的。现在就看杰斯特能想出什么办法了。可是他又有什么办法呢？他又能去找谁呢？他只好走了，留下舍尔曼一个人还坐在那里不停地大笑，不断地敲击着钢琴中央 C 键。

萨米 · 兰克不会做炸弹，于是找到聪明的麦克斯，他给做了两枚。前几天那种高涨的情绪：羞辱、气愤、被侮辱，还有自尊受伤的惧怕，等等，都几乎消失殆尽，当他拿着这两枚炸弹站在五月的天空下，从开着的窗户看到合尔曼的时候，他的激情几乎已经被消磨没了。他站在那里发呆，几乎没有什么激烈的情绪，只有一种浅薄的自尊心牵制着他要完成这项任务。舍尔曼在弹钢琴，兰克看着他觉得很纳闷，心想一个黑鬼怎么还能学会弹琴？然后舍尔曼又开始唱起来。他头向后仰，露出有力的黑色喉结。兰克就是瞄准他的喉结扔出了第一枚炸弹。因为他就离舍尔曼几步远，炸弹正中喉咙。扔出第一枚炸弹后，一种野蛮和舒畅的感觉回到兰克身上。他又扔出第二枚，房子立刻着火了。

人群已经聚集在马路两边和院子里。邻居，皮克先生小店里的顾客，还有马龙也来了。救火车发出尖厉的叫声疾驰而来。

兰克知道他杀死了这个黑鬼。但是他仍然等着救护车来，看着他们把尸体用布盖上。

房子外面的人群都聚在那里观望。救火车把火很快扑灭了，于是人们散去。他们把那架钢琴搬出来放在院子里。为什么这么做？他们也不知道。不久下起小雨来。皮克先生的蔬菜店和舍尔曼租的房子连着，那天晚上生意出奇地好。米兰新闻记者在《米兰信使报》早晨头版刊登了这起爆炸事件。

因为法官的家在城市另一角，杰斯特根本没有听到爆炸声，第二天早上看到报纸才知道。法官因为年纪大了，很容易动感情，看到消息后也是非常动情。他心神不安，想起过去和舍尔曼在一起的日子，让他本来就柔软的心肠受不了，他去了医院的停尸房，他没有看尸体，而是让人将尸体移到一块很好的墓地，他拿出五百块钱给舍尔曼办丧事。

杰斯特没有哭。他小心翼翼，几乎机械地把他准备给舍尔曼的那本琴谱《特里斯丹》包好，把它放到阁楼上，和父亲那些杂物放在一起锁起来。

雨下了一夜，现在终于停了。雨后的天空一派清新，呈现出柔和的蓝色。杰斯特去看被炸的房子，兰克家的四个孩子在那架钢琴上弹奏着“筷子”，现在钢琴已经破了，调不成调。杰斯特站在阳光下，听着已经不成调的曲子，心里充满悲伤和愤怒。

“你们的爸爸在家吗？”他问其中一个孩子。

“他不在家。”孩子说。

杰斯特回了家。他拿出那支手枪，就是他父亲曾用来自杀的那支枪，把它装进车里的抽屉。然后他开着车在城里慢慢地转悠，先去了纺织厂，打听兰克在不在。他不在那。不成调的“筷子”曲子，兰克家的孩子们，都像梦魇般跟着他，让他因为找不到兰克倍感沮丧，他用拳头猛烈地砸着方向盘。

杰斯特一直为舍尔曼担心，但他心里也绝没想到真的会发生。他真希望这不是真的，就是一场噩梦。那首“筷子”的曲子在残破的钢琴上发出的声音促使他下定决心要找到兰克。他又发动车子寻找，突然他发现兰克正在马龙的药店门厅里闲坐着。杰斯特停下车，推门进去向他示意：“兰克，你想和我去机场吗？我可以带你去天上兜风，你愿意吗？”

兰克正迷迷糊糊地打盹儿，没有看出杰斯特的企图，他自豪地笑了。他想：我已经这么出名了吗？连法官大人的孙子杰斯特·克莱恩都要带我去坐飞机啊！他欢快地答应着，立刻坐进了汽车。

到了莫斯训练飞机旁，杰斯特让兰克先坐下，然后他绕到另外一边坐进去。手枪就在他兜里。起飞之前，他问兰克：“你以前坐过飞机吗？”

“没有，先生，”兰克说，“但是我不会害怕。”

杰斯特起飞非常平稳漂亮，蓝天和新鲜空气很快让他麻木的心又活跃起来，飞机在爬升。

“是你杀死舍尔曼的吧？”

兰克只是点头咧嘴笑笑。

听到舍尔曼的名字，杰斯特又感到一阵隐隐的悸动。

“你买了什么人寿保险吗？”

“没有。只给孩子们买了。”

“你有多少孩子？”

“十四个，”萨米说，“五个已经大了。”

兰克坐在飞机上吓得脸色惨白，开始神经质地胡说起来：“我和我老婆差点儿生了五胞胎呢。我们已经生了三胞胎和双胞胎啦。他们是我们头五个孩子。就在加拿大那对夫妇生了五胞胎之后不久我们生的。每次我和老婆想起加拿大的那五胞胎——他们生活富裕，父母有名有利——我们就觉得上火。我们也差点儿中头彩。每次我和老婆一干那事，我们就觉得我们这次能怀上五胞胎啦。但是我们只有三胞胎和双胞胎，还有几个零头。有一次我和老婆带上所有的孩子去加拿大看那家的五胞胎，他们在小玻璃房子里玩儿，结果我们的小家伙们都得了麻疹。”

“所以你有这么多孩子。”

“是啊，我们想中头彩呢。我和老婆都是天生的可以一胎生个两个三个的。但是我们从没怀过五胞胎。但是我们生三胞胎的事上了《米兰信使报》呢。那张简报我们放在镜框里挂在客厅墙上。养育这群孩子真是不容易啊，但我们从没放弃。现在我老婆到了更年期，也生不出来了。我也只好当萨米·兰克，当不了大人物啦。”

听了这怪诞而可怜的故事让杰斯特不由得也笑起来，笑声中带着失望。而一旦笑过，失望过并同情过，他知道自己不会再拔出枪来。因为那一刻他被悲伤激发出来的激情种子已经开始开花。杰斯特偷偷从兜里掏出手枪，从飞机上扔了出去。

“什么东西？”兰克问，吓了一跳。

“没什么，”杰斯特说，他朝兰克瞟了一眼，只见他脸都绿了。“你想下去吗？”

“不，”兰克说，“我不害怕。”

于是杰斯特又继续盘旋。

从两千英尺的高空向下看，地球显得井然有序。一座小城市，像米兰，也是匀称的，就像一个完美的灰色蜂巢。周围的地形似乎是由公平的数学法则设计的，没有人为的地产法律或偏见的干扰。松树林是深色的平行四边形，还有方正的田野，长方形的草地。万里无云，飞机周围和上方的天空只有单调的蓝色，一望无际，无法想象这蓝色背后还会有什么。但飞机下方的地面是圆形的，地球是有尽头的。从这样的高度你看不到地球上的人和他们受到的点点滴滴的屈辱，从远处望去的地球只有完美无瑕，完整划一。

但是这种秩序和心灵有着相当远的距离，如果爱地球，就必须凑近它。杰斯特向下滑翔，盘旋在城市和乡村的低空，那整体的美感没有了，成为多彩多姿的景象。这座城市一年四季都差不多，但是土地在变化着。早春时节田野里到处像打了灰旧灯芯绒的补丁。而现在可以看到一些成熟的庄稼了：暗绿的棉花，还有分布很广又稠密的烟草地，还有绿油油的玉米。如果再向里看，城市就越来越复杂和狂乱。你可以看到一些秘密的角落里那些悲凉的后院。灰色的篱笆院墙、工厂还有呆板的主街。从天上望下去，人都缩小了，都有同样机械的脸孔，像上紧发条的木偶。他们似乎在随意发生的痛苦中机械地运动。你看不到他们的眼睛，最后这种情形终于忍无可忍。从远处看到的地球再美，也不如长久地注视一个人的一双眼睛来得真实有意义。哪怕是注视敌人的眼睛。

杰斯特看着兰克的眼睛，他的眼睛里充满了恐惧，眼球都快瞪出来了。

杰斯特完成了他的奥德赛之旅，他的充满激情、友谊、爱和报仇之心的旅程就这样结束了。他把飞机轻轻停在机场，让兰克走出来——让他去和家人吹嘘炫耀，自己是多么出名，连杰斯特 · 克莱恩都邀请他坐飞机上天。

14

马龙最初发现贝尼到“伟伦”药店买药而不是到自己店铺，还有警官麦卡尔斯也不到他这里喝他喜欢的那款可乐的时候，他是很在意的。在他脑海里冒出来的想法是：贝尼你见鬼去吧！警官你见鬼去吧！但是内心深处他又很在乎。那天晚上在药店开会的事情是不是影响了店铺的形象和销售呢？他那天晚上说的那些坚定抵制的话是不是值得呢？马龙忧心忡忡，想不出个所以然，因为他也不知道。这种焦虑影响了他的身体状况，他开始出差错——是像他这种精明的记账人不该犯的错误。他发出的账单有问题，顾客开始不满，他也没有力气好好去促销。他清楚自己在每况愈下。他躲在家里像躲进避难所，经常一个人躺在双人床上，一躺就是一整天。

马龙知道自己的死期不远了，他现在对每天的日出都非常敏感。在一个漫长的黑夜过后，他期待黎明，期待在东方出现的第一道象牙色和金黄色交错的曙光。如果是一个晴朗的天气，他就会在床上坐起来，靠着枕头，急切地等着太太把早饭给他端过来。但如果天有些阴，或者还下着雨的话，他的心情就会受到天气的影响，他就打开灯，开始烦躁不安地抱怨一通。

玛莎尽力安慰他："这就是天要热起来的缘故。等你习惯了这天气你就会好起来的。"

但是不对，这不是由于天气的缘故。对于他生命即将结束和又是一轮新季节的开始之间的矛盾关系，他已经不再纠结了。紫藤架上茂盛的薰衣草开了又谢了。他已经没有力气去菜园里种蔬菜。泛着金黄的嫩绿柳树现在颜色也变深，很奇怪，他总是认为柳树该和水连在一起。但是他家的柳树没有水，虽然街对面有一泓清泉，但他家里没有。是的，大地在更换季节，春天又来临。但是他已经对自然，对周围的一切不再怀有反感。一种奇怪的轻松浸入他的心灵，让他感到欣喜。他看着大自然中的一切，感到都是他自身的一部分。他不再是那个看着一只没有指针的时钟的人了，他不再孤单，不再反抗，不再痛苦。这些天他甚至不再去想死亡。他不再是一个垂死的人……没人死，因为每个人都会死。

玛莎会坐在屋子里织毛衣。她又开始重拾织毛衣的活计，而马龙看到她在屋子里会觉得踏实。他不再去想那些曾使他很困惑的关于孤独不同层次之类的问题。他的生命在以一种奇怪的方式收缩。那是床，那是窗户，那里有一杯水。玛莎把他的一日三餐都用托盘端到床头，每天还都会带来一束花，放到床头的花瓶里插好，有玫瑰、长春花，还有金鱼草。

对妻子已经淡漠的爱又回来了。玛莎变着花样想出些精妙的点子让马龙可以有食欲，或者陪着他坐在一旁织毛衣，马龙对她的爱，对爱的真谛理解更深了。比如玛莎会从"古帝百货公司"买来一个粉色靠枕，这样马龙就可以在床上坐直起来，而不是只靠那个湿漉漉的容易滑动的枕头。这种体贴让他倍感温暖，也很感动。

自从那晚在药店开会之后，老法官就把马龙当作病人来看待。他们之间的角色互换了，现在是法官经常带点儿零食和水磨的食物，还有芜菁、甘蓝菜和水果来给他这个病人。

五月十五号这天，医生来看了马龙两次。上午来了一次，下午又来了一次。现在马龙的医生是卫斯理大夫。五月十五这天，卫斯理大夫在客厅单独和玛莎谈话。马龙也不在乎他们在另一间房间里谈论自己的事情。他不担心也不好奇。那天晚上玛莎给他拿来海绵擦身，她帮他擦洗发烧的脸颊，把古龙香水喷洒在两只耳朵后面，又倒了些香水在浴缸里。然后玛莎用香喷喷的水帮他洗着他多毛的胸膛、胳肢窝，双腿和他疲软的阴部。

马龙说道："亲爱的，没有男人会有像你这么好的妻子。"这是他从结婚到现在，第一次叫玛莎亲爱的。

玛莎去了厨房，在那里哭了一会儿才又走回来。他带回一瓶热水。“夜晚和清晨会有些冷。”她把热水瓶放在床上，问道，“舒服吗，亲爱的？”

马龙抵住靠枕在被窝里用脚寻找，触到热水瓶。“亲爱的，”他又说，“我可以要点儿冰水吗？”但是玛莎把冰水拿来的时候，冰块碰到了他的鼻子，马龙就说：“这些冰块弄痒我的鼻子了，我只要冷水，不要冰。”

玛莎把冰块取出后，又去厨房独自哭起来。

马龙没有觉得痛苦。只是觉得好像身上的骨头越来越重，他又开始抱怨了。

“亲爱的，你的骨头怎么会变沉呢？”玛莎说。

马龙说他想吃西瓜，玛莎就去“皮扎拉提”——城里最大的水果和糖果商店买外地运来的大西瓜给他吃。但是当她把一片切好的西瓜端过来时，马龙看到粉红的瓜瓤和银白的西瓜霜，他又觉得西瓜的味道不是他想的那个味道了。

“你得多吃好保持住体力啊，马龙。”

“我为什么要保持体力？”马龙说。

玛莎给他做奶昔，还偷偷打了个鸡蛋在里面，打了两个。见到他喝下去，玛莎感到欣慰。

艾琳和汤米常常在马龙的病房里走来走去，虽然他们说话时已经尽力压低嗓音，但对马龙来说还是有点儿吵。

“别打扰爸爸，”玛莎说，“他现在感到很累呢。”

十六号这天，马龙感觉好些，好好洗了个澡，然后甚至要自己刮胡子。他硬要去浴室，但是当他来到盥洗池边，他只能两手紧紧抓住脸盆，于是玛莎扶着他又回到床上。

回光返照的迹象已经来了，马龙那天精神异常兴奋，在《米兰信使报》上他看到一个人为了从火中救一个孩子自己牺牲了。虽然他并不认识这个孩子也不认识救人的人，但他却开始哭起来，哭了很久。他读什么都精神亢奋，对蓝天，对窗外的事物——那天天空没有云彩，阳光明媚——他被一种幸福感所包围。如果不是觉得浑身骨头太重，他真想下床去药店里呢。

到了十七号，他没有看到五月的太阳升起来，因为他一直昏睡不醒。慢慢地，他感到昨天生命那种最后的活力正在离他而去。声音似乎都在很远的地方，他无法进食，于是玛莎在厨房给他做了奶昔。她放了四个鸡蛋，但是他吃的时候抱怨味道太浓。昨天和今天的想法都混在一起。

到了晚上，他拒绝吃那份鸡肉晚餐，这时来了一位不速之客。老法官突然出现在他房间里。他青筋暴露："我是来拿几颗眠而通的。马龙，你听到收音机里的新闻了吗？"然后他望着马龙，看到他变得如此虚弱，大吃一惊。难过压过了他的怒气。"对不起，亲爱的马龙。"他的声音突然变得很谦和，然后他又提高了声音说道："但是你到底听到消息没有？"

"唉，法官大人，听到什么啊？怎么回事？"玛莎问。

法官唾沫四溅，气得语无伦次地说起最高法院已经做出黑人和白人同校的决定。玛莎听了大吃一惊，不知说什么好，只一个劲儿地说："哎呀，天啊！天啊！"她实在还没有完全明白到底是怎么回事。

"我们要采取行动了，"法官大声说，"绝不允许这种事情发生。我们要反抗。所有的南方人民都要战斗到最后一刻，力争到死。这种决定写进法律条文是一回事，真正强制执行是另一回事。车在外面等我，我要去电台做个演讲。我要把大家团结起来，我要说一些简明扼要的话，民主，尊严和义愤填膺，你会懂我要说的意思。比如就像这篇'八十七年前……'一样，我在去电台的路上会再好好构思一下。别忘了收听。这将会是一篇历史性的演讲，会对你有好处的，亲爱的马龙。"

一开始马龙几乎都没有意识到老法官在自己房间里，他就听到一个声音，有一个大汗淋漓的身影。然后他才听到他说话的声音，在他耳畔嗡嗡响着，他却不知道他说的到底是什么：什么白人黑人同校……还有最高法院什么的。这些名词和想法在他脑子里游荡，但意思已经模糊不清。最后马龙对法官的爱和友谊让他从死亡线上又转回来。他听着收音机，玛莎把它打开，但是因为里面正播放着一首舞曲，玛莎把音量调到很低。这时开始插播一条新闻，又宣布了最高法院的决定。在播报之前，开始转播老法官的演说。

在广播电台的隔音间里，法官抓住麦克风，显得非常专业。但是尽管在来的路上他一直在准备这次演讲腹稿，但是现在他却还没有构思好。他的想法杂乱无章，太难以置信，他无法调度好抗议活动的宣传工作。这些想法太富有激情了。他义愤填膺，带着挑衅的态度——也许每时每刻都可能会发生中风，或者更糟糕的事情——法官站在麦克风面前，但讲稿还没有准备好。那些话——那些粗鄙的语言，诅咒的恶语都不适合在电台说——只能在他心头翻滚，但那样的话就不是具有历史性演讲了。现在他脑子里唯一记起来的就是在法律学院里背诵的那篇演讲词了。隐约地，他知道自已要讲出来的话和他本来的意识背道而驰，他也别无选择，只有单刀直入。

“八十七年前，”他开始说，“我们的先辈们在这个大陆上建立了一个新的共和国，她受孕于自由的理念，并献身于一切人生来平等的理想。如今我们卷入了一场巨大的内战，以考验我们国家，或任何一个受孕于自由和献身于上述理想的共和国是否能够长久生存下去。”

播音室传来扭打声，法官用激愤的语气说：“为什么捅我！”但是，他既然已经开始在做这篇历史性的演说，就不容易停下来了。于是他更大声地继续说下去：

“我们聚集在这场战争中的一个重要战场上，我们来到这里，是要把这个战场的一部分土地奉献给那些为使这个国家生存下去而牺牲了的烈士们，作为他们最后安息之所。我们这样做是完全应该而且是非常正确的。”

“我说，你别再捅我了，行吗？”法官又大声嚷嚷起来。

“但是，大而言之，不是我们奉献了，圣化了，神化了这块土地，而是那些活着的或者已经死去的、曾经在这里战斗过的英雄们使得这块土地成为神圣之土，它们远超于我们的力量，我们无法使其神圣增减一分。世人不会注意，也不会记住我们在这里说什么……”

“天哪！”有人在喊着，“切断！”

老法官站在麦克风前，他自己的声音在耳畔回响，那些在法院敲着木槌的日子又都回到脑海中来。想到这些让他自己都震惊，他几乎难以自持。但是他立刻大叫起来：“我的意思和这个正相反，完全相反！不要切断！”法官急促地请求着，“请不要把我切断。”

但是收音机里已经传来另外一个人的声音，玛莎关上电台。“我不知道他在说什么，”玛莎说，“到底发生了什么啊？”

“没什么，亲爱的，”马龙说，“不是什么新鲜事儿。”

然而现在生命气息正在离他而去，在通往死亡之旅上，生命呈现出一种秩序和简单的样式，马龙以前从没体会过。脉搏和生机已经找不到，也不需要了。生命原始的布局安排显现出来。最高法院的同校裁决跟他有什么关系？什么都跟他无关了。即使现在玛莎把她所有的可口可乐股票都放在他床头一张一张数，他也不会抬头看一眼。但是他仍有一个需要，于是他说：“我想要杯冰冷的水，里面不要加冰块。”

然而，就在玛莎把水端到房间来的时候，缓慢地，轻柔地，没有一丝恐惧和挣扎，生命的气息离开了马龙。他死了。在马龙太太看来，生命的消逝就像一声叹息。

图书在版编目（CIP）数据

没有指针的钟/ (美)卡森・麦卡勒斯(Carson McCullers)著; (美)枫雨译.
—北京：现代出版社, 2018.2
ISBN 978-7-5143-6659-4

Ⅰ. ①没… Ⅱ. ①卡… ②枫… Ⅲ. ①长篇小说—美国—现代
Ⅳ. ①I712.45

中国版本图书馆CIP数据核字(2017)第303547号

没有指针的钟

作　　者：(美)卡森・麦卡勒斯(Carson McCullers)著　(美)枫雨译
责任编辑：王传丽
出版发行：现代出版社
通信地址：北京市安定门外安华里504号
邮政编码：100011
电　　话：010-64267325　64245264(传真)
网　　址：www.1980xd.com
电子邮箱：xiandai@vip.sina.com
印　　刷：北京市松源印刷有限公司

开　　本：880mm × 1230mm 1/32　　字　　数：164千字
印　　张：9
版　　次：2018年2月第1版　　印　　次：2018年5月第2次印刷
书　　号：ISBN 978-7-5143-6659-4
定　　价：39.80元